I0818016

EL CANTO DE LOS GRILLOS

PAUL PEN

EL CANTO DE LOS GRILLOS

PLAZA & JANÉS

Papel certificado por el Forest Stewardship Council®

Primera edición: agosto de 2025

Printed in Spain – Impreso en España

ISBN: 978-84-01-03742-9
Depósito legal: B-10.000-2025

Compuesto en Mirakel Studio, S. L. U.

Impreso en Rodesa
Villatuerta (Navarra)

L037429

A mi tío Paul, cuya colección de mariposas
me fascinó desde pequeño

A mi abuelito Emilio, que cazaba mariposas en México
para enviármelas por carta a España

A mi tío Víctor, que me regaló mi primera colección

No hay nada como el hogar.

L. Frank Baum, *El maravilloso mago de Oz*

Si los rostros cambiaban de aspecto según les diese la luz desde arriba o desde abajo, ¿qué era en realidad un rostro? ¿Qué eran las cosas?

William Golding, *El señor de las moscas*

Tenía un corazón que podría haber albergado el imperio entero del mundo y, al final, tuvo que conformarse con un sótano.

Gaston Leroux, *El fantasma de la ópera*

1

Se lo pregunté a mi hermano la primera noche que lo vi emerger de la tierra. Mi voz lo sobresaltó, no esperaba encontrarme ahí. Aún no me dejaban acercarme solo a esa parte del terreno, decían que era peligroso para un niño tan pequeño.

—¿De dónde vienes? —pregunté.

La mitad del cuerpo de mi hermano asomaba de un agujero en el suelo. No uno pequeño como los que excavaba yo en la tierra, con las manos, jugando a los tesoros, sino uno que parecía grande y profundo.

—¿Qué haces aquí? —El haz de su linterna me buscó en la oscuridad. Mantuvo la luz dirigida a mi pecho, sabía que en la cara me molestaría—. Te hemos dicho que no puedes venir. Y mucho menos a estas horas, está muy oscuro.

El terreno trasero de nuestra casa carecía de iluminación, pero esa noche bastaba con la luz de la luna para ver el mar, el borde del acantilado, la parte más abandonada de la parcela donde crecían las hierbas salvajes.

—¿De dónde vienes? —insistí—. ¿Qué hay ahí abajo?

Mi hermano se quedó en silencio, pensando.

Otra voz emergió del mismo agujero, desde algún lugar más profundo.

—No te pares —dijo la voz.

El eco subterráneo la hacía sonar inhumana.

Di un paso atrás temiendo la aparición de alguna horrible criatura.

—Un monstruo... —susurré.

Escapé de la luz de la linterna para no ser visto.

—No es ningún monstruo. Es solo el abuelo —dijo mi hermano. Después, habló al agujero—: Está aquí el niño.

—No puede estar aquí.

La voz monstruosa metió prisa a mi hermano para que saliera de allí. Mientras regañaba, seguía sonando tenebrosa y más grave de lo normal, pero pude reconocer que era el abuelo quien hablaba. Solo él me llamaba «pequeñajo», y en ese momento lo dijo dos veces. Mi hermano trepó por el agujero como si hubiera una escalera dentro, como si fuera un túnel. De la misma forma salió el abuelo, aunque a él le costó más esfuerzo. Acabó pidiendo ayuda para poder sacar las piernas. En cuanto se recompuso, recuperó la linterna que había dejado en el suelo y me regañó por estar ahí.

—¿Sabes lo peligroso que puede ser este acantilado?

Dirigió la luz al mar, aunque el haz no alcanzó las rocas.

Bajé la cabeza a modo de disculpa.

—No os encontraba en casa —expliqué—. Ni delante. Ni en el camino. Solo me faltaba mirar por aquí atrás. Pero me he puesto zapatillas.

Vestido con un pijama, se las enseñé para que no me regañara también por caminar descalzo allí fuera.

—¿Y qué haces despierto?

Al abuelo le molestaba que no durmiera toda la noche seguida. Solía decirle a mi hermano que habría que estar atentos a eso, consultarlo con alguien en el futuro. Lo decía como si fuera algo malo o algo que no fuera normal. Pero a mí me encantaban las noches. Era cuando se podía escuchar a los grillos. El día solo hacía que me ardiera la piel.

—¿De dónde venís? —pregunté una vez más.

Ellos intercambiaron una mirada.

—De abajo —dijo el abuelo.

—Sí, de abajo —repitió mi hermano.

—¿Abajo dónde? ¿Qué hay abajo?

El abuelo se quitó las gafas, las limpió en su chaqueta de punto.

—¿Cómo que qué hay abajo? —respondió tras unos segundos. Su tono había cambiado—. De todo. Abajo hay de todo: tuberías, bombas, llaves de agua, cables. ¿O te crees que esta casa funciona por sí sola? Un hogar es algo muy difícil de mantener.

—Yo no sé cómo funciona una casa.

—Ni falta que te hace —dijo mi hermano—, que tienes cinco años y para eso estamos tu abuelo y yo.

Los huesos de las rodillas del abuelo chasquearon cuando se acuclilló para hablarme frente a frente. Olí la leña en su ropa. El abuelo siempre olía a fuego y madera.

—Mira, puedes imaginar que tu hogar, ese que ves ahí, es como un árbol. —Señaló la fachada de la casa que el brillo lunar coloreaba de azul clarito. La propia luna se reflejaba en lo alto de la torre que imitaba la de un faro. El ventanal grande del salón se veía naranja por el fuego en la chimenea—. Y aquí, debajo de nosotros, están las raíces que lo mantienen aferrado a esta tierra.

—Entonces… —Traté de comprender lo que me decía—. ¿Las raíces son las bombas y las llaves y las tuberías que hay en el agujero?

El abuelo sonrió de la manera triste en que lo hacía a veces.

—Sí, a eso me…

La voz le falló y desvió la luz de la linterna para que no le viera la cara. Oí que se sorbía la nariz. Se incorporó con ayuda de mi hermano. Hablaron entonces como hablaban a veces, bajando la voz y actuando como si no me vieran, como si al no mirarme dejara de existir de repente. Aunque seguía ahí y oía de sobra los susurros del abuelo.

—Vernos a los tres aquí, otra vez…

Mi hermano colocó un brazo sobre sus hombros. Yo no recordaba haber estado los tres juntos en ese agujero. Ni siquiera conocía ese agujero hasta hacía un rato.

—Se van los años y seguimos igual. No sé hasta cuándo podremos alargar esto —le dijo el abuelo a mi hermano—. Si tú eras solo un niño...

—Un niño con un tarro.

El abuelo suspiró.

—¿Puedo bajar? —Hablé para que se acordaran de que seguía ahí—. ¡Quiero ver las raíces! Y los cables y las tuberías.

Me acerqué al agujero y me asomé a un túnel de pura oscuridad.

Olía a tierra mojada.

Mi hermano reaccionó a toda prisa cerrando una trampilla que lo tapaba.

El abuelo tiró de mí para separarme del agujero.

—Es peligroso —dijo.

—Para vosotros todo es peligroso.

Mi hermano sacó un llavero de su bolsillo. Llegó a seleccionar una llave, pero se quedó pensando. Largo rato. Era algo que le pasaba a veces: permanecía inmóvil y ni parpadeaba, frotando el índice y el pulgar de una mano como si acariciara el pellizco de algún tejido invisible. Los dedos dejaron de moverse, como ocurría siempre que regresaba de aquel extraño lugar en su mente.

—Baja si quieres —dijo entonces. Quitó algo que no vi de la trampilla y se lo metió al bolsillo junto con la llave, al tiempo que volvía a abrirla con un chirrido de bisagras y el posterior impacto metálico contra el suelo—. Esta trampilla siempre está abierta. Puedes bajar. Pero no hay nada interesante que ver. Solo cables y tuberías. Y muchas lombrices.

El abuelo movió sus dedos por mi cara imitando un montón de gusanos.

Me separé de él y me aproximé al agujero.

—No puede bajar —dijo el abuelo.

Parecía enfadado otra vez. Mi hermano hizo un gesto con el que pedía calma. Igual que me pidió calma a mí el día que arregló el tostador, convencido de que las tostadas acabarían saltando a pesar de mi impaciencia. Y sí, acabaron saltando. Estaban muy ricas.

Me asomé al túnel. Los escalones que habían usado ellos para subir eran como una hilera de asas metálicas ancladas a la tierra. Solo veía tres, el resto desaparecían en la oscuridad. Una babosa naranja reptaba por el borde de la trampilla.

—¿Vas a bajar? —preguntó mi hermano.

Asentí.

—¿Con lo oscuro que está?

—La oscuridad no me da miedo —dije—. Solo necesito la linterna.

Extendí una mano hacia mi hermano. Se lo pensó, pero acabó dándomela. Con ella iluminé el túnel hasta donde acababan los escalones, allí abajo. Solo era otro suelo de tierra oscura.

Colé una primera pierna en el agujero.

El abuelo dio un paso hacia mí.

Mi hermano le indicó que se detuviera.

Metí la otra pierna y apoyé ambos pies en el primer escalón.

—¿Vas a bajar de verdad?

La voz de mi hermano sonaba más aguda. Cuando bajé otro escalón para demostrar que sí, fue él mismo quien vino a por mí. Iba a decir algo, pero el abuelo se le adelantó:

—¿Tampoco te da miedo el que vive ahí abajo?

Clavé las manos al suelo.

—¿Vive alguien ahí abajo?

El abuelo asintió.

—Claro.

—Abuelo, no le... —empezó a decir mi hermano.

Él lo interrumpió usando una voz tan grave como la que había salido antes del túnel. Se iluminó la cara con la linterna, desde la barbilla, llenando su rostro de sombras.

—Vive el hombre grillo —dijo.

Oí que mi hermano chasqueaba la lengua. Sus hombros cayeron.

—¿Es un hombre bueno? —pregunté—. ¿Como los grillos?

El abuelo negó con la cabeza.

—Muy malo —respondió—. Vive bajo tierra, esperando a que baje cualquier niño. Y, cuando percibe con sus enormes antenas que ha bajado alguno..., lo atrapa.

El abuelo cerró un puño en el aire, de pronto, como si cazara una mosca nocturna. La brusquedad del movimiento me asustó.

—Abuelo. —Mi hermano sonaba molesto.

—Por eso, cuando los niños bajan... —continuó—, no vuelven a subir.

—Pero mi hermano baja y sube.

—Porque tu hermano ya no es un niño pequeño —explicó el abuelo—. Los pequeños de verdad, como tú, se quedan viviendo bajo tierra con el hombre grillo. Para siempre.

La sola idea me impulsó a escapar del agujero.

Rocé la babosa con los dedos al agarrarme al borde de la trampilla.

—Yo no quiero vivir bajo tierra —dije, separándome del túnel.

—Claro que no —susurró el abuelo, que guardó silencio antes de añadir—: Nadie quiere.

Desplazó su linterna para ocultar su rostro en las sombras. Oí a mi hermano tomar aire de manera entrecortada. Se acercó al abuelo, le masajeó un hombro. Les pregunté qué les pasaba, pero no me contestaron. No dijeron nada durante varios segundos. Aproveché para ajustarme las zapatillas de andar por casa, que se me habían salido en la escapada.

—Por eso no debes entrar en ese túnel. Porque, si bajas, no vuelves a subir. ¿Entendido? —El abuelo me apuntó con su linterna hasta que asentí—. Solo tu tío y yo podemos bajar.

—Tu hermano —dijo mi hermano.

Le dio un codazo al abuelo para corregirlo. Él sacudió la cara.

—Solo tu hermano y yo podemos bajar —repitió enseguida.

Mi hermano se puso una mano en un lado de la boca y susurró:

—Al abuelo se le va la cabeza a veces.

Sonreí porque era verdad, cada vez se despistaba más. Unos días antes había intentado sumar los precios de una compra usando como calculadora los botones del mando a distancia de la televisión sin entender por qué no le ofrecía el resultado.

—Te he oído, pequeñajo.

A mi hermano también lo llamaba así, a veces, aunque me sacara diez años.

—Pues qué raro que lo hayas oído con lo sordo que estás —respondió mi hermano.

El abuelo abrió la boca, simulando una gran ofensa, pero enseguida confirmó que se estaba quedando sordo y dejó escapar una risotada. Mi hermano se unió a la risa. Mientras ellos reían, me acerqué a la trampilla y la cerré. La babosa acabó atrapada dentro.

—No quiero bajar para nada —dije sacudiéndome las manos—. Si además solo hay cables y tuberías sucias. ¡Y lombrices!

Moví el cuerpo exagerando un escalofrío. El volumen de sus risas aumentó. Mi hermano me acogió entre sus piernas cuando me acerqué a ellos. Sentí en la nuca la lana de su jersey. Mi cabeza le llegaba a la tripa y sus manos colgaban sobre mi pecho.

—Con lo bien que estás aquí —dijo él—. En este lugar tan bonito. Con las dos personas que más te quieren en el mundo, tu hermano y tu abuelo.

—Sois las únicas —dije—. Porque no tengo ni mamá ni papá.

Podía decir eso sin ponerme triste, igual que diría que las estrellas salen de noche. Era la única realidad que conocía.

—No, no los tienes. —Mi hermano me acarició las manos con el pulgar—. No todo el mundo tiene una familia como las demás.

El abuelo nos adoptó cuando éramos muy pequeños. Desde que recordaba, habíamos vivido los tres solos en el viejo faro. Así era como el abuelo llamaba a nuestra casa, aunque no había ninguna luz en nuestra torre que guiara a ningún barco.

—¿Apagamos las linternas? —propuso mi hermano.

Sabía lo que pretendía, así que asentí con emoción.

Él la apagó primero, el abuelo justo después.

Una oscuridad repentina nos envolvió.

Se oían las olas romper en el acantilado.

Tardamos unos segundos en acostumbrar la vista.

Mi hermano me cogió la barbilla para dirigir mi mirada.

Destellos verdosos empezaron a resultar visibles entre las hierbas salvajes, frente a nosotros.

Oí cómo él suspiraba.

—Tus insectos favoritos —dije, porque sabía que lo eran.

—Fueron muy importantes en un momento de mi vida.

—¿En qué momento? —pregunté.

—Shhh —susurró él sin responder—, tú solo míralas.

Así, juntos, con mi espalda contra sus piernas, mi hermano y yo observamos el brillo de las luciérnagas durante un rato, hasta que el abuelo consideró oportuno.

—¿Se va a dormir este niño en algún momento? —dijo de pronto.

Las linternas se encendieron.

Volvimos a casa atravesando el terreno.

De camino, me inventé un juego en el que se me habían pegado los pies entre sí, por los tobillos, así que solo podía avanzar dando saltos. Entre salto y salto, detrás de mí, el abuelo y mi hermano se olvidaron de mi presencia. Hablaron en ese tono que usaban como si para mí fuera inaudible.

—Quería que perdiera el interés —decía mi hermano—, no meterle miedo.

—Pues no estaba funcionando. Iba a bajar.

Cuando di otro salto hacia delante, dejé de oírlos.

2

El abuelo murió algunos otoños después, cuando yo ya tenía nueve años. Una noche, mi hermano entró a la habitación y se sentó en el borde de mi cama. Me encontró despierto, leyendo a la luz de la lámpara de mi mesilla. Solo con la manera en la que me miró supe lo que iba a decir. No le di tiempo ni de que abriera la boca.

—El abuelo... —susurré.

Llevaba semanas sin salir de su cama. El médico, que lo visitaba a diario por las mañanas, había dejado de venir hacía unos días. Una de las últimas veces que entré a su cuarto, el abuelo se quedó mirándome más de lo normal.

—¿Por qué me miras?

—Para no olvidarte —contestó.

Siguió observándome como si de verdad quisiera memorizar mi cara o como si viera en ella cosas que yo no sabía que estaban ahí.

—Eres un niño precioso —dijo—. Saliste muy bonito. Espero que seas muy feliz. Nosotros... hicimos lo que pudimos.

—¿De quién salí? ¿A quién me parezco?

El abuelo desvió la mirada. No le gustaba hablar de mis padres. A mi hermano tampoco. Les ponía tristes. Pedí perdón por preguntar.

—Es mejor preguntar al futuro que al pasado —dijo. Debí de poner cara de no entender, porque trató de explicármelo de otra manera—: Preguntarte adónde vas es más importante que preguntarte de dónde vienes.

Después me pidió que descolgara la única foto que había en su pared. Era un retrato en blanco y negro de la abuela. Cuando se lo acerqué, puso el marco junto a mi cara.

—Te pareces a ella —dijo.

Miré la imagen de esa mujer mayor a la que nunca conocí y le respondí que no me parecía en nada.

—En lo importante —aclaró él tocándome la frente y el pecho—, eres igualito.

Antes de salir de la habitación, vi cómo se guardaba la foto bajo las sábanas, sobre su cuerpo.

Nunca acepté del todo que llegaría un día en el que no podría hablar más con el abuelo, pero ese día llegó y aquella fue una de nuestras últimas conversaciones. Ojalá le hubiera hecho más preguntas. Ojalá lo hubiera abrazado más. Ninguna madera me ha vuelto a oler como olía el abuelo.

Del pueblo, mi hermano regresó con una urna de cenizas.

El polvo que llenaba el recipiente hasta la mitad era de un gris parecido al de las cejas del abuelo. Mi hermano sonrió cuando hice esa observación. Después dejó la urna sobre la repisa en la chimenea, junto a varias macetas con diferentes cactus.

—¿Vamos a esparcirlas en el acantilado? —pregunté.

Era lo que el abuelo quería. Nos lo había dicho. Que sus cenizas se quedaran para siempre en el mar y en las rocas que tantas noches iluminó con su faro.

—Sí, pero todavía no —respondió mi hermano.

Por decisión suya, acabamos esperando hasta principios del verano siguiente para esparcirlas. Unos días antes, lo vi empujando un gran bidón metálico, haciéndolo rodar por la parcela hasta un rincón lejano. Llevaba también una garrafa de gasolina. Cuando le pregunté qué hacía, me dijo que necesitaba quemar todas las malas hierbas del terreno.

Me pidió que no saliera de casa en ningún momento.

En el rincón elegido, encendió una hoguera que mantuvo viva durante dos días. La alimentó con las malas hierbas, pero también con leña que el abuelo y él guardaban en el túnel de las babosas y las lombrices. Ellos dos, y luego solo mi hermano, empezaron a llamar a ese lugar «el almacén» o «el taller», porque no solo almacenaban montones de leña ahí abajo, sino también herramientas. Además de bajar para controlar las bombas, cables y llaves que hacían funcionar la casa, mi hermano usaba el espacio para arreglar cualquier cosa. Había arreglos en los que se pasaba noches enteras trabajando. Por suerte, nunca me pedía que lo ayudara. A mí no me interesaba arreglar cosas y además prefería no acercarme al túnel. A esa edad, todavía me daba miedo el hombre grillo. No quería que me llevara a vivir bajo tierra para siempre.

Los días que quemó las malas hierbas, mi hermano no se separó del fuego ni durante la noche. Dijo que debía vigilar que no se extendiera y me insistió en que, por favor, por seguridad, no saliera de casa.

En varios momentos, la brisa metió en casa un peculiar olor a quemado. A horno.

Fue después de aquel trabajo cuando mi hermano decidió que ya había llegado el momento de esparcir las cenizas del abuelo.

—Por fin —dije.

Me daba pena dejar de tenerlo con nosotros, pero sabía que el abuelo no quería quedarse encima de la chimenea para siempre.

—Vamos —dijo mi hermano.

Señalé por la ventana el final del terreno, aún soleado.

—Esperamos entonces —añadió al darse cuenta.

En cuanto se completó el atardecer, nos situamos al borde del acantilado. Mi hermano abrió la urna y me pareció que estaba mucho más llena de lo que la recordaba. Además, la ceniza parecía diferente. Era menos fina y de un color más oscuro que las cejas del abuelo. No me dio tiempo a verla con mayor detenimiento porque mi hermano la volteó enseguida y los dos colores de ceniza se mezclaron perfectamente en el aire. Formaron una única polvareda que acabó bailando como un remolino entre la brisa.

—Cómo vuelan —dije.

Mi hermano se secó los ojos con el puño de su jersey.

—Como polvos de talco... —susurró.

Entrelazó sus dedos con los míos mientras las cenizas se dispersaban sobre las rocas y el mar por el resto de la eternidad.

La casa, el terreno, todo pasó a ser nuestro. De mi hermano, que era el mayor de edad. También el dinero. El abuelo lo dejó en una cuenta bancaria y en un montón de billetes guardados en una maleta en su armario.

Durante unos años, vivimos los dos solos.

Hasta que, cuando cumplí los trece, mi hermano conectó especialmente con una de las chicas con las que se carteaba. Se mandaba cartas con varias, pero de ninguna me había hablado con tanta emoción como me habló de ella. Le gustaba la naturaleza y respondía a todo lo que él le contaba de manera tan imprevista como comprensiva. Además, tenía veintitrés años, igual que él. Una mañana, sentados los dos a la mesa de la cocina, mi hermano abrió una carta que contenía una foto. Era la primera que ella le mandaba. Se quedó mirándola con la respiración detenida.

—¿Qué pasa? —pregunté—. ¿Por qué te pones así?

Permaneció en silencio, sin responderme, atónito con la imagen frente a él.

—¿Me dejas verla?

Aún tardó unos segundos en prestarme atención.

—Mejor no —respondió mientras guardaba la foto en el sobre—. Ya la conocerás en persona.

Fue la primera señal que tuve de que la cosa iba en serio, porque hasta ese momento mi hermano no me había presentado a ninguna de esas chicas con las que se carteaba.

Como ella no era de la isla, mi hermano debía hacer un viaje de cincuenta minutos en ferry para ir a visitarla a la costa. El horario de los ferris lo obligaba a irse muy temprano y volver bastante avanzada la tarde, así que cuando se iba me pasaba el día solo en casa. Entonces podía beber todo el refresco y comer todos los cereales que me diera la gana sin que él me dijera nada. O quedarme durmiendo toda la mañana si me apetecía.

Durante el día, casi no podía salir al terreno, porque apenas había sombras.

Pero, cuando caía la tarde, la casa comenzaba a proyectar una grande que crecía hacia el acantilado a medida que bajaba el sol. Yo me protegía en ella, avanzando solo hasta donde me iban permitiendo los límites de la silueta oscura que se dibujaba en el suelo. Cada tarde, sentía que iba conquistando de nuevo el terreno, recuperando la capacidad de caminar por la parcela. La torre de la casa, que imitaba la del antiguo faro en el que trabajó el abuelo, arrojaba una delgada pasarela de sombra que sobresalía del resto de la fachada. Era como una senda en construcción que me permitía ir caminando cada vez más lejos. En el momento en que la punta de la torre alcanzaba el borde del acantilado, podía por fin completar mi camino de sombras hasta el precipicio.

Entonces me asomaba al mar con los brazos en alto dando por finalizada mi conquista del día.

A esas horas, el sol desaparecía, el graznido de las gaviotas cesaba y mi hermano estaría a punto de regresar. Con el paso del tiempo, fui ampliando el campo de exploración hasta el propio acantilado y fui encontrando escaleras naturales por las que bajar y descubrir grutas secretas en las que me encantaba guarecerme. Tenía una favorita que usaba para pintar o leer. De las grutas volvía siempre antes de que regresara mi hermano. Sabía que la pared del acantilado le daba tanto miedo como la escalera de la torre y no quería preocuparlo ni que me regañara. A él solía esperarlo a la vista, tumbado bocarriba entre los dientes de león del terreno, esperando ver aparecer las estrellas.

Así me encontraba la tarde en la que conocí a la chica.

Mi hermano me había avisado por la mañana, antes de irse, de que volvería acompañado, porque quería enseñarle a su novia dónde vivíamos. Fue la primera vez que usó la palabra «novia». Me incorporé en cuanto oí la camioneta de mi hermano acceder a la parte delantera del terreno, en el lado contrario de la casa. Allí se encontraba la entrada principal a la parcela, a la que se llegaba por la calle asfaltada que subía desde el pueblo. Los oí hablar entre ellos. Más pasos de los habituales caminaron sobre el camino de grava que llevaba a la puerta de casa. Una vez ahí, podían rodear la construcción por el exterior para acceder a la parte trasera del lugar, donde yo estaba, o podían atravesarla por dentro y acabar saliendo al porche trasero usando la gran puerta corredera del salón.

Hicieron lo segundo.

Un primer vistazo desde lejos me resultó confuso.

No entendí muy bien lo que veía.

Sacudí hierbas y tierra de mi ropa mientras me dirigía al porche.

Cuando mi hermano me presentó a su novia, traté de disimular el impacto que me produjo verla. Entendí por qué no había querido enseñarme la foto que le envió. Ella se adelantó para romper la tensión enseguida.

—Quieres preguntarme qué me pasa en la cara —dijo—. ¿A que sí?

Miré a mi hermano como pidiendo permiso y explicaciones por no haberme avisado de nada. Él me animó a preguntar con gesto despreocupado.

—¿Qué te ha pasado en la cara? —Usé las mismas palabras que había propuesto ella.

—No me ha pasado nada, nací así. —Una peculiar sonrisa arrugó su labio superior mostrando dientes irregulares y mucha encía—. Desde pequeña, la cara me crece rara. Una malformación congénita. Por eso tengo esta nariz deforme, la barbilla retorcida y los ojos tan diferentes que parecen de personas distintas.

La mirada se me escapó a un lado de su cabeza.

—Esa oreja nunca la tuve —dijo ella al darse cuenta—. Me podrían quitar un trozo de costilla y construirme una, pero no quiero. No voy a hacerme más operaciones para luego quedarme con la cara igual de rara.

Mi hermano la besó cerca de la oreja ausente.

—Porque no te hace falta —dijo—. Yo solo veo una cara normal.

Un barniz brillante cubrió los ojos de ella.

—Mira qué tonta me pongo con tu hermano —me dijo. El brillo se transformó en humedad a punto de derramarse—. No creí que nunca nadie pudiera...

Un fugaz temblor en la barbilla interrumpió sus palabras. Mi hermano secó con un dedo la lágrima que acabó por desbordarse. Nunca lo había visto ser cariñoso con una chica y me dio un poco de vergüenza verlo. Pero no era vergüenza mala, era una vergüenza alegre, porque lo veía contento.

Ella me miró y cerró un ojo presionando la piel irregular de su párpado más de la cuenta.

Dudé si preguntar o no, pero acabé haciéndolo:

—¿Me has guiñado el ojo?

Ella fue la primera en reírse.

—¿Tan mal lo hago?

Asentí y guiñé el mío para que viera cómo se hacía.

—¿Y a ti qué te ha pasado en la cara para ser tan mono? —preguntó ella.

—Lo mismo que a ti, nada —respondí—. Nací así.

Los dos nos reímos y nos hicimos muecas con la cara como si nos conociéramos desde hacía tiempo.

3

Mi hermano propuso enseñarle primero la parte trasera del terreno. Los acompañé hasta el acantilado. Cuando arreció una sacudida de brisa marina, ella, en lugar de protegerse, levantó los brazos de manera parecida a como había hecho yo al finalizar mi conquista diaria.

—Qué lugar tan bonito —dijo inspirando el aire salado.

El cielo era morado a esa hora, y el mar era de un azul tan profundo que resaltaba el blanco espumoso de las olas al romper. Mi hermano la abrazó por detrás, con la barbilla sobre su hombro.

Le susurró al oído algo que no alcancé a escuchar.

—Despacio... —respondió ella.

Mi hermano le explicó que los límites del terreno los marcaba el propio acantilado y el cercado que rodeaba la parcela. El antiguo faro no tenía valla, pero más tarde el abuelo necesitó ponerla. Se la señaló, a lo lejos. Le contó que ese faro antiguo se había quemado y le mostró en el suelo la zona que ocupó. Una sutil diferencia en el crecimiento de la vegetación permitía aún adivinar la existencia de alguna construcción pasada.

—Nuestro abuelo construyó más tarde la casa de ahora. —Apuntó a la fachada con la mano abierta—. Ya no es un faro, pero él quiso que lo pareciera. Por eso tiene esa torre, aunque no hay linterna arriba ni nada. Es solo un estudio.

—Qué pena —dijo ella—. Pocas luces hay más mágicas que las de un faro.

Mi hermano me miró.

—Le hubiera caído muy bien al abuelo.

Asentí con una sonrisa.

Continuamos el recorrido por los laterales de la casa. En uno, mi hermano le enseñó el gallinero y le prometió que al día siguiente desayunaría los huevos más ricos de su vida. Entendí, como sospechaba, que iba a quedarse a dormir. Tampoco había otro ferry en el que pudiera volver. Cuando ella contó que había seis gallinas, le preguntó a mi hermano si no eran muchas para nosotros dos.

—A veces regalo a la gente que vive por aquí —dijo él.

No recordaba haberle visto regalar ningún huevo a nadie, pero el gallinero era cosa suya y yo no tenía ni idea de cuántos huevos ponían a la semana seis gallinas.

En el otro lateral de la casa había dos postes clavados en el suelo que conformaban el tendedero. Y más allá, en las profundidades del terreno, hacia la valla de ese lado, se encontraba la trampilla para acceder al túnel. Pensé que mi hermano querría enseñarle el taller a su novia, pero, para mi sorpresa, propuso regresar todos al porche. Me alegré porque seguía prefiriendo no acercarme a esa zona. La sola idea de escuchar las antenas del hombre grillo rascando bajo la tierra me seguía aterrorizando. No tenía muy claro si trece años eran suficientes para que el monstruo dejara de considerarme un niño apetecible que llevarse a vivir bajo tierra.

—Cuánto espacio —dijo ella extendiendo los brazos a mitad de terreno—. Qué libertad.

En el porche, antes de entrar en casa, mi hermano se fijó en los libros de texto abiertos sobre la mesa exterior. Los días que él se iba, me dejaba marcadas páginas de ejercicios para completar.

—¿A que no has hecho ni uno? —preguntó.

Me mordí los labios sin responder. En cuanto me lo había permitido la sombra, había sacado los libros al porche con la mejor de mis intenciones, pero al final no les había prestado ninguna atención.

—Tu hermano me ha contado que no vas al colegio —dijo ella.

Cerré los libros y recogí los bolígrafos.

—Sí voy —corregí—. Los exámenes los hago allí.

Yo seguía el mismo programa de la escuela en la isla, pero a clase solo iba para los exámenes, en horario especial. Hacía años mi hermano había hecho una petición por escrito para que me dejaran estudiar en casa, explicando lo que me pasaba. Durante el tiempo que esperamos la respuesta, mi hermano repetía, enfadado, por el salón, que no nos iban a conceder el permiso, que me obligarían a ir. Sin embargo, cuando llegó la carta que sí nos lo concedió, en lugar de alegrarse se enfadó también. Le pregunté si no habíamos conseguido lo que queríamos y él tan solo me revolvió el pelo. Entre dientes dijo que se notaba que el pueblo no quería ni vernos.

Ella me pasó el último bolígrafo que quedaba.

—¿Y te puedo preguntar por qué no vas a clase normalmente?

Con una mirada, acusé sin palabras a mi hermano de haberle contado eso también.

—No se lo he dicho —dijo—. Eso se lo cuentas tú si quieres.

—Solo si quieres —repitió ella.

Su sonrisa contrahecha me hizo sentir cómodo.

—Me da miedo el sol —dije.

El contorno extraño de sus ojos se amplió.

—Tiene una fobia irracional al sol —añadió mi hermano cogiéndome por los hombros.

—No es irracional. Es racional, porque es real. —Me sacudí sus manos—. Si me da el sol, me arde el cuerpo. Noto hasta burbujitas por dentro cuando empiezo a hervir. Y sé que, si me quedara más tiempo, se me evaporaría la piel y se me secarían los ojos. La lengua se me derretiría. No quiero tragarme mi propia lengua como si fuera puré.

Ella se llevó una mano a la boca con la nariz arrugada.

Mi hermano sacudió la cabeza.

—Tiene un poco de alergia y nuestro abuelo se pasó tanto con las precauciones que acabó cogiéndole miedo. Pero todo eso que dice son inventos y exageraciones suyas. —Me pellizcó la barbilla—. Si yo te ponía al sol cuando eras un bebé. Y no te quejabas.

Sentí terror al imaginarme expuesto de esa manera. Me podría haber desintegrado allí mismo.

—Pero no pongas esa cara —dijo mi hermano.

Su rostro se ensombreció, la mirada perdida en algún recuerdo que sentí haber estropeado. Le pedí perdón como se lo pedía al abuelo cuando le preguntaba sobre el pasado. Él sacudió la cabeza y tiró de mí para abrazarme.

—En tu primer amanecer conmigo, te cogí así, entre mis brazos, y nos pusimos juntos al sol. —Su pecho se infló contra mi cara cuando suspiró—. Fue un momento precioso.

Mi hermano cogió un pellizco de la tela de mi sudadera y frotó el tejido entre los dedos.

El carrillón de conchas que colgaba sobre nosotros en el porche puso melodía a la brisa.

—¿Entramos? —preguntó ella apuntando a la cristalera corredera que daba paso al salón.

Mi hermano señaló los sofás, la televisión, la mesa grande, un reloj de cuco y los cactus en las macetas.

—Ahora la encendemos —dijo refiriéndose a la chimenea.

En otoño, incluso en los días soleados, la llegada de la noche traía consigo un frío húmedo que se colaba por cada rendija de puertas y ventanas. La mayor parte de las paredes del salón las decoraban cuadros del abuelo, pinturas de batallas navales, sirenas y otros faros. La pared más grande, sin embargo, la ocupaba la colección de insectos de mi hermano. Se la presentó a su novia como si mostrara un trofeo.

—Esta es... —dijo ella, que ya habría oído hablar de esa pared.

La colección incluía mariposas, escarabajos, cigarras, polillas, libélulas y varios insectos más, todos expuestos en marcos de diferentes formas. Él los llamaba lepidópteros, coleópteros, ortópteros, himenópteros y de otras maneras, pero significaban lo mismo. Un día que le pregunté, mientras desayunábamos huevos del gallinero, por qué no tenía arañas o ciempiés en la colección, me miró con la misma cara de decepción que me ponía cuando no hacía los ejercicios de la escuela. Me dijo que eso no eran insectos. Tampoco los bichos bola, las lombrices o las garrapatas. Le pregunté por qué y me dijo que los insectos adultos tenían seis patas. Cualquier bicho que tuviera un número diferente no era un insecto. Los que yo había dicho, las arañas y los ciempiés, tenían ocho y hasta treinta. Entonces le pregunté si los grillos eran insectos. Me invitó a averiguarlo por mí mismo señalando el terreno a través de la ventana sobre el fregadero de la cocina. Tardé varios anocheceres en lograr cazar un grillo. Le conté seis patas, las mismas con las que luchaba por escapar de mi puño, así que era un insecto. Después esperé a ver si tenía la suerte de que me cantara en la mano, pero en cuanto le di un poco de espacio escapó de vuelta a la tierra.

La novia de mi hermano se fijó en un marco con una cigarra que parecía un juguete de plástico, toda negra salvo por un punto rojo y unas bandas verdes y azules que parecían fluorescentes.

—Es impresionante.

—Es única en su género —explicó mi hermano—. *Tacua speciosa.*

Ella me miró a mí.

—No me habías dicho que tu hermano hablaba latín.

—Sí, como un hechicero —dije yo.

Nos reímos a la vez y a ella se le torció la barbilla.

—Pues casi —dijo él sin molestarse—. Me sé todos estos nombres.

Miró a su colección, a los insectos que había etiquetado con sus denominaciones científicas en latín, como si fuera la primera vez que los veía. Parecía que nunca dejara de asombrarle que esas criaturas existieran de verdad y pudiera tenerlas frente a él. Tan diferentes, tan coloridas. Ella también las observaba y me fijé en cómo mi hermano la miraba de reojo, con media sonrisa, como si tampoco terminara de creerse que esa otra criatura estuviera a su lado.

De camino a la cocina sorteamos dos mesas auxiliares en las que había lámparas, velas, libros dispersos, cúpulas de cristal con especímenes quiméricos y un teléfono que no sonaba casi nunca.

—Hoy cenamos crema de zanahorias —dijo mi hermano.

—Le sale muy rica —añadí yo.

Sacó las zanahorias de la nevera, además de reunir patatas y otros ingredientes que dejó preparados junto al fuego. Puso una olla de agua a calentar y me entregó una tabla y un cuchillo.

—Ve cortando tú, yo le enseño el resto de la casa.

Acaté la orden, pero me dejé caer con desgana en la silla, a modo de protesta.

Corté las zanahorias sentado a la mesa de la cocina, atento al recorrido que seguían ellos.

Del salón pasaron al vestíbulo de entrada. Allí había un aseo, una butaca junto a un perchero, un mueble recibidor, un armarito para llaves y la escalera que subía al primer piso. Las maderas del suelo crujieron sobre mi cabeza mientras se desplazaban al dormitorio principal, el de mi hermano, desde cuyas ventanas se divisaba el terreno trasero, el acantilado y el mar. De ahí pasaron al del abuelo, que aún manteníamos como él lo dejó. Entraron al baño de arriba y después sus pasos cruzaron el distribuidor hacia los cuartos que daban a la fachada delantera, que eran el mío y uno sin cama en el que había muebles y trastos. Desde ese mismo distribuidor partía una escalera de caracol que ascendía por la torre, como la de los faros de verdad. Desde pequeño, mi hermano y mi abuelo me tenían prohibido usar esa escalera, la cual mantenían cerrada con una puerta. No dejaban de hablarme de terribles accidentes que podían ocurrir, aunque a mí no me parecía tan peligrosa. Le habían puesto una barandilla en todo el recorrido, además de revestir los escalones con una moqueta gruesa que daba gusto pisar descalzo. Únicamente me dejaban subir acompañado por ellos y establecieron que no me permitirían subir solo hasta que no cumpliera los catorce. Me faltaba un año aún. Mi hermano me dejaba cortar zanahorias con un cuchillo enorme con el que podía rebanarme los dedos o sacarme un ojo, pero aún no me permitía subir una simple escalera.

Hasta la cocina llegó la reverberación de sus voces amplificadas mientras subían por la torre al espacio superior, que no era la lente de un faro, sino un estudio al que también llamábamos biblioteca, porque era donde mi hermano guardaba todos sus libros. Él se los enseñaría ahora a su novia, además de mostrarle las increíbles vistas panorámicas que ofrecían las alturas. No ya del mar, que se vería negro a esas horas, sino también del otro lado, del pueblo, cuyas luces se distinguían a lo lejos. Solo algunos cuadrados amarillos, los de las ventanas de las casas más cercanas, rompían la oscuridad entre el faro y el resto de la isla, como otro mar negro entre nosotros y el pueblo.

—Preciosa —dijo ella cuando volvieron a la cocina—, es una casa preciosa. Tenéis mucha suerte de vivir aquí.

Mi hermano enarcó las cejas.

—¿Te lo pregunto otra vez?

Identifiqué un diálogo silencioso entre ellos, hasta que ella retiró la mirada para saber si necesitaba ayuda cortando. Mi hermano comprobó si el agua ya hervía.

Esa noche fue la primera que cenamos los tres de muchas que vinieron después.

Durante meses, mi hermano iba a visitarla a la costa y volvía con ella en el ferry. Pasaban la noche juntos en casa y después la despedía en el puerto de la isla hasta la próxima vez. Cuando ella se cansó de la crema de zanahoria y de la pasta que mi hermano cocinaba siempre para cenar, empezó a hacer sus propios platos. Ella trajo más risas a nuestra vida y sabores diferentes a nuestra cocina. Nunca antes había comido un flan tan rico. Una de esas noches en la que de postre hubo flan, mientras tomaba una última cucharada del caramelo derretido, la novia de mi hermano miró a su alrededor con un hondo suspiro. Puso una de sus manos sobre la mía, en la mesa. La otra la colocó sobre la de mi hermano.

—Pregúntamelo otra vez —le dijo.

A mi hermano se le redondearon los ojos. Ellos sabían de lo que hablaban, pero yo no. Entonces recordé la primera noche, aquella mención a alguna pregunta que él ya le habría hecho varias veces. Por fin supe cuál era.

—¿Te vienes a vivir aquí? —preguntó mi hermano.

Ella prolongó el silencio. Después cerró sus ojos dispares y asintió con ganas. El pelo oscuro que no podía engancharse a la oreja que no existía se sacudió libremente por ese lado de la cara. Su sonrisa contrahecha retorció su barbilla y arrugó sus mejillas. Mi hermano se quedó mirándola, como si encontrara en ese rostro colores tan espectaculares como los de algunas mariposas enmarcadas en su pared.

No hay deformidad que oculte la belleza a los ojos de quien sabe verla.

4

Al amanecer, mi hermano entró a la cocina por la puerta que daba al terreno.

Cerró despacio para no hacer ruido.

—Estoy aquí —dije.

Mi voz lo sobresaltó, no esperaba encontrarme ahí.

—Qué pronto te despiertas.

—No podía dormir más. Estoy nervioso.

Traía las manos llenas de tierra.

—¿Vienes de abajo? —pregunté—. ¿Del taller?

Asintió sin mirarme. Se lavó las manos en el fregadero.

Moví mi silla hacia atrás, unos centímetros, manteniendo el bol de cereales sobre mi regazo.

—¿En serio? —preguntó él—. Si ni siquiera calienta todavía.

Señaló el sol del que yo había escapado. A esas horas, entraba tan inclinado por las ventanas que cubría casi todo el suelo del salón y la cocina. Tenía que ir moviendo mi silla para que no me alcanzara.

—¿Tú no estás nervioso? —pregunté.

Esa tarde, mi hermano cogería el ferry para ir a la costa. Y, al día siguiente, vendría con su novia para que se quedara a vivir con nosotros.

—Al revés, tengo muchas ganas.

Aunque sonreía, en su frente identifiqué las arrugas de alguna preocupación. Su voz tampoco sonaba firme. Le pregunté si había pasado algo, pero él se quedó mirando por la ventana, al terreno, secándose las manos con un trapo. Ni siquiera escuchó mi pregunta.

—Que si ha pasado algo —repetí.

Mi hermano volvió en sí.

—No ha pasado nada, no.

Dobló el trapo sobre la encimera. Se entretuvo con sus uñas extrayendo algunos restos de tierra del taller. Siguió hablando, pero no conmigo, más bien parecía pensar en alto.

—No va a pasar nada —murmuró—. No tiene por qué pasar nada.

Vi cómo cruzaba los dedos de ambas manos.

Después de desayunar, me senté en una de las mecedoras que había junto a la puerta de entrada, nada más salir. El cojín aún conservaba la humedad del rocío. Por las mañanas, temprano, la casa proyectaba su sombra hacia el terreno delantero, así que esa era mi zona segura. Abrí el libro que estaba leyendo. Le había pedido a mi hermano que me recomendara alguno protagonizado por chicos de mi edad y me había dado uno en el que un grupo de niños y adolescentes tenían un accidente de avión y se quedaban perdidos en una isla tropical, sin adultos. Que el título mencionara insectos seguro que habría influido en su recomendación. Leí varias páginas y marqué la esquina inferior de una que contenía una frase que me gustó. Quería enseñársela a la novia de mi hermano.

Una figura apareció en la entrada exterior, la de la calle.

Su movimiento tras la verja atrajo mi atención antes incluso de que tocara la campana de fuera.

Reconocí a lo lejos su larga melena blanca, que siempre traía tan bien peinada, y las flores en las manos. Las de este mes eran amarillas y moradas. Tiró de la cuerda de la campana.

—¡Ha venido la mujer que llora! —grité hacia la puerta de casa.

Los escalones de dentro crujieron bajo el peso de mi hermano, alertado por el timbre.

—Claro, que es día nueve —dijo asomado a la puerta—. Dile que espere.

Me acerqué hasta el límite de la sombra de la casa, que se quedaba a mitad del camino de grava. Notaba las piedrecitas frías en mis pies.

—Ahora viene mi hermano —dije.

Ella solo asintió.

No podía ver si ya estaba llorando, pero la oía sorberse la nariz.

—¿Cómo puedes vivir aquí? —preguntó.

El abuelo y mi hermano me habían pedido que no respondiera a las preguntas de la mujer que llora. Ni de nadie que se acercara a la valla. En general, no debíamos hacer mucho caso de algunas cosas que nos decía la gente. Comentarios y preguntas que nos soltaban cuando bajábamos al pueblo o cuando iba a hacer los exámenes a clase, aunque a esas horas no hubiera casi nadie, solo alumnos de actividades extraescolares y algún profesor.

La mujer que llora agarró un barrote de la puerta enrejada y metió la cara entre dos de ellos. Ya sabía cuál iba a ser la pregunta que me haría a continuación. La hacía siempre.

—¿Tú sabes lo que pasó aquí?

Mi hermano apareció detrás de mí.

Llegó trotando a la entrada con la llave en la mano.

—Por favor —le dijo a ella—. Sin preguntas.

—¿Pero lo sabe o no lo sabe?

—En silencio. Como quedamos. O no abro.

La mujer que llora se llevó al pecho una mano en la que sujetaba un pañuelo arrugado.

—No serías tan cruel. —Se le escapó un primer sollozo—. Tengo todo el derecho del mundo a pasar.

—Mi abuelo levantó esta verja por algo.

Ella apretó los labios.

—Por vergüenza —soltó entre dientes—. Si la levantó fue por vergüenza.

—La levantó porque esta isla nos hacía la vida imposible. Todavía hay gente que intenta entrar.

—¿Y te sorprende?

Mi hermano detuvo su mano. Retiró la llave de la cerradura sin terminar de abrir.

—No, no, no, por favor, no —dijo ella al entender la amenaza—. Me callo.

Bajó la cabeza.

Se secó los ojos y la nariz con el pañuelo.

Sentí cómo el sol rozaba los pulgares de mis pies y di un paso atrás. No quería que los dedos se me derritieran ahí mismo dejando el hueso expuesto.

Las bisagras oxidadas de la puerta enrejada chirriaron cuando mi hermano la abrió por fin.

La mujer que llora entró. Mantuvo la cabeza agachada y se dejó escoltar por mi hermano, que la acompañó al árbol de siempre, un sauce que crecía en un lateral del terreno. Lo había plantado el abuelo, hacía mucho, sobre un antiguo pozo. La mujer se agachó para esquivar las ramas y depositar las flores en el tronco. Lloró arrodillada sobre la tierra, como de costumbre, mientras entonaba algún tipo de oración. Mi hermano me buscó con la mirada y, con una mano, me indicó que regresara a las mecedoras a leer. No le hice caso. Me quedé refugiado en la sombra de la fachada, sobre el camino de grava, hasta que la mujer que llora se separó del árbol.

—Ojalá aguanten muchos días —dijo sobre las flores.

—Se las lleva el aire —explicó mi hermano.

Ella aceleró el paso de regreso a la puerta de salida. Lo hacía siempre, como si, cumplido su objetivo, no quisiera permanecer ni un segundo más en nuestro terreno. Al pasar cerca de mí, se detuvo. Mi hermano intentó cogerla de un brazo, pero ella lo evitó. Nos miró a los dos.

—¿Qué hacéis aquí? —preguntó.

En un segundo intento, mi hermano logró sujetarla de un codo. La instó a salir.

—¿Por qué no os vais? —insistió ella—. Este lugar no debería existir.

—Este lugar es nuestra casa —respondió mi hermano.

La mujer nos dirigió una mueca entre la incredulidad y el asco. Se soltó del brazo y retomó su paso acelerado hacia la salida. La seguí hasta donde me permitía la sombra. Una vez fuera del terreno, al otro lado de la verja, encaró a mi hermano en cuanto él echó la llave.

—Esta casa vuestra… —comenzó con la cara entre los barrotes—, os la vamos a tirar abajo. Otra vez.

Saliva blanca y pegajosa se acumuló en las comisuras de sus labios. Las visitas de la mujer que llora transcurrían así, entre accesos de pena y arrebatos de rabia.

—¡Esta casa no debería existir! —gritó de pronto.

—Entonces el mes que viene no tendré que abrir esta puerta —dijo mi hermano.

Ella tomó aire por la boca, como si se hubiera llevado un gran susto.

—No, no, eso no, por favor. —De nuevo era la pena la que dirigía su discurso—. Perdóname. Sí voy a necesitar que me abras. Tengo que traer las flores… Tengo que traérselas, que sepa que nunca me olvido de ella.

Él se volteó sin responder.

—Dime que me vas a abrir —insistió la mujer—. Dímelo, ¿me vas a abrir?

Vi entonces cómo mi hermano cerraba los ojos y contenía un suspiro.

—Claro que sí —acabó diciendo.

Caminó hacia la casa dando por finalizada la conversación, aunque siguió retorciendo las llaves entre los dedos. Oí un último sollozo de la mujer que llora, pero, cuando volví a mirar hacia la puerta, ya no la vi tras la verja.

Por la tarde seguí leyendo en el banco de madera del terreno trasero, aunque un viento creciente había empezado a pasar las páginas si no las sujetaba. También sacudía el viento, sin cesar, el carrillón de conchas del porche, cuya melodía sonaba furiosa. Cuando mi hermano anunció que se iba, a la sombra de la torre aún le quedaba un trecho para alcanzar el acantilado.

—Voy con tiempo de sobra —dijo—, que no quiero perder el último ferry.

Me incorporé para acompañarlo hasta donde pudiera.

—¿Te está gustando? —preguntó sobre el libro.

Le dije que mucho, pero no le hablé de la frase que había marcado para su novia. Prefería leérsela a ella directamente. Él sacó las llaves del bolsillo lateral de su mochila y me avisó de que iba a dejar cerradas la puerta de casa y la de fuera.

—Tú entra y sal por aquí detrás. —Señaló la cristalera corredera del salón—. Y, si aparece alguien en la valla, ni caso.

—No hablamos con la gente de la valla —repetí como en una consigna.

Unas manchas de colores atrajeron mi mirada.

El morado y el amarillo de las flores bajo el sauce.

—Nosotros llegaremos aquí por la mañana, muy pronto.

Mi hermano enganchó los pulgares en las correas de su mochila y miró a su alrededor como si pudiera ya imaginar escenas de la nueva vida que acontecería en cada rincón de la casa.

—Volvemos a ser tres —dije.

—Volvemos a ser tres —repitió él.

Durante un instante, la mirada se le escapó a algún rincón del terreno, detrás de mí.

—Ojalá hubiéramos sido cuatro —añadí—, con el abuelo.

Mi hermano asintió con pesar y extendió los brazos ofreciéndome consuelo en un abrazo que no le correspondí porque él ya estaba expuesto al sol y yo me había quedado detenido en el límite de la sombra.

—Venga, ven, un segundo. —Sacudió los dedos en el aire—. Que no te va a pasar nada. La mejor forma de superar un miedo es enfrentándose a él.

Era una frase que mi hermano me repetía a menudo, como si el mío fuera un miedo tonto de los que no tienen consecuencias, como a la oscuridad o a las cucarachas. Pero a mí no es que el sol me diera miedo: es que sabía que su calor convertiría mis ojos en arena.

—No sabes lo que te pierdes —dijo.

Dirigió el rostro hacia la luz anaranjada del atardecer. Cerró los ojos disfrutando de aquella sensación que a él le resultaba tan placentera. Mantuvo los brazos extendidos, como si fuera el sol quien terminara por darle el abrazo que yo acababa de negarle. Frotó entre los dedos el tejido invisible de sus memorias.

—Al final vas a llegar tarde —dije.

Se abalanzó sobre mí para abrazarme en la sombra.

—Estoy muy feliz —susurró en mi oído, apretándome con fuerza—. Y te quiero mucho.

Lo empujé de la vergüenza que me daba que me lo dijera.

—Algún día me lo dirás tú a mí también —dijo, amenazándome con un dedo mientras se marchaba.

Tras cerrar la puerta enrejada de salida, se despidió una última vez agitando la mano.

Decidí meterme en casa para escapar del viento que pasaba las páginas.

5

Mi hermano me había dejado cena en la nevera, pero no me apeteció calentarla ni comer en la cocina. Preferí prepararme un bol de cereales y ver la televisión en el sofá, tapado con una manta sobre los hombros. El viento de por la tarde no había amainado, sino que se había enfurecido con la llegada de la noche. Las rachas que ululaban en el terreno se colaban silbando por las rendijas de la casa. Las paredes crujían como si la construcción entera tiritara, de frío o de miedo.

Me encantaban esas noches.

La casa se convertía en un refugio que no daban ganas de abandonar, el exterior convertido en terreno hostil que no hacía falta pisar. El sol, a esas horas y con ese clima, parecía un enemigo de batallas pasadas, menos poderoso, casi derrotado. Hacía unos años, en otra noche igual de desapacible y mientras veíamos una película en ese mismo sofá, le dije a mi hermano que me encantaría vivir en un mundo en el que siempre fuera de noche.

—Me gustaría vivir en la oscuridad —le había dicho.

Él había enmudecido el televisor con el mando a distancia y se había quedado mirándome en silencio, la pantalla del aparato reflejada por duplicado en unos ojos que de pronto titilaban.

—No digas eso ni en broma —soltó con gravedad repentina.

Insistí en que yo prefería los grillos, la luna y las estrellas a los cielos azules, las nubes y el sol.

—La luna y las estrellas te gustan porque brillan —contestó él—. Y, si te gustan las cosas que brillan, a ti lo que te gusta es la luz, no la oscuridad.

Abrí la boca con la intención de rebatirle, pero la cerré sin decir nada, enfrentado de pronto a ese dilema. Él aprovechó para hacerme saber que, además, existían especies de grillos con canto diurno, así que ni siquiera eso era una razón para preferir la oscuridad.

—Si hasta la luna sale a veces de día —había sentenciado.

Una violenta ráfaga de viento sacudió el carrillón de conchas ahí fuera. Un respingo tambaleó el bol de cereales sobre mis piernas. Pausé las imágenes en la televisión con el mismo mando que había usado mi hermano aquella otra noche y, aún con la manta sobre los hombros, me acerqué a la puerta acristalada. Fuera, una de las flores moradas de la mujer que llora rodó por el suelo del porche y quedó atrapada en una pata de la mesa. Ese morado, en mi caja de acuarelas, era el sexto cuadrado de la cuarta fila.

En la cocina, pegué la nariz al cristal de la ventana sobre el fregadero, con las manos alrededor de los ojos para ver mejor en la oscuridad exterior. La luz de la luna resultó suficiente para apreciar que no quedaba ni una sola flor en el tronco del sauce.

Me apenó que la ofrenda de la mujer que llora no durara ni un día en su lugar. Aunque ella nos amenazara e insultara, el abuelo decía que teníamos que perdonar sus ofensas, que tan solo eran resultado de un terrible dolor. Uno causado por la aparición del cuerpo de su hija en el viejo pozo del terreno. Cuando el abuelo me contó eso, le pregunté, asustado, si la niña seguía ahí, pero él contestó que no, claro que no. Sin embargo, su madre aún quería dejar flores en el lugar donde la encontraron, como hacían otras madres en ciertos puntos de las carreteras, aunque sus hijos accidentados tampoco estuvieran en esas cunetas. Por eso el abuelo prometió que siempre le permitiríamos entrar. Muchas veces lo vi recuperar alguna flor que hubiera volado hasta el borde del acantilado, o al gallinero, para devolverla a un ramo que, igualmente, se iba estropeando con el paso de los días. Rara vez quedaba algún resto cuando llegaba el recambio cada noveno día del mes.

Del perchero junto a la puerta de la cocina cogí una chaqueta de abrigo que me puse sobre el pijama. Descolgué la linterna de su clavo. Me cambié las pantuflas por unas botas. En cuanto salí al terreno, la ventolera me enredó el pelo y el frío se coló por el bajo de mi camiseta, envolviéndome en la humedad salada de las noches.

Las olas, al romper contra el acantilado, sonaban a truenos de tormenta.

En la zona del tendedero, localicé un primer tallo de flor amarilla y corrí a por él. Desde allí atisbé otro que recogí justo antes de que echara a volar. En el porche no encontré ya la flor morada que había visto antes. Paseé por el lugar escudriñando con el haz de la linterna. Frente a mí rodó un trío de flores cuyos tallos permanecían unidos. La corriente las arrastraba hacia el acantilado. Las perseguí dándolas por perdidas, pero una racha de viento las empujó a un lateral, hacia la zona más salvaje del terreno.

Detuve mi persecución cuando el círculo luminoso de la linterna me mostró dónde se habían quedado enganchadas.

En la trampilla del túnel.

Sentí un estremecimiento que nada tenía que ver con el frío.

Inmóvil, guardando las distancias con aquella zona que aún no me gustaba pisar, esperé a que posteriores sacudidas de aire se llevaran las flores a cualquier otro lugar. Pero no ocurrió. Los dedos de viento no lograron arrancárselas a la trampilla.

Observé el par de flores que tenía en la mano. A una se le había roto el tallo, el capullo miraba al suelo como una cabeza dislocada. La otra había perdido la mayoría de los pétalos. Si mi intención era devolver al árbol algo parecido a un ramo, eso no iba a servir. Valoré si lanzar ambas al aire y olvidar mis intenciones, pero recordé una imagen de mi abuelo arañándose los brazos para coger una flor que había acabado entre las zarzas.

Lo mío era mucho más fácil de hacer.

Solo tenía que acercarme a la trampilla. Una trampilla en la que muy probablemente no vivía ningún hombre grillo. La lógica de su existencia me iba resultando más disparatada con cada año que cumplía. Cada vez se parecía más a otros cuentos que sabía que los adultos contaban a los niños. Pero, claro, yo seguía siéndolo un poco. No un niño pequeño, eso estaba claro, pero tampoco era un adulto aún. Si había una mínima posibilidad de que el hombre grillo existiera de verdad, quizá yo seguía siendo una presa apetecible para él.

—Pero es que no puede existir —dije en voz alta.

Mordí la cremallera abrochada en el cuello de mi chaqueta.

Una racha de viento silbó entre las rocas, adhiriendo el holgado pantalón de mi pijama a la parte posterior de las piernas.

Di un paso hacia la trampilla para demostrarme a mí mismo que creía lo que decía.

El haz tembloroso de la linterna guio mi camino.

Las flores se sacudieron en la trampilla y perdieron algunos pétalos.

Si quería recuperarlas, debía darme prisa.

—No puede existir —me repetí susurrando a la oscuridad—. Debajo de la tierra no puede vivir nadie.

Aceleré el paso.

Reconocí en mi miedo uno de los miedos tontos que mi hermano decía que se podían superar enfrentándose a ellos. El hombre grillo no podía ser tan terrible como el sol.

—Qué tontería tener miedo.

Bajo las suelas de mis botas crujieron los hierbajos de la zona salvaje del terreno.

—No hay nada en esa trampilla.

La iluminé con la linterna, como si la desafiara, y la alcancé con paso firme.

Me arrodillé a recoger las flores dejando la linterna sobre la tapa.

El nuevo conjunto que formé seguía maltratado, falto de pétalos y con tallos fracturados, pero al menos, por cantidad, ya parecía un ramo.

El viento me salpicó las gotas de alguna ola especialmente brava, esas que a veces volaban pulverizadas hasta el terreno. La corriente hizo rotar la linterna sobre el metal de la trampilla, su luz giraba como la de un faro a pequeña escala.

Antes de recogerla, sentí un impulso parecido al del vértigo cuando me asomaba al acantilado, un vértigo arrebatador que transformaba el miedo a caer en la pulsión de saltar. De igual forma, en ese momento, el temor al hombre grillo se transformó en la pulsión de invocarlo.

Tan seguro estaba de haber vencido mi miedo, tan aplastante me parecía la lógica de su no existencia, que me atreví a llamar a la puerta subterránea. Con los nudillos, toqué tres veces la trampilla, como golpeaba mi hermano el marco dorado de nuestra chimenea cada vez que leía junto al fuego su relato de terror favorito, uno sobre la pata de un mono que concedía deseos.

Doblé la provocación apoyando la mano extendida sobre el metal, dándole tiempo al hombre grillo de reconocer, u olfatear, que en la superficie había un niño que lo desafiaba a manifestarse porque estaba a punto de dejar de creer en él.

El viento se calmó y me permitió escuchar la ausencia de respuesta.

En el silencio, sacudí la cabeza con una sonrisa burlona, dirigida a mi hermano y a mi abuelo por engañarme, pero también a mí mismo por haber sido tan ingenuo.

Fue entonces cuando sentí la vibración en la mano.

Antes incluso de escuchar el gruñido.

Un espasmo de terror me inmovilizó.

Me quedé con la mano pegada a la trampilla, como si el metal estuviera al rojo vivo y mi piel se hubiera fundido en ella.

Ahogado por mi propia garganta encogida, pretendí gritar.

Emití solo un gemido agónico, igual a los que le oía a mi hermano cuando tenía pesadillas.

Al otro lado se produjo un gemido similar.

La trampilla volvió a temblar.

Algo la golpeaba desde dentro.

El hombre grillo.

Imitó mi secuencia de toques, tres y con la misma cadencia, como perversa respuesta a mi juego. Lo imaginé acechando al otro lado, en la oscuridad del túnel. Un abominable insecto gigante, medio humano, que había esperado agazapado a su presa durante años. Porque sí existía, por supuesto que existía, por mucho que yo hubiera empezado a dudar de él. Ahora abriría la trampilla para cazarme con sus patas, que también eran enormes manos, y llevarme a vivir bajo tierra.

Otro gruñido convirtió el terror en una sábana de cemento que me mantuvo ahí petrificado, incapaz de reaccionar. La ventolera regresó con fiereza, mezclando en mis oídos su ulular fantasmagórico con el monstruoso sonido gutural que peleaba bajo la trampilla. En algún momento, ese gruñido se transformó en palabras, o se mezcló con ellas, porque de la tierra emergió una voz profunda, agrietada.

—Estás ahí.

Dejé de respirar.

—¡Baja! —gritó la voz subterránea.

Más golpes sacudieron la trampilla.

Escuché una especie de ronquidos salvajes.

El hombre grillo me imploraba bajar.

Vivir dentro de la tierra para siempre.

—¡Baja!

Ese grito se mezcló con el atronador impacto de una ola en el acantilado. Empecé a dudar si de verdad oía voces o era solo mi imaginación confundida la que encontraba palabras en el rabioso rumor del mar y los aullidos del viento.

Pero la trampilla volvió a sacudirse.

Algo muy real la golpeaba desde el otro lado.

—¡Baja!

Oí un gruñido horrible.

Como un rebuzno.

Un último latigazo de pánico activó mi cuerpo inerte.

Logré separar la mano de la trampilla.

Desconectado el vínculo físico con el horror que me hipnotizaba, escapé hacia atrás empujándome con los talones, arrastrando el trasero entre las malas hierbas. Los tallos que se enredaron en mis muñecas me hicieron pensar en venas gruesas y retorcidas desparramadas sobre la tierra. Como si el hombre grillo las hubiera desechado ahí tras arrancárselas a sus víctimas.

—No, no, no, no —logré decir desentumeciendo mi garganta.

Me raspé las manos en la huida y maltraté aún más el ramo de flores.

No separé la vista de la trampilla. Mi hermano decía que siempre estaba abierta, nunca la cerraban, así que fue fácil imaginar cómo de ella emergía la sobrecogedora anatomía del hombre grillo, que todavía podría cazarme cubriendo de un salto la distancia que yo había recorrido con tanto esfuerzo.

Nada más salir de la parte más salvaje del terreno, me incorporé a toda prisa.

Me sacudí hierbas arrancadas en los tobillos y las muñecas.

Sin tiempo a razonar, mis pies me dirigieron al sauce. El objetivo original de mi misión prevaleció sobre la huida de emergencia. Junto al tronco dejé el ramo de flores ajadas, como el de alguna novia que se hubiera ahogado en un mar de tempestad.

Noté algo enredado entre mis dedos.

Podía ser algún resto vegetal, pero era más largo, más fino.

Lo iluminé con la linterna.

Un cabello.

La luz me devolvió el destello amarillento de un pelo rubio.

La historia de la niña nunca me había dado miedo, solo pena, pero, en esa lúgubre noche en la que lo monstruoso parecía real, imaginé un bracito infantil saliendo del suelo para agarrarme del tobillo. Porque ella también quería arrastrarme bajo tierra.

—No, no, no, no, no.

Escapé del árbol repitiendo la negación en alto. Atravesé sombras lunares en el terreno y supliqué a todas esas criaturas a las que les había dado por asustarme que me dejaran en paz, que solo quería volver a mi casa, mi sofá, mi manta y mi bol de cereales.

Una última racha de viento se coló por la puerta de la cocina justo antes de que la cerrara.

Seguí empujándola, como si aún temiera el embiste de alguna criatura del exterior.

En esa posición defensiva, esperé a que se relajara mi respiración.

Recuperada cierta tranquilidad, me acerqué a la ventana sobre el fregadero.

Miré a la trampilla y al tronco. Protegido dentro de casa, sin los aullidos del viento enloqueciendo mis oídos ni el tronar de las olas retumbando en mi cabeza como malos pensamientos, ambos volvían a parecer inofensivos.

La trampilla era solo el acceso al taller de mi hermano.

El sauce tan solo era otro árbol, uno más, bajo el que no descansaba el cuerpo de ninguna niña.

El pelo que finalmente logré desenredar de entre mis dedos era tan solo un cabello quebradizo de color blanco.

6

La campana sonó poco después de mi desayuno. Por el ímpetu en su tañido deduje que sería mi hermano anunciando entusiasmado su regreso. Al ser una mañana de cielo nublado, pude salir a recibirlos hasta la puerta. Los días encapotados limitaban menos mis movimientos, pero yo prefería, por precaución, no salirme demasiado de los lugares donde sabía que habría sombra. No quería que un claro repentino en el cielo me dejara expuesto al sol sin posibilidad de huida.

Además de la mochila con la que se fue, mi hermano cargaba con dos maletas. Detrás de él, su novia llevaba una tercera. Me saludó con su sonrisa torcida y rechazó mi oferta de ayudarla con el equipaje, aun cuando las ruedas de su maleta se atascaron durante todo el camino de grava.

—Bienvenida a tu nuevo hogar —dijo mi hermano una vez que entramos en casa.

—No me lo creo. —Ella miró a su alrededor con un suspiro ilusionado. Cruzó el vestíbulo, recorrió el salón y se asomó al porche trasero. Entornó sus ojos desiguales como si necesitara asegurarse de que lo que veía era real, enfocando el paisaje que no cesaba de asombrarla—. Esta va a ser mi vida.

—Lleva siéndolo un tiempo —apuntó mi hermano.

—No es lo mismo. Solo he pasado noches aquí. Ahora... —Se dejó abrazar por él sin dejar de mirar al mar—. Ahora vivo aquí. Es muy distinto. Y he traído algo con lo que marcar la diferencia.

Tiró de la cremallera de una de las maletas, abriendo un compartimento frontal. Extrajo un marco de fotos cuya imagen ocultó contra su tripa. Lo colocó en la repisa de la chimenea, junto a la urna donde habían reposado las cenizas del abuelo. Tras quedarse vacía, mi hermano le había metido una maceta en la que crecía un cactus formado por dos bolas verdes llenas de pinchos, que se unieron al resto de las macetas con cactus en la repisa.

—Desde el primer día que vine me di cuenta de que no tenéis fotos familiares en casa —dijo la novia de mi hermano.

—Hay una de la abuela —la corregí—. En el cuarto del abuelo.

—Pues ahora hay otra. —Volteó el marco desplegando su pie trasero—. Nuestra. Porque vamos a ser una familia que llenará de fotos este lugar.

Señaló el retrato con ambas manos, como presumiendo de un premio. Recordé enseguida el momento fotografiado. Era de una tarde en la que mi hermano trabajaba con pinzas y alfileres en uno de sus especímenes quiméricos, en el porche. Su novia se había sentado sobre sus rodillas y, mientras él pedía máxima precaución con el contenido de la mesa, ella me llamó para que me acercara y les tomara una foto. Después se lo pensó mejor y quiso incluirme en el retrato. Lo hicimos con la función de cuenta atrás de la cámara, yo situado junto a ellos con una mano sobre el hombro de mi hermano.

—Además de que salimos los tres y se nos ve felices —comenzó ella, recorriendo la imagen con un dedo flotante—, se ve también parte de la casa, parte del terreno, parte del acantilado. Y esta sombra de la torre del faro sirve como recuerdo de vuestro abuelo.

Mi hermano examinó la imagen como si buscara algo más.

—Estamos todos —dijo tras unos segundos, aunque era algo evidente.

—Es que teníamos que estar los tres. —Ella me miró recordando su invitación a incluirme en el retrato.

—Es un detalle precioso —dijo mi hermano—. Eres increíble.

—Ni tú ni yo hemos crecido en familias normales —dijo ella—, pero algún día podremos formar una. La nuestra. En esta casa.

Mi hermano asintió con una sonrisa y buscó cariñosamente la mano de ella, pero percibí en su rostro la sutil tirantez de una preocupación, similar a la que le había notado la mañana anterior en la cocina mientras extraía tierra de sus uñas.

—Tú tampoco has conocido lo que es tener una familia normal —se dirigió a mí.

—¿Cómo que no? Siempre he tenido a mi hermano y al abuelo. Y ahora a ti.

—Me refería a que habéis crecido sin padre ni madre, como yo.

Mi hermano tensó su postura.

—No todo el mundo tiene una familia como las demás —dije repitiendo una frase habitual de mi hermano—. A mí no me ha faltado nada.

—¿De verdad no te gustaría haber conocido a tus padres? —preguntó ella.

Negué con la cabeza.

—Ya no —dije.

Hubo un tiempo en el que sí pregunté por ellos, por su ausencia, porque sabía que todos los niños del pueblo y de mi escuela tenían padre y madre. También los tenían la mayoría de los niños que veía en la televisión o sobre los que leía en los libros. Pero cosas que me fueron contando mi hermano y mi abuelo me quitaron las ganas de saber más. Poco a poco empezamos a referirnos a nuestro pasado como «aquello de lo que no hablamos».

Noté que ella iba a decir algo más al respecto, pero mi hermano le pellizcó el meñique.

—¿Tú crees que hace falta tener padre y madre? —pregunté.

—Bueno, yo hubiera preferido que... —respondió tragando saliva—, que me quisieran.

Igual que había hecho la primera vez que nos contó su historia, se encogió de hombros, no por indiferencia, sino por impotencia ante la imposibilidad de cambiar el pasado. Ella, desde muy pequeña, había crecido en un orfanato pensando que sus padres habían muerto. Sin embargo, de adolescente, cierta documentación le descubrió que, en realidad, la habían dejado, recién nacida, en un contenedor de basura, dentro de una bolsa en la que debió haberse asfixiado, entre desperdicios de comida. En la misma documentación se mencionaba la extraña desfiguración de su rostro como posible razón del abandono, como si hasta en el informe de las autoridades que registraron el suceso comprendieran que así hubiera sido.

Mi hermano acarició el mismo rostro deformado de aquel bebé y besó el orificio de la oreja ausente para dejar claro que en ese nuevo hogar tal desfiguración resultaba insignificante. Ella se secó los ojos con un nudillo.

—Estamos bien así —dije yo—. Sin padres ni madres.

Mi hermano se separó de nosotros de manera repentina. Desabrochó las hebillas de las maletas y deshizo su mochila. Le pregunté algo y respondió sin mirarme. Luego fue a la cocina y abrió el grifo. Tardó bastante en volver. Cuando reapareció, planeó el resto del día hablando con una serenidad que me resultó impostada. A su frente habían regresado los relieves de alguna inquietud.

—¿Qué te pasa? Te noto raro.

Lo dije en voz alta porque me resultaba evidente.

—¿Raro? —Su cara se alisó de manera forzada—. Lo que estoy es emocionado y nervioso. Hoy es un día muy importante. Tú sube al baño y recoge todo bien, que luego vamos nosotros.

Ella sacó de una maleta un neceser voluminoso.

—Voy avisando de que necesitaré, como mínimo, un estante propio.

Me reí al ver el tamaño de la bolsa y salí del salón.

Crucé el vestíbulo.

Ellos siguieron hablando.

—Quiero vivir aquí —decía ella—. Realmente lo quiero. Contigo. Nunca he estado tan segura de algo en mi vida.

Esperé una respuesta inmediata de mi hermano, pero no la hubo.

Se produjo un largo silencio.

Tampoco sonaba a que se estuvieran besando.

Entonces mi hermano carraspeó.

—Luego, después de... —dijo aclarándose la garganta una vez más—, por la tarde, cuando coloquemos todo esto y nos instalemos, hablamos de algo, ¿vale?

Aprecié un timbre extraño en su voz.

—Claro —respondió ella—. De lo que quieras. Solo una cosa podría hacer este día más especial.

Empecé a subir la escalera para dejar de inmiscuirme en aquella conversación que sonaba cada vez más íntima. Por la insinuación de ella y la intranquilidad de mi hermano, me dio por pensar que se avecinaba cierta propuesta.

En el primer piso, de camino al baño, probé a abrir la puerta de la escalera que llevaba al estudio. Siempre lo intentaba, por si acaso, pero a mi hermano nunca se le olvidaba cerrarla.

La novia de mi hermano volcó el molde de un flan en el plato.

—Quiero empezar a buscar trabajo en la isla —dijo—. He visto que hay cinco pastelerías. Cuanto antes se acostumbren a la cara rara de la forastera, antes podré encontrar algo. No sabes el disgusto que se llevó mi jefe cuando le dije que me iba.

Mojé el meñique en el caramelo líquido que encharcó el plato.

Ella me dio un toque en la mano a modo de regaño, pero enseguida hizo lo mismo.

Nos miramos con los ojos muy abiertos y un dedo en la boca.

—Ya le he dicho que no hay prisa por trabajar, tenemos lo del abuelo. —Mi hermano entró a la cocina y recogió las cáscaras de huevo de la encimera. Se quedó mirándolas antes de dejarlas caer en la basura—. Además, tu cara va a ser lo de menos para el pueblo cuando sepan que vives aquí.

Del bolsillo trasero de su vaquero sacó unos papeles.

—También podrías preparar las cosas en el horno de casa y venderlas por la isla —propuse—. Y yo puedo encargarme de repartir los pedidos. Tengo la bici.

—Y así nadie me vería la cara, ¿no?

Me guiñó un ojo, como yo le había enseñado, para que supiera que bromeaba.

—Mal negocio va a ser si solo podéis repartir por las noches —me dijo mi hermano—. ¿O vas a olvidarte por fin de tu miedo al sol? Que ya es hora.

Lo pensé.

—Bueno, pues yo reparto de noche y ella de día —concluí.

—Lo que tienes que hacer tú, de noche o de día, cuando sea, es estudiar. —Mi hermano extendió frente a mi cara los papeles que había sacado, sujetándolos por arriba con dos dedos—. Acaba de enviar tu profesora el material del nuevo trimestre.

Se me escapó un bufido al ver el larguísimo índice de capítulos del primer folio.

—No, «buf» no —dijo mi hermano—. En cuanto cenemos, te pones con ello. Y, si no, se acabó el estudiar en casa.

Era una amenaza que soltaba de vez en cuando, aunque los dos sabíamos que era imposible que yo asistiera de día a la escuela.

—He estado leyendo sobre tu heliofobia —intervino ella. Con una cuchara de madera servía montañitas de guisantes en tres platos—. En algún momento habrá que tomar medidas si no queremos que vaya a peor.

—Yo llevo tiempo diciéndoselo —añadió mi hermano.

No entendí de qué manera una conversación interesante en la que yo planeaba montar un negocio familiar se había convertido en un sermón sobre mis deberes y mis miedos, poniéndoles encima ese nombre técnico que tanto odiaba, como si fuera una enfermedad. Así que arranqué los papeles de la mano de mi hermano y escapé a la mesa del salón.

Él me siguió.

—He dicho que podía ser después de cenar, no ahora mismo. —Se acercó a la mesa—. Y cuidado con esto.

Alejó de mi codo uno de sus especímenes quiméricos, insectos híbridos que creaba en cúpulas de cristal. Con restos de diferentes ejemplares, daba forma a criaturas fantásticas que no existían, seres extraños con cuerpo de libélula, alas de mariposa y patas de mantis religiosa. O el cuerpo de una abeja con la pinza de una tijereta y los élitros punteados en rojo y negro de una mariquita. Estas quimeras las disecaba sobre los tallos de alguna planta o alguna roca, posadas en alguna flor o en la corteza de un árbol con musgo para que parecieran más reales. Una vez me preguntó qué pensaba yo sobre esas criaturas, si existían o no. Le respondí que no, que las había creado él, no la naturaleza. «Y, sin embargo, las estás viendo, están aquí delante —argumentó él mientras giraba una de las cúpulas—, posadas en esta flor como si hubieran llegado volando desde otro mundo. O desde una parte desconocida de este mismo. Una aún más fascinante y luminosa». Señaló después a los insectos reales de su pared y me dijo que a esos tampoco los había visto nunca en su hábitat natural, ni siquiera vivos. Me preguntó qué diferencia había entonces. Cómo podía yo saber cuál era real y cuál no. Era una de esas veces en que abría la boca para rebatir a mi hermano, pero no llegaba a decir nada, enfrentado a un dilema para el que no tenía respuesta. «Hay cosas que existen si tú quieres que existan. Por eso leemos. Y por eso hay gente que cree en Dios y en el cielo», acabó diciendo él.

Tras apartar la cúpula, se sentó en el borde de la mesa.

Se encorvó y habló en voz baja:

—Necesito que después de cenar te metas en tu cuarto —dijo—. Hoy no hagas los deberes si no quieres, pero déjanos solos un buen rato. Tengo que hablar con ella y no sé cuál será el mejor momento. —Desvió la mirada hacia sus manos inquietas. Cuando frotó los dedos entre sí supe que se había evadido a algún lugar profundo de su mente. Murmuró algo que no parecía dirigido a mí, sino a sí mismo—: Ya… Ya no puedo retrasarlo más.

—¿Es lo que yo creo? —pregunté.

Perdido en sus pensamientos, no me respondió.

Repetí la pregunta.

—¿Cómo? —Parpadeó varias veces seguidas.

—Que si es lo que yo creo —dije por tercera vez.

—¿Y qué crees?

Recorrí con dos dedos el anular de mi mano izquierda poniéndome un anillo invisible.

A él se le escapó una risotada afligida entre los labios.

Me cogió del cuello y me besó la coronilla.

—Ojalá fuera eso —susurró.

7

Obedeciendo la petición de mi hermano, subí a mi cuarto en cuanto terminamos de cenar. Aunque no pensaba hacer ningún ejercicio, cogí de la cocina los folios de la escuela, solo para que ambos vieran que me los llevaba. Ella dijo que, si acababa rápido, aún podría unirme a ellos en el sofá para ver algo en la televisión.

Dejé caer el taco de hojas sobre mi escritorio entre los estuches de acuarelas, pinceles y rotuladores con los que a veces me entretenía pintando los paisajes del acantilado que me rodeaba. De rodillas sobre la cama, abrí una rendija de la ventana, que daba al terreno delantero. Era una noche más calmada que la anterior, menos fría y sin aire. Ninguna corriente me haría escuchar palabras imaginadas en el viento. Había pasado el día entero dudando si contarle a mi hermano lo de la voz en la trampilla, pero él tenía cosas más importantes en las que pensar. Además, no me gustaba la idea de confesarle que había pasado miedo, todavía, por culpa del hombre grillo.

Una estrella fugaz recorrió en ese momento el cielo nocturno y, con la boca abierta, vino a mi mente lo que habría sido una perfecta respuesta que no supe dar a mi hermano cuando me dijo que si me gustaban las cosas que brillaban era porque me gustaba la luz y no la oscuridad. Debí haberle dicho que eso sería porque las luces más bonitas solo se veían en la oscuridad.

Recostado con una almohada en la espalda, abrí el libro contra mis piernas. Leí durante más de una hora, convertido en otro de los niños perdidos en aquella isla tropical, hasta que las ganas de hacer pis fueron más intensas que las de saber qué harían con la cabeza del jabalí.

Nada más abrir la puerta de mi cuarto, me llegó el murmullo de una conversación.

Mi hermano y su novia hablaban en la cocina, ni siquiera se habían trasladado al salón.

Lo hacían, además, en voz muy baja, como si mandarme al cuarto no hubiera sido precaución suficiente para que no los escuchara. Me recordó al volumen que usaban a veces mi hermano y el abuelo, cuando hablaban arriba en el estudio, en una esquina del salón o en el banco del terreno, con semblantes serios, mientras me dirigían miradas para controlar dónde me encontraba.

No tardé en darme cuenta de que era únicamente el murmullo grave de la voz de mi hermano lo que ronroneaba allí abajo. Solo hablaba él, ella escuchaba. Quebrantando la promesa de privacidad que le había hecho, me acerqué al hueco de la escalera. No me sirvió para discernir palabras, pero sí aprecié un nuevo sonido. El de su novia sorbiéndose la nariz, repetidamente, como si llorara. Lo que pensé que sería una alegre propuesta matrimonial que enseguida celebrarían conmigo parecía en realidad una conversación aciaga mantenida entre lágrimas.

Confundido, me apoyé en la barandilla.

Un poste de madera crujió bajo mi peso.

El murmullo de mi hermano cesó de golpe.

Las patas de una silla chirriaron contra el suelo de la cocina.

Escapé al baño al tiempo que escuchaba los pasos de mi hermano acercarse al vestíbulo.

Cerré la puerta en el momento en el que él alcanzaba la base de la escalera.

Preguntó por mí en voz alta, pero yo tiré de la cadena como si estuviera a mis cosas y no lo hubiera escuchado. Aproveché para hacer pis mientras se llenaba la cisterna. Volví a vaciarla, me mojé las manos en el grifo y salí del baño.

—¿Qué haces? —preguntó él desde abajo, sin verme.

—¿No has oído la cadena?

—Vuelve a tu cuarto. Que nos falta un rato.

Cerré la puerta para que creyera que había entrado, pero me quedé fuera.

—Sigues ahí, ¿no? —dijo él—. Venga, anda, que parece mentira que te lo tenga que pedir dos veces. Por favor, déjanos.

Su voz flaqueó en las últimas palabras, presa de la misma congoja que lo había acompañado durante todo el día. Me sentí mal por desobedecerlo. Entré a mi cuarto y cerré la puerta. Regresé a la lectura. Decidí que no me movería de allí hasta que él viniera a buscarme.

Pero eso no ocurrió.

Apenas una decena de páginas después, un grito repentino me sacudió en la cama.

Venía de abajo.

Era de ella.

Oí pasos que trotaron de la cocina al salón, del salón al vestíbulo.

Hubo golpes contra puertas y muebles.

Ella iba farfullando frases de las que solo entendí palabras sueltas.

—... engañada..., horrible..., irme...

Debajo de mi habitación, la puerta de entrada se abrió con tanta fuerza que derribó el perchero.

Me arrodillé en la cama y miré a través del cristal de la ventana.

Los dos salieron al terreno, mi hermano detrás de su novia, que caminaba a toda velocidad haciendo aspavientos.

—¡Una locura! —dijo entre muchas otras cosas que no entendí.

Él logró alcanzarla de un hombro.

Ella señaló la casa con toda la mano.

—¿... a él?

Mi hermano chistó para que se callara. Pretendió sujetar su cara, como para besarla, pero ella se escabulló y enfiló el camino de grava aún más rápido.

Él corrió hasta llegar a su altura.

La cogió de las muñecas y trató de abrazarla.

La misma mujer que esa mañana se había dejado acunar por él, mirando ambos al acantilado desde el salón, desechó ahora las manos de mi hermano con desprecio. Las espantó de su cuerpo como si fueran bichos que pudieran picarla e inyectarle veneno. Después dio un paso atrás que se convirtió en el definitivo, porque mi hermano desistió. Ya no intentó acercarse más.

Aquel gesto de repulsa lo habría roto.

Se susurraron algunas cosas que no escuché.

Mi hermano sacó de su bolsillo las llaves de la camioneta, pero ella negó con la cabeza.

Creo que le preguntó si estaba segura.

Hubo un sollozo de ella. También un gemido profundo de él, que sonó a dolor físico, aunque seguían separados. En mi hermano adiviné la intención de solicitar un último abrazo, pero ella se giró y salió del terreno haciendo rechinar las bisagras oxidadas de la puerta enrejada. La novia de mi hermano se marchó del viejo faro de noche, sin las maletas con las que había venido y teniendo que esperar más de ocho horas para que algún barco pudiera llevarla a la costa.

Mi hermano dejó caer los hombros, frotó los nudillos en su pantalón. Se quedó allí de pie, en el terreno, contemplando la nada. En la distancia, tan encogido, me pareció estar viendo a un niño pequeño perdido en la oscuridad.

Él miró a un lado de la casa, como si valorara huir de la realidad refugiándose bajo tierra en su taller, mantener la mente ocupada arreglando cualquier cosa, como hacía algunas veces durante noches enteras.

Entonces se giró hacia mi ventana.

Se masajeó la nuca con ambas manos antes de regresar a casa.

Salí del cuarto y bajé la escalera.

Antes incluso de alcanzar el vestíbulo, oí llorar a mi hermano.

Era la primera vez.

Lo había visto muchas veces triste, confundido, enfadado. El abuelo y él tuvieron grandes discusiones, aunque ninguna con un desenlace tan dramático. Mi hermano casi nunca gritaba, ni siquiera cuando se enfadaba. Si lo envolvían emociones negativas, su reacción se parecía más a la tristeza que a la ira. También había visto en ocasiones sus ojos brillantes, emocionados, e incluso alguna lágrima caer por su cara, como cuando esparcimos las cenizas del abuelo, pero jamás lo había oído llorar en alto y con la respiración entrecortada, como hacía en ese momento.

Pensé en volver a subir y dejar que se desahogara a solas en el salón, pero me pudieron las ganas de acercarme para que supiera que yo seguía ahí. Y que no me iría a ningún lado. Que las novias podían marcharse, pero los hermanos se quedaban para siempre.

En el salón, lo encontré tumbado bocarriba en el sofá. En cuanto notó mi presencia, se tapó la cara con las manos al tiempo que aumentaba la intensidad de sus sollozos. Provenían de algún lugar muy profundo en su pecho, se le atascaban en la garganta y finalmente se le desbordaban entre los dedos con los que intentaba ocultar su vergüenza.

—No pasa nada —dije.

Él se incorporó buscando alguna postura en la que poder controlarse.

Acabó sentado, con las manos en las sienes, los codos en las rodillas, mirando al suelo.

Lágrimas y mocos gotearon sobre la alfombra.

—¿Qué ha pasado? —pregunté.

Él agitaba un talón al ritmo frenético de su ansiedad.

—Es imposible. —Sorbió saliva que se le desbordó al hablar—. Nunca... nadie...

La emoción atropellaba sus palabras. Me senté junto a él, con una mano sobre su rodilla, para calmarlo o acompañarlo en cualquiera que fuera su pesar.

—Nunca nadie me va a querer —soltó al fin.

Un pesado silencio se apoderó de la estancia.

Pensé en la naturalidad con la que mi hermano siempre me decía que me quería, algo a lo que yo jamás respondía de la misma forma. La tarde anterior, incluso había tenido que amenazarme en broma con que algún día llegaría a decírselo.

—Yo... —comencé.

Una inexplicable timidez me impidió completar la frase.

Mi hermano buscó la mano sobre su pierna.

La apretó.

—Ya lo sé. Pero no me refiero a eso. Digo alguien... —Hablaba en un tono cada vez más agudo—. Nunca me va a querer nadie. Si cuento la verdad... Nunca. —Apenas juntaba los labios, lo que me dificultaba entenderle—. Es como si siguiera... encerrado.

Otro sollozo le sobrevino al terminar esa palabra.

Exprimió sus párpados con los nudillos, se secó la nariz con las muñecas.

Del aseo de abajo, le traje un rollo de papel.

Esperé a que se relajara para preguntarle a qué verdad se refería.

—¿Qué le has contado? —Me senté a su lado en el sofá—. Si ya sabía todo, ¿no? Lo sabe toda la isla.

Era un tema que casi nunca se tocaba en casa, probablemente a causa de esa obsesión de mi abuelo y mi hermano por no mencionar el pasado. Por referirse a él solamente como «aquello de lo que no hablamos». Hacía más de veinte años, mucho antes de que yo naciera, en el faro vivió un hijo del abuelo, con su propia familia, que incluía a una esposa y una pareja de hijos. El niño de esa familia tuvo algo que ver con la muerte de la niña que acabó en el pozo, información que la familia ocultó durante un tiempo. Cuando se descubrió la verdad, la isla entera los condenó. Tanto que una noche les incendiaron la casa, el faro. Ellos, junto con la mujer del abuelo, trataron de huir en una embarcación, pero se los acabó tragando el mar. Nosotros, mi hermano y yo, ni siquiera los conocimos. Lo único que nos unía a ellos era el abuelo, a quien no le gustaba mencionarlos en absoluto. La mujer que llora podía no entender que siguiéramos viviendo aquí después de lo que había hecho esa gente, pero es que esa gente no éramos nosotros.

—No tenemos nada que ver con ellos —le recordé a mi hermano—. Ni existíamos. ¿Qué le importa eso a tu novia?

El talón de mi hermano retomó su frenético traqueteo.

—Ella sabe que nosotros somos de la otra hija del abuelo —dije.

Él se mordió la uña de un pulgar.

—¿Por qué se va? —pregunté—. ¿Qué más le has contado?

Sus ojos se entornaron, me miraron de forma extraña. En trece años, no recordaba que me hubiera observado nunca de esa manera. Podía ser a causa de la profunda tristeza que lo asolaba, pero reconocí en ellos algo más que tristeza. Había una cavilación. Un examen. Sus labios se movieron, pero enseguida apretó los dientes y vi palpitar los músculos en su mandíbula.

—¿Qué? —insistí—. ¿Qué más le has dicho?

Mi hermano se frotó las manos.

Abrió la boca y mantuvo la lengua pegada al paladar, a punto de hablar, pero sin soltar palabra.

—Nada —dijo al final, su voz reducida a un suspiro entre el alivio y la derrota—. Ha sido una cosa nuestra. Personal.

Antes incluso de completar la frase, se levantó y salió del salón como si escapara. Se metió en el aseo de abajo y cerró con pestillo. El agua del grifo corrió durante mucho más tiempo del habitual. Me quedé observando a mi alrededor: las maletas de su novia a medio deshacer, las promesas de futuro convertidas en prendas abandonadas sobre los muebles. Ella misma contemplaba el desastre desde el retrato sobre la repisa de la chimenea, un retrato que ya no sería el primero de la familia que jamás formaríamos.

Mi hermano regresó al salón más calmado y con el pelo húmedo.

—¿Tú crees que no va a volver? —pregunté.

Él apretó los labios y negó con la cabeza.

—¿Somos dos otra vez?

A eso mi hermano no respondió. Solo se sentó junto a mí en el sofá y entrelazó los dedos con los míos dándome a entender lo mismo que había querido hacerle saber yo al bajar de mi cuarto mientras él lloraba. Que, aunque ese fuera el caso y estuviéramos los dos solos, tampoco pasaba nada, porque él y yo seguíamos juntos. Como siempre.

—¿Por qué se ha ido? —Intenté que me dijera la verdad una última vez—. Soy tu hermano. Y ya no soy un niño. No hay nada que no me puedas contar.

Un repentino velo de lágrimas cubrió sus ojos.

Trató de secarlos aumentando la velocidad de su parpadeo.

—Algún día —susurró para sí mismo.

Mi hermano me llamó a gritos desde fuera.

Yo completaba unos deberes de Matemáticas en la mesa de salón. Aunque pretendía acabar el problema antes de responder a la llamada de mi hermano, él volvió a gritar con urgencia.

Seguí su voz hasta el exterior.

—¿Qué pasa? —pregunté.

Las sombras me permitieron acercarme bastante a él, pero los dos últimos pasos me expondrían al sol.

—Mira, se ha debido de caer. —Tenía en la mano un nido de pájaro. De su interior cogió un huevo y dejó que descansara en su palma—. No veo a la madre por aquí, lo habrá abandonado ya. Pero ven, mira. —Como no me movía, mi hermano chasqueó la lengua y se acercó él a mí con el huevo en la mano—. Mira, mira, está naciendo.

En la cáscara se fue resquebrajando una línea circular, la que el pollito iba picando desde dentro.

—¿No te parece impresionante poder ver esto? —preguntó.

Aunque sí me lo parecía, la emoción que asomaba a su rostro resultaba mucho más intensa que la mía. Asistió al nacimiento boquiabierto y sin parpadear. Me gustaba verlo así de contento después de los tres meses tan duros que había pasado desde que su novia se marchara de casa. Contuvo la respiración, maravillado, en el momento en que el huevo terminó de separarse en dos partes y un pollito torpe, mojado y con las plumas pegadas al cuerpo, apareció en su mano.

—Magia —dijo con una sonrisa. Dio un paso a un lado para que el sol alcanzara al pajarito. Se lo acercó a la boca y le susurró—: Esto es el sol.

A lo lejos, sonó la campana de la entrada.

Mi hermano preguntó si era día nueve. No lo era, así que no se trataría de la mujer que llora.

—¿Quién será? —pregunté.

Tras un silencio, oímos rechinar las bisagras de la puerta enrejada. Mi hermano frunció el ceño. Después, se le abrieron mucho los ojos. Solo una persona aparte de nosotros conservaba la llave de esa puerta. Nunca la devolvió después de marcharse.

Con paso dubitativo pero esperanzado, mi hermano se dirigió al porche.

Entramos al salón por la puerta corredera.

Unos nudillos tocaban contra la entrada principal.

En el vestíbulo, mi hermano se detuvo. En lugar de abrir la puerta, se quedó allí de pie, como si no quisiera avanzar más para no descubrir que quien llamaba podía no ser quien él deseaba. Yo me situé en la escalera.

Se repitió el toque contra la madera.

—Puedes entrar —dijo él—. Tienes la llave.

Oímos cómo la llave entraba en la cerradura.

La puerta se abrió.

Bajo el umbral, apareció el rostro irregular de la novia de mi hermano.

Llevaba el pelo algo diferente, de otra tonalidad y más largo.

Sus peculiares labios dibujaron una leve sonrisa cuando nos vio allí a los dos.

Estrujé emocionado la barandilla de la escalera.

—No dejo de pensar en que sí nos merecemos ese futuro —comenzó a hablar antes de que mi hermano dijera nada—. Ya veremos cómo resolvemos ciertas cosas de las que no voy a formar parte…

Mi hermano me miró de reojo.

—… pero acabar con todo… —continuó ella—… tampoco creo que eso sea la solución. En este tiempo me he dado cuenta de que no va a existir nunca nadie que me quiera como tú. Ni voy a querer a nadie como te quiero a ti.

Mi hermano tomó una honda respiración.

—Tú y yo tenemos que estar juntos —añadió ella—. Sobre todo ahora que…

Se bajó la cremallera de la sudadera, muy despacio, como si revelara un secreto. Ambos se miraron manteniendo una de esas conversaciones silenciosas para las que no necesitaban palabras. Un gesto interrogativo de las cejas de él bastó para que ella asintiera.

—Vamos a tener un hijo —confirmó en un susurro emocionado.

Mi hermano se llevó una mano a la boca.

En la otra, aún sujetaba al pollito.

8

Con el regreso de la novia de mi hermano volvimos a ser tres. Y, enseguida, cuatro. Antes de que mi sobrino naciera, mi hermano y su novia tuvieron tiempo de casarse y hasta de hacer un fugaz viaje de novios. El bebé nació en casa, de pronto, una madrugada que su madre se despertó gritando. Mi hermano quería bajarla de la cama, como planearon que harían para ir a la clínica cuando eso ocurriera, pero ella aseguró que ya era tarde, lo notaba, el bebé estaba llegando. Y no se equivocó. Tras veinte minutos de agonía entre las sábanas, el llanto de la criatura inundó la habitación.

—¿Tiene la cara bien? —fue lo primero que preguntó ella.

—La tiene perfecta —contestó mi hermano.

En su boca, esa respuesta podía significar ambas cosas, así que me asomé a conocer al bebé esperando cualquier opción.

—Este es tu sobrino —dijo él.

Encontré una carita sin rastro alguno de las malformaciones de su madre. Incluso reconocí inmediatamente el parecido con mi hermano.

La relación entre él y su novia, ahora mujer, volvió a ser muy parecida a la que tenían antes de la gran discusión, aunque a veces percibía entre ellos tensiones que les hacían elevar la voz o los enmudecían durante horas. Abundaban las conversaciones íntimas que interrumpían o disfrazaban de otra cosa cuando aparecía yo. Una noche podía entrar al salón y encontrarlos susurrando acaloradamente sobre algún tema que ella finalizaba con una sentencia:

—Para mí no existen.

Suponía entonces que le habría hecho la pregunta sobre si sus especímenes quiméricos existían o no. Por muy triste o enfadado que se quedara mi hermano tras alguna de esas discusiones, al día siguiente me los encontraría a ambos en ese mismo lugar, tumbados sobre la alfombra, frente a la chimenea encendida, formando con sus cuerpos un corazón en cuyo centro dormitaría el bebé que los dos acariciaban.

Cualquier mañana mi hermano se lavaría la tierra de las manos en el fregadero y yo llegaría a la cocina a tiempo solo de escucharla a ella decir:

—No vas a bajarlo.

Entonces ellos me descubrirían en la estancia y cambiarían de tema. Y, si le preguntaba a mi hermano qué era lo que no iba a bajar y adónde, él me decía que el escritorio del estudio al salón. A continuación, ella amamantaría al bebé y me hablaría solo a mí mientras me preparaba los cereales, como si no quisiera ni mirar a mi hermano. Pero luego, esa misma tarde, pasearían juntos, con los dedos entrelazados, hasta el borde del acantilado, donde vería sus siluetas sombreadas convertirse en una sola.

Un día mi hermano desenterró los postes del tendedero y los trasladó, guiado por ella, al lado opuesto de la casa, cerca del gallinero. Quise saber por qué lo hacían y ella explicó que prefería no acercarse más a la otra parte de la parcela, la más salvaje. Le pregunté si se debía a que, ahora que tenía un bebé, le daba miedo que se lo robara el hombre grillo.

—Claro, claro, es eso —dijo ella mientras jugueteaba con una pinza y miraba con recelo a la trampilla, prometiendo que nunca la veríamos acercarse por allí.

En otras ocasiones, la sorprendía observándome con mirada inquisitiva. Levantaba los ojos de mis deberes en la mesa del porche, o de mi lectura en el banco del terreno, y me la encontraba mirándome como si llevara un rato haciéndolo. Entonces ella me preguntaba cualquier cosa, por ejemplo, qué día era mi próximo examen, pero me daba la sensación de que nada tenía que ver con lo que hubiera pensado decirme o lo que quería preguntarme en realidad. Después, esa misma noche, podía mantener con mi hermano otra discusión susurrada en el salón o en el baño mientras se lavaban los dientes, en la que él acabaría diciendo:

—No sé cuándo hacerlo.

A pesar de esos momentos, vivimos unos primeros años en armonía, como la familia que ella siempre supo que seríamos. Desayunábamos entre carcajadas, contagiados por los ataques de risa que le daban al bebé por las mañanas. Pasábamos la tarde en el porche, esperando la salida de las estrellas y escuchando las olas romper en el acantilado. Recogíamos huevos del gallinero para hacer los flanes de postre para las cenas y terminábamos el día viendo algo en la televisión, el intercomunicador del vigilabebés crepitando con estática sobre la mesa de centro. Algunas noches en las que el bebé empezaba a llorar de pronto, aunque ya hubiera comido, yo pedía permiso a sus padres para sacarlo conmigo al terreno. Lo llevaba en brazos y me sentaba mucho más allá del porche, en el suelo, entre las espigas, cerca del acantilado, con él en mi regazo, siseando muy suave para no importunar a los grillos.

—Escucha —le susurraba—. Escúchalos.

En la oscuridad, el bebé y yo nos dejábamos acunar por el canto de los grillos, ese latir de la tierra que sonaba a paz y tranquilidad. El sonido de nuestro hogar. Su carita se relajaba entonces y su respiración se sincronizaba con la mía hasta que se quedaba dormido, su cuerpo una bola de calor entre mis brazos.

En ese tiempo cumplí los catorce, la edad a la que mi hermano empezó a dejar abierta la puerta de la escalera que subía al estudio en la torre. A mis quince, se había convertido ya en mi lugar preferido de la casa. Allí hacía los deberes y allí me pasaba horas leyendo todos los libros de la interminable estantería de mi hermano, la mayoría regalos del abuelo. Sus libros de insectos no formaban parte de la colección, esos los guardaba abajo, en varios muebles del salón. Ahí arriba tenía seiscientos cincuenta y un ejemplares, todos numerados con una pegatina en la que además incluía una valoración que iba de uno a cinco asteriscos. El primero de todos era *El maravilloso mago de Oz*, un ejemplar muy antiguo que se notaba maltratado. El blanco de la pegatina que tenía escrito «1 - * * * * *» contrastaba con el amarillo de las páginas. También tenía un olor especial. Si pegaba la nariz al lomo y aspiraba fuerte, sentía que un peculiar olor a humedad, a cerrado y a talco me trasladaba a un lugar tan recóndito como el propio Oz.

La tarde de principios de verano en la que todo cambió estaba leyendo un libro en el estudio cuando vi a mi hermano caminar con su hijo por el terreno. Aún era de día, pero el sol se había escondido ya y podía asomarme sin problema a la cristalera que imitaba la linterna de un faro. A veces me gustaba imaginar que todavía lo era, que el abuelo se movía por ahí cuidando la lente y el foco para guiar a los barcos que navegaran cerca de la isla. Era fácil sentir que un aire mágico flotaba en aquel lugar encantado que el abuelo siempre dotó de misterios y mitologías domésticas.

Allí abajo, en el terreno, el niño caminaba entre las hierbas agarrado a la pierna de mi hermano, quien lo guiaba con una mano sobre su cabecita. En la otra, llevaba un tarro vacío. En un determinado momento, mi hermano se arrodilló para arrancar un diente de león y soplar el globo de semillas delante de la cara de su hijo, que agitó los brazos, extasiado con el efecto. Cuando encendí una luz en el estudio, mi hermano se dio cuenta y me saludó desde abajo, invitándome a unirme a ellos. Señaló el cielo añil, libre de sol, para que no pudiera usarlo como excusa para no salir.

Corrí escalera abajo, primero la de caracol y luego la otra.

—No corras así, que te vas a caer —gritó la mujer de mi hermano desde la cocina, donde la oía cortar zanahorias.

Salí al porche y seguí corriendo hacia donde se encontraba mi hermano. Hubo un instante de duda en mis piernas cuando vi que se había sentado en la trampilla, pero a mis quince años ya le había perdido el miedo al hombre grillo. Si a alguien le tocaba pasar miedo ahora con una criatura inventada sería al niño pequeño que aprendía a caminar por ahí, dando manotazos a las amapolas y las campanillas. Al final le había contado a mi hermano, alguna tarde, lo de la noche de tormenta que creí escuchar al hombre grillo gritándome, golpeando desde dentro del túnel, pero él tuvo claro enseguida que habría sido efecto de mi sugestión mezclada con el viento de aquella noche o el ruido de las olas rompiendo contra el acantilado.

Llegué jadeando hasta mi hermano y me senté sobre la trampilla, algo que me hubiera resultado imposible hacía un tiempo. Mi hermano colocó los pies de cierta manera, movió algunas hierbas, pasó la mano por el borde de la trampilla. A lo mejor quería invitarme a bajar a su taller. Quizá pensaba que había una mínima posibilidad de que ahora yo quisiera entrar en el túnel. Pero no. Una cosa era que ya no me diera miedo acercarme a la trampilla y otra muy diferente que quisiera entrar en un lugar angosto, húmedo y peligroso, lleno de lombrices y máquinas.

Mi hermano miró emocionado a su hijo, que hacía ruiditos con la boca cada vez que se producía un nuevo destello a su alrededor. Era el momento del atardecer en el que más se olía la lavanda y las luciérnagas empezaban a brillar con mayor frecuencia.

Él tomó una profunda inspiración.

Dejó de observar a su hijo para fijar sus ojos en mí.

Se quedó mirándome un buen rato, frotando los dedos de una mano sobre la rodilla.

—Estamos fuera —dijo en un suspiro.

Le dediqué un gesto burlón porque ya sabía que estábamos fuera, en el terreno, pero me cogió del cuello y me dio un beso en la sien. Una lágrima resbaló por un lado de su nariz cuando devolvió la atención a su hijo, que danzaba con los brazos extendidos, extasiado entre las hierbas y los brillos verdosos.

—Siempre dices que las luciérnagas son tu insecto favorito —le dije—, pero no tienes ninguna en tu pared.

Él sonrió, como si la razón fuera evidente.

—Porque lo más bonito de una luciérnaga es su brillo. Y ese no se puede enmarcar. —Secó la lágrima en su nariz y noté que parpadeaba para contener una nueva emoción—. No existe criatura más fascinante que aquella que es capaz de crear luz por sí misma.

—Qué frase tan bonita. La has sacado de un libro, seguro.

Mi hermano negó con la cabeza.

—Me la dijo una persona muy especial.

—¿Quién?

Sus ojos se perdieron en la inmensidad del acantilado frente a nosotros.

—Alguien que sabía que la luz pertenecerá siempre a los que son como él. —Con la barbilla, señaló a su hijo, que agitaba los brazos, curioso y envalentonado, entre decenas de puntos de luz—. Y que a la oscuridad quedarán relegados quienes no estén preparados para saber qué hay más allá de su pequeño mundo.

Pensé que iba a decir algo más, pero, tras un denso silencio, se levantó de la trampilla.

—Vamos, que hay que cenar.

Usando con destreza la tapa y el tarro, atrapó tres luciérnagas a las que les metió unas briznas de hierba. Me lo entregó a mí para poder cargar a su hijo de vuelta a casa. Cruzamos el terreno con la luna ya brillante en el cielo. Yo le fui dando toquecitos al tarro y enseñándole al niño cómo las luciérnagas respondían con destellos de luz verdosa. A nuestro paso, el crujir de los tallos iba acallando a los grillos cercanos, que retomaban su canto en cuanto pasábamos de largo.

Entramos directamente a la cocina, que olía a zanahoria hervida.

Con el niño aún en brazos, mi hermano le dio un beso a su mujer. Ella mordisqueó en broma las manitas del niño y se las metió en la boca como si se las fuera a comer, consiguiendo que el pequeño riera. Para él, su madre no tenía ninguna deformidad.

Dejé el tarro de luciérnagas al lado de una caja que encontré sobre la mesa.

—¿Y esto? —pregunté.

—Es para ti —le dijo ella a mi hermano mientras le quitaba al niño y lo sentaba en una trona—. Venga, ayudadme con cosas. Que alguien pele las patatas, ya están cocidas.

—¿Para mí? —Mi hermano observó la caja—. ¿De dónde viene?

—Estaba fuera, al lado de la puerta, donde el buzón. Pone tu nombre.

Era una caja básica de cartón marrón, con caras cuadradas de dos palmos. Venía cerrada con cinta de embalaje. Mi hermano leyó su nombre y la dirección del faro, pero no encontró remitente.

—Será algo del trabajo —concluyó.

Convertirse en padre había despertado una nueva sensación de responsabilidad en mi hermano, que consideró necesario tener algún ingreso fijo más allá del dinero del abuelo, así que entró a trabajar algunas horas, por las mañanas, en unos invernaderos de una isla vecina. Para desplazarse había arreglado la vieja barca del abuelo, que seguía amarrada en un pequeño muelle igualmente olvidado que pertenecía a la propiedad, pero que había quedado al otro lado de la valla tras cercar el terreno. Llevábamos tiempo sin darle uso, pero ahora mi hermano volvía a usarlo casi a diario. Sobre el trabajo, su mujer avisaba a menudo de que, en cuanto el pequeño cumpliera unos años más, ella también pensaba retomar su idea de pedir empleo en alguna pastelería de la isla o de montar la nuestra propia. Para cuando eso ocurriera yo ya habría acabado de estudiar, así que me parecía una gran idea.

Mi hermano cogió el cuchillo de las patatas y rajó la cinta adhesiva en las solapas de cartón. Comenzó a pronunciar una frase que murió en sus labios en cuanto se asomó al contenido de la caja.

Su rostro se desencajó y la tensión en su cuerpo invadió la estancia entera.

De la nada, el pequeño empezó a llorar.

A mi hermano se le resbaló el cuchillo entre los dedos, que cayó de punta al suelo.

—¿Qué hacéis? Tened cuidado con las cosas. —Su mujer se agachó para recogerlo, momento en que descubrió el estado en el que él se encontraba. Su tono de voz aumentó una octava—: ¿Qué te pasa? Mi amor, ¿qué pasa?

La piel de mi hermano brilló, cubierta por un sudor repentino. Aunque su mujer le apretó las manos y los antebrazos, exigiendo una respuesta, él permaneció paralizado mirando el interior de la caja con el parpadeo detenido. El llanto del niño subió de volumen.

—Pero ¿qué hay dentro? —preguntó ella—. ¿Qué es?

Sin esperar respuesta, cogió la caja y la volteó.

Cuando su contenido cayó sobre la mesa, mi hermano empezó a temblar.

Un rostro de ojos vacíos miraba al techo desde el mantel.

Era una máscara de color blanco.

9

Extendí el brazo con la intención de coger la máscara para verla mejor.

Una mano de mi hermano saltó como un cepo y me apretó la muñeca.

Su mujer le exigió que tuviera cuidado, pues con el movimiento repentino se había rozado el antebrazo contra el cuchillo de las patatas que ella sujetaba. Un arañazo rojizo recorrió su piel y un par de gotas de sangre brotaron de uno de los extremos. Él no le prestó atención al corte, tan solo siguió con la mirada fija en la máscara y la mano sujetando mi muñeca para que no la alcanzara.

—¿Eso es por mí? —preguntó ella, de pronto convertida en la diana de otra broma dirigida a su rostro—. ¿Alguien del pueblo?

La manera en que mi hermano negó con la cabeza le permitió entender algo.

—¿Es la de...?

Esa pregunta no la acabó, se tapó la boca con las manos. El gesto llamó la atención del niño, que debió de pensar que se trataba de algún juego porque interrumpió el llanto para imitar a su mamá, aunque él se llevó las manos a las orejas.

—¿Qué es? —pregunté—. Es una máscara, ¿no?

Al principio pensé que era de plástico, pero al observarla con mayor detenimiento distinguí que se trataba de algún material ortopédico. Lo que no lograba entender era por qué causaba esa impresión en mi hermano. El sudor que barnizaba su rostro goteaba ya hacia el pecho, colándose por el cuello desabotonado del polo que vestía.

—Mira lo que te has hecho —dijo su mujer tocando una gota de sangre en su brazo. Con papel de cocina, secó la herida—. Mi amor, necesito que te calmes. Respira. Y suéltalo a él, que le vas a hacer daño.

Ella también intentó coger la máscara, quizá para apartarla o para guardarla de nuevo en la caja. Mi hermano rompió su silencio para gritar que no la tocara. Aunque ella tan solo llegó a rozarla, imprimió una huella dactilar sangrienta en la frente del rostro artificial. La imagen detonó un nuevo temblor en mi hermano. Podía sentir cómo el miedo traspasaba de su cuerpo al mío, a través de la mano con la que me sujetaba, me apretaba, y que ya empezaba a hacerme daño. Notaba entumecerse la punta de los dedos.

Sus ojos se movieron sin que lo hiciera el resto de la cara.

—Necesito que te vayas —me dijo—. Sal de aquí, por favor.

—¿Por qué? ¿Qué pasa?

Quería enfadarme por el dolor en la muñeca y el tono severo con el que me hablaba, pero la angustia en su respiración entrecortada y la confusión en su rostro me lo impidieron. Incluso su hijo percibía la tensión y lloró de nuevo. Su madre lo cogió en brazos y corrió a quitar una olla del fuego que había empezado a salpicar borbotones de caldo hirviendo.

—Vamos —ordenó mi hermano.

Me guio sin soltarme fuera de la cocina y cerró la puerta tras de sí.

—¿Qué pasa? —insistí—. ¿Qué es esa máscara?

—No sé —respondió él—. No sé lo que es. No puede ser.

Llegamos al vestíbulo y por fin me soltó. Me empujó hacia la escalera.

—Sube a tu cuarto.

—¿Para qué?

—Métete en tu cuarto, por favor.

Él salió al terreno delantero. Lo vi correr hacia la puerta principal, donde su mujer había encontrado la caja. Allí examinó varias veces el lugar haciendo rechinar las bisagras de la puerta enrejada una y otra vez. Salía y entraba buscando algún indicio con el que no daba. Por alguna razón, tocó la campana. De vuelta, atravesó el terreno a toda velocidad, clavando los talones en la gravilla. Y, aunque pensé que regresaría a la entrada, desvió su trayectoria hacia un lateral de la casa.

Corrí a la cocina a tiempo de verlo pasar frente a la ventana sobre el fregadero.

—¿Dónde va? —preguntó su mujer.

Salí al terreno y le grité la misma pregunta, que adónde iba. Que nos dijera qué ocurría porque nos estaba asustando.

—Dinos qué pasa —exigí.

Se detuvo y se dio la vuelta. El sudor se había extendido a todo su cuerpo y oscurecía su ropa con manchas húmedas.

—¡Te he dicho que te vayas a tu cuarto! —gritó señalándome con un dedo. Respiró varias veces entre dientes antes de añadir—: Que pareces un fantasma apareciéndote en todas partes.

Me quedé allí quieto como si mirara a una persona diferente a la que hacía un rato se había emocionado viendo a su hijo descubrir el mágico brillo verdoso de las luciérnagas.

—Perdón —se disculpó enseguida con la mano en el pecho—. Perdóname, no quería decir eso. No sé por qué lo he repetido.

No recordaba que me hubiera dicho nada parecido antes, pero no quise saber a qué se refería. Una poderosa indignación en el estómago me impulsó a escapar en dirección contraria a él. Corrí hacia el acantilado, sin atender ninguno de los gritos con los que exigía que me detuviera.

Me alejé lo más que pude hasta alcanzar casi el límite del terreno.

Tras detenerme, la rabia en mi tripa subió hasta la garganta y se desbordó en forma de arrebatado sollozo. La luna y su reflejo en un mar en calma iluminaban el paisaje en tonos plateados y amarillentos. El cielo aún conservaba el índigo oscuro con el que agonizaba el día antes de convertirse en noche cerrada. Pensé en las acuarelas que usaría para dibujar ese paisaje. Me senté en una de las rocas al borde del abismo mientras recuperaba el aliento entre jadeos de cansancio y enfado.

Mi hermano nunca me había hablado así.

Si hubiera habido un fuerte oleaje, habría pensado que las palabras que escuché a continuación eran producto de mi imaginación, como aquella noche en la trampilla. Pero la serenidad del mar, cuya humedad en forma de agua pulverizada ni siquiera alcanzaba las rocas donde me encontraba, me llevó a aceptar que lo que escuché solo podía ser real.

—¿Estás bien? —preguntó la voz.

La voz provenía de la zona de la valla.

En ese extremo del terreno, el alambrado continuaba entre vegetación frondosa hasta morir al inicio de las rocas del acantilado. Espesos matorrales y un par de árboles retorcidos completaban el cercado. En la penumbra, me costó localizar el origen de la voz, tan solo veía oscuridades de diferente profundidad.

—Aquí, aquí.

La valla tembló con un sonajeo. Entre algunos de los rombos del patrón alambrado, descubrí los dedos que la sacudían. La luz del anochecer los coloreaba de azul.

—¿Estás llorando? —preguntó la voz.

Negué con la cabeza mientras secaba la humedad de mis ojos.

—¿Y entonces?

Forcé la mirada tratando de distinguir algo más en la creciente nocturnidad. Tras identificar la tonalidad de la piel de las manos, parches del mismo color fueron dando forma a una figura femenina. Vi unos brazos descubiertos hasta el hombro y unas piernas descubiertas desde el muslo. También el óvalo de un rostro que me observaba con los ojos muy abiertos y una sonrisa incipiente. Aún sentado sobre las rocas, devolví mi atención al mar.

—No hablamos con la gente de la valla —dije.

—¿La gente de la valla? —preguntó la voz—. ¿Qué sois? ¿Un zoo?

La respuesta me hizo gracia, pero no supe si se trataba de una broma o de un insulto. En general, me costaba entender la intención de las palabras de personas desconocidas, por eso prefería no hablar demasiado con extraños.

—Era una broma —explicó enseguida la voz, como si hubiera percibido mi duda.

Agradecí la aclaración con un gemido nasal que pretendía ser una risita, pero que emanó como un sonido apocado que me dio vergüenza a mí mismo. Por alguna razón, aquella presencia que apenas veía potenciaba mi timidez. Y también mi curiosidad.

—Te ha hecho gracia —continuó la voz adivinando una vez más mis pensamientos—. Reconócelo.

Tras unos instantes de vacilación, me levanté de las rocas. Antes de acercarme a la valla, miré hacia la casa, por si mi hermano había decidido venir a buscarme. A lo lejos distinguí tan solo el brillo anaranjado de la cocina.

—Es que a veces viene gente a... —Me dirigí al cercado—. No sé a qué, la verdad. A fisgar. Por eso mi abuelo puso la valla. Miran y nos dicen cosas. No hablamos con esa gente.

Mis ojos, cada vez más acostumbrados a la oscuridad, dieron forma a un cabello de color claro. Separado con la raya en medio, enmarcaba el rostro azulado de una chica que tendría una edad parecida a la mía.

—A mí no me mires con esa cara —dijo ella—, que yo no soy esa gente. Además, nos conocemos.

La sorpresa detuvo mi avance.

—Bueno, deberíamos conocernos —se corrigió—. Vamos a la misma clase. Pero, como tú no vienes nunca, no tienes ni idea de quién soy. ¿A que no?

Sacudí la cabeza. Probó a decir su nombre y apellido como lo enunciaría cada mañana algún profesor que pasara lista. Me encogí de hombros.

—Es que ni te suena —soltó con una sonrisa—. Pero si supieras lo popular que soy estarías hasta nervioso de hablar conmigo. Más nervioso.

Volví a dudar si esperaba que me riera o no, así que permanecí callado.

—Broma —aclaró—. No soy popular. Y tampoco te veo nervioso.

Pero sí lo estaba. Antes de seguir avanzando, le pregunté qué hacía ahí, al otro lado de la valla, si no era fisgar.

—Es que no entiendo lo de fisgar. Fisgar ¿qué?

El hecho de que no lo supiera me dio la confianza para acercarme un poco más.

—Ah, vale, que es el antiguo faro —dijo ella entonces—. ¿De verdad viene gente por eso todavía? Si pasó hace mil años, ¿no?

Mil años era una buena manera de describir lo lejano que me sonaba a mí también.

—Millones —exageré aún más—. Eones —añadí, y me arrepentí enseguida de usar una palabra que me hacía sonar como alguien que quisiera presumir de vocabulario.

Sin embargo, la oí reír. Sentí calor en las mejillas y emoción en el estómago. Unos últimos pasos me situaron frente a la valla. A esa distancia pudimos vernos las caras. La luz de la luna proyectaba la sombra del patrón alambrado sobre su rostro. No me sonaba haberla visto nunca en los pasillos de la escuela, pero eso no era raro, apenas me cruzaba con otros alumnos a la hora a la que yo iba a hacer los exámenes. En toda mi vida escolar no habría coincidido ni con la cuarta parte de mis compañeros. Ella tenía la frente ancha, los ojos grandes. La separación entre los dos dientes superiores daba un aspecto travieso a su sonrisa. Sabiéndome observado, me dio vergüenza pensar en lo despeinado que debía de estar yo y lo grande que me quedaba la camiseta que llevaba. Seguro que me hacía parecer más niño. La voz, que todavía no me había cambiado, tampoco ayudaba en ese aspecto. Por alguna razón me preocupó en ese momento la edad que aparentaba, algo a lo que nunca había prestado mayor atención.

Sería porque a ella, aunque tuviera mi edad, la veía más desarrollada. Mi camiseta, para colmo, tenía un agujero en una manga. En las dos mangas. La goma del pantalón corto que llevaba estaba dada de sí. Y de los bajos, descosidos, colgaban hilos largos.

—¿Por eso no vas a clase? —preguntó ella.

—No, no, tengo ropa que no está rota —respondí a mis propios pensamientos.

Caí en la cuenta de mi confusión en el momento en que ella se rio. Su pregunta no podía referirse a mis preocupaciones internas sobre cómo iba vestido, sino más bien a lo que habíamos dicho justo antes, lo del millón de años que habían pasado desde lo que ocurrió en el faro.

—Soy tonto —dije tapándome la cara con las manos.

—Qué va, ha sido muy gracioso —dijo ella—. Ni me había dado cuenta de tu ropa. Yo también voy hecha un desastre por casa. Aunque me alegra saber que podrías ir mejor vestido a clase. —Esperó a que riera con ella, pero la vergüenza no me lo permitió—. Me refería a que si no vas a clase por todo eso del faro.

—No, en realidad, no. No es por eso. Es por... —Descarté contarle, tan pronto, lo de mi miedo al sol—. Es por otra cosa. —Ante la posibilidad de que siguiera preguntando, contraataqué para no darle opción—: Y tú sigues sin decirme qué hacías aquí.

—¿Tan raro te parece? —Con los meñiques apartó unos mechones de su cara que enganchó tras las orejas. La sombra lunar de un poste de la valla cubrió sus ojos como un antifaz—. Ha acabado el curso. Es verano. Tenemos todo el tiempo del mundo. Las noches son preciosas. Y aquí tenéis las mejores vistas de toda la isla. Más raro me parecería no venir. Este acantilado es increíble.

—Sí que lo es —dije, orgulloso de que ella también lo apreciara.

Me dieron ganas de contarle que conocía algunas grutas secretas en la pared del acantilado a las que a veces bajaba a pintar durante el crepúsculo. En ocasiones me quedaba incluso llegada la noche, leyendo a la luz de una vela, pero pensé que me haría parecer muy raro. Además era algo que no había contado ni en casa. Temía que me lo prohibieran por considerarlo peligroso.

—Bueno, y también es que me he peleado con mi padre —continuó ella—, así que me he venido a la otra punta de la isla a ver si se lleva un sustito cuando no me encuentren en ningún sitio. —Lo soltó con la cara ladeada y alzando la voz, como si se lo dijera a él—. ¿Tú con quién vives? Porque tú también venías enfadado con alguien, no me digas que no. Reconozco esa rabia. Seguro que te has enfadado con tu madre. O con tu padre.

Le hablé del abuelo, de mi hermano y de su novia. También de mi sobrino.

—¿Y tu madre? —preguntó—. ¿Tus padres?

Le conté que no tenía. Percibí sus intenciones de seguir indagando, pero decidió contenerse. Sobre lo que había pasado esa noche, le dije tan solo que era una pelea de hermanos.

—¿Estás todo el día en casa? Si no vas a clase, ¿no sales ni ves a otra gente?

—Claro que salgo —respondí—. Paso mucho tiempo aquí fuera, en el terreno. Voy a la escuela a hacer los exámenes y acompaño a mi hermano al pueblo muchas veces. Lo de esta noche ha sido muy raro, en realidad nos llevamos muy bien. Y con su mujer también. El niño que han tenido ha sido como un regalito. No necesito más gente. —Las palabras salían de mi boca con una naturalidad inédita, animado por la manera en que la chica asentía, atenta, a cada cosa que decía—. No... No me gusta mucho la gente. Me miran raro, no sé. Me hablan diferente. Prefiero estar aquí. Aquí estoy feliz, lo tengo todo.

—Qué suerte —dijo ella—. Yo a mis padres no los aguanto. Estoy deseando irme de casa.

La sombra lunar de la valla se desplazó por su rostro cuando miró al suelo. Lamenté que alguien pudiera sentirse tan incómodo en su propio hogar. Sin saber qué decir para consolarla, escapé con la mirada al mar, agradecido por vivir donde vivía. Ella misma rompió el silencio incómodo al anunciar que debía irse.

—A lo mejor me estoy pasando —añadió, y se soltó de la valla—. Tampoco quiero que se asuste tanto mi padre. Es capaz de llamar a la policía. Y aún tardo un buen rato en llegar andando hasta allí. No le digas a nadie de tu casa que me has visto, ¿vale?

—Claro que no, si a mí no me dejan hablar con...

—... con la gente de la valla —completó ella moviendo los dedos a ambos lados de la cara para hacerlo sonar tenebroso.

Eso me hizo reír de verdad.

—¿Dónde vives tú? —pregunté.

Se lo pensó antes de responder, como si valorara no decírmelo. No era yo el único al que no le gustaba contestar ciertas preguntas.

—Por donde el barco hundido. Una casa azul, a lo mejor la has visto. Con macetas verdes.

Negué con la cabeza.

—Claro, si no sales de casa —dijo ella con gesto pícaro.

—Que sí salgo —dije, y mi boca siguió hablando por sí misma—: Ven a verme otra vez si quieres.

Agradecí que la oscuridad disimulara el rubor que notaba en las mejillas.

Ella sonrió mostrando el espacio entre sus dientes.

—Me lo pensaré —dijo.

Después se dio la vuelta, se adentró en el campo y desapareció.

10

Respiré hondo antes de entrar en la cocina, preparándome para tener una conversación con mi hermano.

La encontré vacía.

En la mesa había dos platos llenos de crema de zanahoria.

Un tercer plato, acabado, descansaba en el fregadero, junto a la olla, la batidora, un cucharón y otros cubiertos. Atravesé la cocina y accedí al salón. La televisión estaba apagada. Los cojines, bien colocados en el sofá. Sobre la mesa, los utensilios entomológicos de mi hermano se encontraban perfectamente ordenados. Ahí había dejado también el tarro con las luciérnagas, que no brillaban en ese momento.

La impropia soledad de la casa a esa hora temprana de la noche resultó tan sobrecogedora como la vacua expresión de la máscara al caer sobre la mesa de la cocina.

Entonces oí el llanto del niño en la planta superior, en la habitación de sus padres.

La rabieta creció en intensidad mientras subía la escalera a hurtadillas, por si los encontraba hablando de algo. Nunca me había gustado espiar, pero necesitaba saber por qué la aparición de la máscara había inquietado tanto a mi hermano. Me aproximé a la puerta pisando tan solo en los tablones que no crujían. El niño siguió llorando como si nadie lo consolara, aunque al acercarme más a la habitación pude escuchar un leve siseo de su madre. Si lo que pretendía era tranquilizarlo, no parecía surtir efecto.

Alcancé la puerta entornada dando por hecho que mi hermano no estaría ahí dentro, porque no oía ninguna conversación. Deduje que los platos llenos de la cocina serían el suyo y el mío, y que su mujer habría cenado sola antes de subir a acostar al niño. La aparición de la caja había revolucionado nuestra rutina más allá del mero desencuentro entre mi hermano y yo. Deseé que, al menos, no hubiera provocado otra discusión entre ellos dos.

Me asomé a la rendija y vi la cama de matrimonio. La brisa mecía la cortina de la ventana abierta. En la mesilla, la lámpara encendida ofrecía un cálido contraste al brillo lunar del exterior. A los pies de esa misma mesilla, en el lado donde dormía mi hermano, reconocí la caja en la que había llegado la máscara. Junto a la cama, sentado en su cuna, el niño miraba fijamente al otro extremo de la habitación, como si pidiera ayuda a lo mismo que le causaba malestar. Seguí la dirección de sus ojos hacia ese rincón.

Allí vi a su madre, de espaldas, sentada frente al tocador. Vestida con un liviano camisón azul, se peinaba el cabello con un cepillo mientras se miraba en el espejo de tres hojas cuyos reflejos quedaban fuera de mi vista. Siseaba al niño, pero sin prestarle atención, absorta en su propia imagen. Cepilló un mechón que usó para tapar con delicadeza la oreja que no existía. La otra la descubrió a propósito, como presumiendo de ella. Creí ver un atisbo de color blanco entre el cabello. El siseo que dirigía al niño se fue transformando en un sonido nasal con el que tarareaba alguna melodía.

Quise ver algo más.

Empujé suavemente la puerta para ampliar la rendija entornada. Un sobresalto me sacudió cuando vi los tres rostros blancos. Flotaban en la habitación, reflejados en los espejos del tocador. La madera crujió bajo mis pies y los seis ojos se clavaron en mí. Enseguida, el trío de rostros se dio la vuelta.

Se condensaron en una única máscara que me observaba desde la silla, sobre los hombros de la mujer de mi hermano.

—¿Qué haces ahí?

Fue una pregunta, pero también un regaño. Su voz sonó más grave tras el material ortopédico. Sentí que violentaba su intimidad igual que la noche que abrí la puerta del baño y la encontré desnuda saliendo de la bañera. Igual que esa vez, me disculpé mirando al suelo. Y, aunque quise huir de la misma manera que hice entonces, ella me habló desde el tocador.

—No te vayas, ven —dijo—. No pasa nada. Acércate.

La máscara sin expresión ocultaba las deformidades de su rostro, pero el agujero de su oreja ausente volvía a estar al descubierto.

—Está llorando el niño —dije.

—Lo oigo. Pero a veces solo hay que esperar a que se agote.

Se giró hacia el espejo y siguió cepillándose el cabello con la máscara puesta. La naturalidad en su gesto anuló la sensación de secretismo que había invadido la habitación.

—Me dio curiosidad —explicó en un susurro—. Ver cómo me quedaba una cara normal.

—Eso no es una cara normal. Es una careta.

—Pero tiene la nariz en su sitio. Y los labios. —Iba acariciando las partes que mencionaba—. Nunca he sabido lo que es tener una barbilla así de perfecta.

—Prefiero mil veces tu cara —dije, porque era verdad—. Esa máscara da miedo. Creo que el niño llora por eso.

Ella se quedó pensativa mirando el rostro inerte en el reflejo.

—No sabes cuántas veces me han dicho justo eso. —Oí cómo tragaba saliva—. Que mi cara da miedo. Que asusta a los niños.

—Eso no es verdad.

—Me lo han dicho. Desde pequeña. Que asustaba a los otros niños.

—Pero no es verdad.

Recorrió con un dedo el perfil de la cara artificial, como si anhelara poder hacer lo mismo con la suya.

—A veces no entiendo que a tu hermano pueda gustarle una cara como la mía, que no prefiera una cara normal.

—Tu cara es normal. Un poco rara, pero normal.

Me aproximé a ella y le masajeé un hombro. Pensando en qué más decir para consolarla, recordé aquella cita que había marcado para ella en un libro hacía unos años. Con la ruptura, al final nunca llegué a leérsela. Salí de la habitación y corrí escalera arriba, al estudio. Encontré el libro enseguida. Tenía la etiqueta «356 - * * * * *». De vuelta junto al tocador, lo abrí por la página que tenía doblada una esquina inferior.

De vuelta junto al tocador, lo abrí por la página que tenía doblada una esquina inferior y leí la frase señalada. Hablaba sobre lo subjetiva que es cualquier verdad y usaba como ejemplo lo diferente que parece un mismo rostro según se lo ilumine de una manera u otra, hasta el punto de que carezca de importancia cómo sea ese rostro en realidad.

Ella ladeó la cara buscando en el espejo los reflejos laterales de la máscara blanca.

Elevó y bajó la barbilla.

Tras un silencio, acabó asintiendo.

—Ojalá más gente pensara así.

—Me lo recomendó mi hermano —dije sobre el libro.

—Tu hermano... —Ella buscó mi mano sobre su hombro—. Tu hermano es una persona muy especial. Tenemos que cuidarlo mucho.

Le devolví el apretón de la mano como si cerráramos un trato.

Después le aparté el pelo hacia un lateral del rostro ortopédico, descubriendo intencionadamente ese lado de la cabeza al que le faltaba una oreja. Tiré de la goma para quitarle la máscara y la dejé sobre el tocador.

La barbilla hundida, los ojos asimétricos y la nariz deforme aparecieron por triplicado en el espejo.

—Mucho mejor —le dije a sus reflejos.

Una amplia sonrisa descubrió gran cantidad de encía.

Incluso el pequeño en la cuna dejó de llorar.

—Qué rápido estás creciendo —dijo ella—. Siento que ya no hablo con un niño. Muchas veces me recuerdas a tu hermano.

—Pues él me sigue tratando como si fuera un niño pequeño.

Aproveché para preguntarle dónde estaba y si seguía enfadado conmigo.

—Bajó a su taller —explicó retirándome la mirada—. Ya sabes, su...

—Su vía de escape —dijimos los dos a la vez imitando una frase que él repetía a menudo.

—Su guarida secreta para escapar del mundo y estar solo —añadió ella. Moduló la voz de manera extraña antes de forzar un cambio de tema—: Ni siquiera ha cenado. ¿Tú has cenado?

Sacudí la cabeza al tiempo que recuperaba la máscara en el tocador.

—Tienes crema de zanahoria en la mesa. Caliéntala si quieres.

—No tengo hambre.

Con la máscara en la mano, sentí la curiosidad de probármela yo también.

Antes de que me la pusiera, el niño retomó el llanto.

—Te lo dije —confirmé—. Es la máscara.

La lancé al tocador para que el pequeño dejara de verla.

Desde el exterior llegó el sonido de unos pasos.

Las ventanas de ese cuarto daban al terreno trasero, al acantilado, al mar.

Me asomé a tiempo de ver a mi hermano alcanzar el porche.

Enseguida oí cómo gritaba el nombre de su mujer desde el salón.

Los escalones anunciaron su precipitado ascenso.

—Que no saben nada —dijo nada más atravesar el umbral—, no...

Se interrumpió cuando su mujer me señaló a mí, en la ventana.

Con cara de sorpresa, mi hermano compuso la escena que no esperaba encontrar en su habitación.

—Has vuelto —dijo.

Asentí en silencio.

—¿Dónde estabas?

—En el acantilado.

Pensé que diría algo más, pero no lo hizo, sino que fue directo a su mesilla y cogió la caja donde había llegado la máscara. El cuello se le aflojó al encontrarla vacía.

—No la habrás cogido —se dirigió a mí.

—He sido yo —intervino su mujer—. Quería limpiarle la mancha de sangre.

Mostró una toallita húmeda con la punta marrón.

Aproveché para acercarme al tocador y coger la máscara.

Se la llevé a mi hermano, que me la arrancó de las manos en cuanto me tuvo a su alcance.

—¿Por qué estás así? —pregunté.

Sin responderme, metió la máscara en la caja y la cerró.

—Venga, vete de aquí —me dijo—. Que no son horas para que él esté así de despierto.

Señaló a su hijo en la cuna, asomado entre los barrotes.

Mi hermano usó la caja para empujarme fuera de la habitación.

Se quedó vigilando que entrara en mi cuarto.

—¿Dónde vas tú? —pregunté.

—Al taller —dijo—. Tengo cosas que hacer. Me va a llevar toda la noche.

Me pidió que cerrara la puerta.

Cuando lo hice, oí cómo bajaba la escalera a toda prisa.

A solas en mi habitación, miré la pared decorada con mis dibujos de paisajes nocturnos en acuarela. Decidí pintar uno nuevo para hacer tiempo hasta que mi hermano regresara.

Mi intención había sido pintar una vista del acantilado similar a la que había tenido desde la valla esa misma noche, con el mar de color plata y el cielo índigo oscuro, pero de alguna manera mi subconsciente controló los pinceles y acabé pintando una máscara blanca. La dibujé tirada en el suelo del terreno, con hierbajos creciendo a su alrededor y tallos emergiendo por los agujeros de sus ojos. Con la punta del pincel, añadí salpicaduras de color verde que revoloteaban a su alrededor como luciérnagas.

El tiempo que tardé en acabarlo no fue suficiente para que mi hermano regresara a su cuarto.

Tampoco reapareció mientras cené la crema de zanahoria en la cocina. Me la comí de pie, mirando por la ventana a la trampilla, confiando en verlo salir con el habitual chirrido de bisagras y el posterior impacto metálico.

Cansado de esperar, me metí en la cama y caí dormido enseguida.

En algún momento de la madrugada, creí oír el crujido de la barandilla que tanto había estado esperando, pero las ganas de preguntarle cualquier cosa a mi hermano habían desaparecido. Dormir era lo único que me importaba en ese momento. Oí el chasquido del picaporte al bajar. En mi aletargado estado de conciencia, sentí la presencia de mi hermano en el cuarto, el rumor de su respiración por la estancia. Pude haber oído la fricción de las cartulinas que usaba para pintar, los pinceles cascabeleando en el portalápices, pero la imagen de mi hermano usando mis pinturas debió de pertenecer a algún sueño.

Cuando desperté, abrí los ojos en una habitación iluminada por un cielo que ya clareaba.

Del amanecer me gustaba el olor a campo y hierbas húmedas que se colaba por la ventana. Dejarla abierta me permitía, por la noche, escuchar a los grillos y, por la mañana, disfrutar del frescor de las brisas matutinas. El sol no alcanzaba mi cama hasta por la tarde, así que podía dormir con la ventana abierta y la persiana subida con la tranquilidad de saber que no me abrasaría en sueños ni me tragaría una lengua convertida en puré.

Aunque aún era muy pronto y pensaba seguir durmiendo, me levanté para comprobar si era cierta la ensoñación de que mi hermano había entrado a la habitación durante la noche.

Me asomé al escritorio esperando ver el dibujo de la máscara que había dejado secándose. Encontré volcado el recipiente de agua donde mojaba los pinceles. El líquido marrón grisáceo, sucio, que resultaba de la mezcla de colores se había derramado sobre el dibujo emborronándolo por completo.

11

—Ayer no viniste —dijo ella. Se sentó en una piedra grande, redondeada, al otro lado de la alambrada—. Te estuve esperando un buen rato.

No me atreví a explicarle que mientras hubiera sol en el terreno no podía acercarme a este extremo de la valla. No quería que me viera tan pronto como el chico raro que tenía miedo al sol.

—Sí vine —dije—, pero sobre esta hora.

Era el momento más temprano en el que las sombras me permitían llegar hasta allí. El día anterior había salido justo en ese instante, confiando en que ella también aparecería, pero no coincidimos.

—Ah, yo llegué antes —dijo—. Suerte que hoy he esperado un poco más.

Era bastante más temprano que la noche en la que nos conocimos. La luz del día, todavía cálida y naranja, nos permitía vernos mejor las caras. Aprecié una nueva constelación de pecas en su nariz y mejillas, que lucían su color natural y no se veían fantasmales. Yo me había peinado y llevaba una camiseta sin agujeros.

—¿Se enfadó mucho tu padre? —pregunté.

—¿Mi padre? —Frunció el ceño durante un instante—. Ah, sí. Que estaba enfadado. Pero, bueno, se le pasó en cuanto volví. ¿Y tu hermano? ¿Se arregló lo vuestro?

Negué en silencio. Apenas habíamos hablado en los últimos días. No solo me rehuía a mí y a mis preguntas, sino que había pasado la mayor parte del tiempo en el taller o fuera de casa. Incluso después de trabajar dijo que tenía cosas que resolver en el pueblo. Sí conseguí, al menos, que reconociera haber entrado en mi cuarto hacía dos noches mientras yo dormía y haber estropeado mi dibujo. Me dijo que se acercó a ver qué había pintado y derribó el agua sucia sin querer.

—¿Qué es lo que os pasa? —preguntó ella.

—No lo sé.

—Pero tendrás alguna idea.

Me encogí de hombros.

—Algo de nuestro pasado, me imagino. Es lo que nunca me quieren contar.

—¿De lo que pasó aquí en el faro?

—No, eso no, si eso no tiene nada que ver con nosotros, era otra parte de la familia —respondí—. Más bien de nuestro pasado propio. De mi hermano y mío. Creo que puede ser algo de nuestra madre.

Ella se levantó de la piedra.

—¿Tu madre?

—Nunca me han querido contar mucho sobre ella —continué—. Ni el abuelo antes de morir ni él ahora.

—¿Y qué pasa con tu madre? ¿No me dijiste el otro día que no tenías padres?

Dirigí la mirada a los hierbajos a mis pies. Después, al mar. La chica me había transmitido la confianza suficiente para hablar con ella aun siendo una desconocida, pero tampoco sabía si estaba preparado para contarle esas intimidades.

—Ven —dijo. Se sentó en el suelo, con las piernas cruzadas, muy cerca de la valla. Se echó el pelo a la espalda con un movimiento de cabeza—. Ponte así, como yo.

Imité su pose y acabamos sentados frente a frente. Aun separados por el cercado, entre nuestras rodillas descubiertas no había mucha distancia. Ella ensartó un dedo en uno de los rombos de la alambrada y lo acercó a mí. Lo dobló varias veces y sonrió al verme confundido sobre lo que pretendía. Una oleada de vergüenza amenazaba con ruborizarme justo en el momento en que creí entenderlo. Levanté el mismo dedo y lo enganché con el suyo.

—El apretón de manos más pequeño del mundo —dijo ella. Sonrió mostrando la separación entre sus dientes—. Que no nos habíamos presentado formalmente.

Al final no fue la vergüenza, sino el contacto con su piel lo que enrojeció mi cara. Su comentario disparatado sobre nuestros dedos enganchados me hizo reír.

—Ahora ya soy tu amiga y puedes contarme cualquier cosa —añadió ella. Era la primera vez que una chica se refería a sí misma como mi amiga. Se impulsó para acercarse aún más a la valla, hasta tocarla con las rodillas, como si quisiera proteger con mayor vigor la intimidad de nuestra conversación—. Explícame eso de que no tienes padres. Háblame de tu madre.

Logró hacerme sentir seguro y confiado.

—No he tenido nunca. A mi hermano y a mí nos adoptó el abuelo de pequeños. Desde bebés. Somos hijos de una hija suya que llevó muy mala vida. El día que cumplió la mayoría de edad, se escapó de su casa sin dar explicaciones. —Arranqué una espiga y la fui desmigando en pequeños proyectiles—. Tiempo después apareció un bebé en la puerta de casa de mi abuelo, recién nacido. Era mi hermano. Nuestra madre lo dejó sin más, sin dar la cara, una noche, con una carta en la que decía que no podía hacerse cargo del niño. Diez años después, hizo lo mismo conmigo. Ni siquiera sabemos si somos del mismo padre. Para mí escribió una nota parecida. Decía que el abuelo nos daría una mejor vida. Y, bueno, en eso no se equivocaba.

—Seguro que no —susurró ella—. ¿Se sabe dónde está ahora? ¿Tu madre?

Negué con la cabeza.

—Mi abuelo siempre me decía que era mejor preguntar al futuro que al pasado —dije—, así que no sé mucho más.

Acababa de compartir con ella toda la información que tenía sobre mis orígenes, reunida durante años y tras muchas preguntas esquivadas por el abuelo y por mi hermano. Siempre que había querido saber algo más sobre mis padres, ellos me decían que era una realidad muy fea que no merecía la pena conocer. Solo a base de rabietas, lloros y súplicas me fueron desvelando pequeños datos de esa realidad.

—Dices que vosotros sois de otra parte de la familia, pero tu abuelo sí estuvo en lo del faro. En esa familia había un abuelo. Era el tuyo, ¿no?

—Sí, claro, era la familia de su otro hijo. Pero nosotros ni los conocimos. Llegamos después de eso.

Le resumí la historia que conocía de lo ocurrido en el faro. La niña muerta. El encubrimiento familiar del cadáver. El fuego. La huida en barco. Aunque asintió con convencimiento, noté que entornaba los ojos como si algo no le cuadrara. Se quedó pensativa.

—¿Vosotros tenéis ordenador? —preguntó.

Le dije que no, ni el abuelo ni mi hermano eran muy amigos de la tecnología.

—En mi casa sí tenemos uno, pero sin conexión todavía —dijo ella—. Pero en la biblioteca, la del pueblo, hay dos. Con conexión gratis. Si quieres, podemos buscar, a ver si aparece algo. O mirar los periódicos antiguos.

—Buscar ¿qué?

—No sé. Tu nombre. El de tu hermano. O el de tu abuelo. —Su rostro irradiaba expectación—. A lo mejor descubrimos algo de tu madre.

Por apasionante que pudiera resultarle a ella entretener su verano iniciando una investigación, o por mucho que me apeteciera a mí compartir con ella una misión conjunta, hacía tiempo que yo había aceptado que no tenía sentido querer descubrir sobre mi madre cosas que mi abuelo no había querido contarme. Una parte de mí sentía que sería como traicionarlo a él. A su memoria. Además, si mi madre no había querido saber nada sobre mí, lo que se merecía era que yo hiciera lo mismo: no querer saber nada sobre ella.

—Prefiero que no —dije—. Es mejor preguntar al futuro que al pasado.

Ella chasqueó la lengua y dejó caer los hombros. Sus rodillas se separaron de la valla. Vergüenza e inseguridad volvieron a invadirme al sentir que la decepcionaba.

—¿Y qué pasó el otro día? —retomó la conversación—. ¿Por qué se puso así tu hermano? ¿Qué ha cambiado?

Su mirada inquisitiva y el deseo de no defraudarla me impulsaron a sacar algo del bolsillo de mi pantalón corto. Lo desdoblé frente a sus ojos y dirigí el dibujo a la verja.

—¿Pintas?

—Bueno, mojo los pinceles en acuarelas y lo intento.

Observó mi obra con tanto interés como si fuera alguno de esos periódicos que quería consultar en la biblioteca. O como si se esforzara por desentrañar lo que la pintura representaba para no hacerme sentir mal por mi falta de pericia. Le expliqué que el dibujo no era originalmente así, sino que se había manchado con agua sucia.

—¿Es una cara? —preguntó—. No lo veo muy bien.

El agua de limpiar los pinceles había emborronado tanto la imagen que resultaba difícil descifrarla.

—Es una máscara.

Con un dedo recorrí el contorno del rostro pálido bajo la mancha. Señalé también las zonas más oscuras que habían sido los ojos y la boca. Ella echó la cara hacia atrás, la ladeó con los ojos casi cerrados.

—Creo que la veo. Más o menos.

—En realidad es blanca —dije—. Llegó a nuestra casa en una caja. Sin remitente ni nada.

—¿Os llegó eso en una caja? ¿Una máscara? —Se frotó los brazos—. Qué miedo, por favor.

—Mi hermano se puso muy nervioso al verla. Fue cuando discutimos y me vine corriendo aquí. La noche que nos conocimos.

La nariz de ella rozó la valla al acercarse para examinar mejor el dibujo.

—No entiendo que no te mueras de ganas de saber qué es —dijo.

Dejé la cartulina sobre mis piernas cruzadas. Miré al acantilado y recordé las cenizas del abuelo flotando en el aire. Decidí confiar en él y también en mi hermano.

—Es mejor preguntar al futuro que al pasado —repetí.

Ella no se molestó en disimular un bufido.

—Qué aburrido. —Agarrada a la valla con las dos manos, se levantó de un salto y sacudió el trasero de su pantalón—. Me voy a ir.

Quería pedirle que se quedara. Decirle que podíamos hablar de otro montón de cosas. Hacerle saber que con ella, como con nadie, sí me apetecía hablar. Pero no me atreví. Dejé que se despidiera con la mano en el aire sin preguntarle siquiera si volvería mañana, al día siguiente o al otro. O si ya no volvería nunca porque de verdad pensaba, como había dicho, que era un aburrido y había perdido su tiempo conmigo.

Mi hermano trabajaba con su instrumental entomológico en la mesa del salón. Había llegado tarde del pueblo, ni siquiera cenó con nosotros. Sí vimos juntos una película del Oeste, los tres en el salón, pero en asientos diferentes. En cuanto acabó, su mujer subió al cuarto. Se fue tarareando la música tan triste con la que acababa la película. Me quedé leyendo en el sofá y mi hermano se trasladó a la mesa para crear uno de sus especímenes quiméricos.

—Necesito concentración máxima —me recordó antes de empezar.

Lo que significaba que no tenía ganas de preguntas.

Oí cómo usaba pinzas y alfileres, pinceles y punzones, colas y pegamentos. Sacudió cajas de madera con sobres de papel encerado en los que guardaba los ejemplares que después hibridaba. Solía realizar esa labor en silencio, un silencio sereno que irradiaba paz. Esa noche, sin embargo, por callado que estuviera, su angustia resultaba tangible. Soltaba los instrumentos sobre la mesa en lugar de apoyarlos con delicadeza, como hacía siempre. Chasqueó la lengua un par de veces, suspiró otras tantas. La silla crujía bajo sus constantes cambios de postura.

Asomé la cabeza por el respaldo del sofá.

Se produjo un trío de destellos verdosos dentro del tarro de luciérnagas.

—¿Estás bien?

La irrupción de mi voz lo desconcentró.

Una inesperada vibración en su mano afectó a la pinza que manipulaba y también al espécimen en el que trabajaba. Parpadeó varias veces como si necesitara asegurarse de lo que veía, calibrando las consecuencias del desliz. Desechó la pinza sobre la mesa dando un golpe con la mano abierta. La superficie entera tembló y sacudió los instrumentos en sus cajas.

—¿Qué te había dicho?

Habló sin mirarme, con la frente apoyada en sus puños. Se me hacía tan raro ver a mi hermano así de irritado que no sabía ni cómo responderle. Solo quería asegurarme de que se encontraba bien.

—Estoy preocupado —dije—. Quiero ayudar.

—Pues me ayudarías más calladito —soltó entre dientes.

Enseguida, se tapó los ojos con las palmas de las manos y me pidió perdón. Arrepentido, enfadado conmigo o quizá consigo mismo, cogió el punzón de la mesa y lo clavó repetidas veces en la criatura sobre la que trabajaba.

Bajé del sofá y corrí a detenerlo, pero ya la había destrozado.

Sobre la mesa había pedazos de patas, antenas, abdómenes de diferentes insectos.

Escamas de alas de mariposa flotaban en el aire como polvo de colores.

—No lo rompas más.

Le quité el punzón de una mano que no ofreció resistencia.

—Qué más da —dijo él—. Si son un invento. Una quimera. No sé ni por qué las hago. —Señaló con una pinza varias de las cúpulas con criaturas confeccionadas por él mismo. A continuación apuntó a la pared decorada con insectos de verdad—: Con lo bonitos que son los que ya existen en realidad.

Recordé la reflexión que me había ofrecido hacía tiempo sobre esos especímenes de fantasía.

—Porque te gusta pensar que siempre existe un mundo aún más fascinante y luminoso que el que conocemos —le respondí con sus propias palabras—. Por eso leemos. Y por eso hay gente que cree en Dios y en el cielo.

Sus ojos se ampliaron al reconocer sus pensamientos en mi boca.

—Que lo dijera yo no quiere decir que fuera verdad. —Negó con la cabeza mientras desarmaba los últimos restos de su creación destruida—. La realidad es la que es. Y luego existen las mentiras que nos contamos para soportarla.

Cogió el tarro de luciérnagas y se acercó a la puerta corredera que manteníamos abierta.

Desenroscó la tapa y esperó a que los insectos se marcharan volando.

Una profunda tristeza arreció contra mí al ver tan desolado a mi hermano. Él, que se quedaba boquiabierto viendo nacer un pollito de un huevo abandonado, que me seguía llamando para que admirara las formas de las alas en las mariposas de su colección o que suspiraba, de pronto, mirando de reojo a su mujer de una mecedora a otra.

—¿Todo esto es por esa máscara? —pregunté.

En una casi imperceptible sucesión de movimientos, mi hermano asintió, negó y se encogió de hombros. En la mesa, su mirada se desenfocó y sus dedos frotaron en el aire ese tejido invisible que solo él podía palpar. Permaneció así hasta que un parpadeo lo trajo de vuelta, como si despertara. Con una mano, recorrió el cable de la lámpara con la que iluminaba su trabajo, buscando el interruptor.

Querría apagarla para dar por finalizada nuestra conversación.

La voz de su mujer se le adelantó.

—Cuéntaselo —dijo.

Mi hermano y yo giramos el cuello hacia el umbral de entrada al salón. Allí estaba ella, en camisón, con el vigilabebés en la mano. Lo guardó en un bolsillo y se cerró la rebeca con la que se cubría los hombros. La brisa nocturna había empezado a refrescar.

—Contarme ¿qué?

Una repentina rigidez tensó la postura de mi hermano.

—Contarle ¿qué? —repitió él.

Se levantó de su silla como para acercarse a su mujer, pedirle que volviera a la cama o que se callara, pero ella levantó una mano para indicarle que se detuviera.

—Contarle todo —añadió—. Ya no es un niño.

La miré a ella y después a él.

A ella otra vez y de vuelta a mi hermano.

—¿De qué habláis?

Ninguno de los dos me respondió. Mi hermano se quedó quieto, incluso dejó de respirar, como si la ausencia total de movimiento lo convirtiera en invisible. Ella se cruzó de brazos.

—Cuéntaselo —repitió.

—No... —Oí cómo mi hermano tragaba saliva en una garganta encogida—. No tengo nada que contarle.

—Por favor —pidió ella, no a modo de súplica, sino de orden para que mi hermano dejara de hacerse el tonto.

—¿Sobre la máscara? —pregunté.

Su mujer le dio tiempo para responder, pero él no dijo nada.

—Más que eso —acabó contestándome ella.

Interrogué a mi hermano con la mirada.

Él apretó los dientes como si peleara contra algún pensamiento, alguna decisión.

—Necesito tiempo —murmuró—. Por favor os lo pido. No sé ni lo que está pasando. Esa máscara... No tiene sentido.

Su mujer no suavizó la firmeza en su voz.

—Puedes contarle otras cosas —dijo.

Mi hermano dejó caer los brazos como un niño al que han regañado y se sentó en el respaldo del sofá.

—No me hagas esto. —Entrelazó los dedos en la nuca y juntó los codos para taparse la cara. Siguió hablando desde aquella cueva en la que se refugiaba de la realidad—. No puedo. Todavía no.

Solo una vez había visto a mi hermano tan afectado y cercano a las lágrimas como en ese momento. Fue la noche en la que su novia se marchó de casa mientras corría por el terreno quitándose de encima las manos de mi hermano como si fueran insectos venenosos.

—Es lo que le contaste a ella —deduje. La miré para completar el razonamiento—: Tú te fuiste esa noche porque te contó algo que yo no sé.

Ella asintió.

—Y creo que deberías saberlo ya —añadió. Esperó alguna declaración de mi hermano. Al no producirse, acabó interpelándolo—: Bastante tiempo has logrado ocultarlo. Lo va a acabar descubriendo él mismo. A un niño es fácil engañarlo, pero a él... A él ya no.

—Es muy pronto —dijo mi hermano emergiendo de su caverna de brazos.

—Acepté ayudarte hasta que dejara de tener sentido —continuó ella—, y ya no se lo encuentro. Quiere saber. Tiene derecho a saber. Igual que lo tuve yo.

—Todavía no, por favor —balbuceó mi hermano—. Iba a ser cuando cumpliera dieciséis. O dieciocho, o cuando...

—Qué más da eso —interrumpió ella—. Tiene quince. Tú, a su edad, ya ayudabas a tu abuelo con todo. Incluso bajabas solo al taller.

Dibujó comillas aéreas con los dedos al decir esa última palabra.

«Taller».

—¿Por qué haces eso? —pregunté—. ¿Qué significa eso?

Mi hermano chistó suavemente.

—Que te cuente tu hermano por qué pasa tanto tiempo ahí abajo —respondió ella.

—Es su vía de escape —repetí la frase que él nos decía a menudo.

—Aparte de eso.

—Porque están las tuberías, las bombas y los cables que mantienen funcionando la casa.

Repetí aquella descripción que me hizo un día el abuelo y que me había servido para esbozar a la perfección la imagen de un control subterráneo de nuestra casa.

Ella se mordió el labio inferior, dudando si seguir hablando.

En el bolsillo de su camisón rompió a llorar el altavoz del vigilabebés.

La urgencia del llanto del niño la obligó a dar por finalizada la conversación, pero aún dijo algo más antes de marcharse:

—Que te cuente por qué pasa tanto tiempo en su taller tu hermano.

Repitió el gesto de las comillas en el aire, pero debió de calcular mal los tiempos porque no se las puso a «taller», sino a otra de las palabras. Él regresó a su silla de trabajo y se encorvó sobre la mesa en sus brazos apilados, como si solo hallara consuelo ocultando su rostro en diferentes oscuridades.

Al tacto encontró el interruptor de la lámpara y la apagó.

Me quedé allí de pie sin saber qué hacer.

Esa misma tarde, en la valla, había decidido confiar en mi hermano y en los tiempos que él manejara para contarme lo que supiera sobre nuestra madre. Sabía que nada que él me ocultara sería con malas intenciones. Y quizá era verdad, como el abuelo y él mismo defendían, que existían realidades tan terribles que no merecía la pena conocer. Para qué mirar el reverso oscuro de las alas de una mariposa cuando el anverso brilla en colores azules tornasolados.

Fuera, en el porche, brilló una de las luciérnagas que él había liberado. Poco después, se iluminó otra. Y a continuación hubo un instante en el que las tres resplandecieron a la vez. Sincronizaron su destello verdoso como si me lanzaran una invitación. O una orden.

—Cuéntamelo —le pedí a mi hermano.

Una de las sílabas patinó en mi garganta y vibró en una frecuencia más grave de la habitual. Fue el primer anuncio de que mi voz empezaba a cambiar.

Un sonido de fricción, el de mi hermano diciendo que no con la cabeza, sin separarla de sus brazos, fue la única respuesta que obtuve.

—Por favor —dije.

—Todavía no —susurró él sin dar la cara y hablando contra la mesa—. Lo hago por ti. Eres muy pequeño. —Pensé que había dejado de hablar, pero un murmullo residual escapó de sus labios y reverberó en aquel hueco—: Yo también era muy pequeño.

—No lo soy.

Él insistió en que sí lo era.

—¡Que no lo soy! —grité.

De la mesa, cogí lo primero que encontré. Apenas veía en la oscuridad y solo un reflejo cristalino evidenció la presencia del tarro donde habían estado las luciérnagas. Lo lancé con toda mi rabia, presa de un berrinche infantil contrario a lo que indicaba la voz que me había empezado a cambiar en ese momento. Impactó contra alguna pared del salón y se oyó cómo se rompía no solo el cristal del tarro, sino también otros materiales. Mi hermano se incorporó despacio, como si no diera crédito a lo que acababa de hacer ese hermano pequeño suyo que quería que lo trataran como a un adulto. Cuando encendió la luz, leí la principal preocupación en su rostro: que hubiera roto algunos de los marcos de su colección. Esa pared fue el primer lugar al que dirigió su mirada, conteniendo la respiración. Suspiramos a la vez al verla intacta, pero el alivio duró poco.

—No —dijo él—. Eso no.

Se levantó con un movimiento eléctrico que derribó la silla.

Lo vi arrodillarse frente a la chimenea.

Enseguida me di cuenta de que, sobre la repisa, faltaba la urna del abuelo.

Me acerqué con paso temeroso para asomarme al destrozo. De entre los restos, mi hermano pescó a toda prisa algo que escondió en su bolsillo.

—¿Qué haces? —pregunté.

—¿Cómo que qué hago?

—¿Qué has cogido?

—No he cogido nada —respondió—. Estoy recogiendo los trozos de la urna de nuestro abuelo. La que tú acabas de romper.

Señaló con las dos manos el resultado de mi berrinche. El recipiente se había roto contra el suelo en varios pedazos. La maceta de plástico había sobrevivido al impacto, pero no así el cactus, cuyo doble relieve esférico era ya un desecho informe entre varias piezas triangulares de la urna rota. Mi hermano agarró el cactus por uno de los pinchos y vio que las dos bolas habían reventado, mostrando una pulpa blanda bajo la corteza resquebrajada cubierta de espinas. Sus hombros cayeron con un quejido derrotado.

—Vete —dijo.

En posición de gateo, se dispuso a recuperar los pedazos de cerámica.

—Perdóname, no quería…

—Vete.

La seriedad en su voz resultó atronadora en el silencio del salón, un silencio que hasta la brisa y el carrillón de conchas del porche quisieron respetar.

De la cocina le traje a mi hermano una escoba y un recogedor, gesto que no me agradeció.

—Que te vayas —repitió.

Pensé en subir a mi cuarto, pero una intensa congoja anidó en mi pecho y amenazó con estallarme en la cara. Escapé al porche por la puerta corredera, que era la que más cerca tenía, y me alejé de la casa. Mientras atravesaba el terreno con paso acelerado, rompí a llorar como ese niño que decía que no era.

12

A la mañana siguiente, lo primero que hice al pasar por el salón fue mirar a la chimenea. Había esperado a que mi hermano se marchara para bajar. No tenía ganas de hablar con él sobre lo ocurrido la noche anterior. Despierto en la cama, había seguido con el oído sus habituales preparativos antes de irse a trabajar. Lo oí abrir grifos en el baño y armarios en la cocina hasta que finalmente salió por la puerta de entrada y se subió a la camioneta. Cuando el portón se cerró tras él, bajé de la cama.

Allí estaba de nuevo, sobre la repisa, la urna del abuelo, pegada.

Podían distinguirse las grietas entre los diferentes pedazos. Mi hermano habría utilizado alguno de los pegamentos extrafuertes que usaba en sus especímenes. Ya había metido también la maceta de otro de los cactus.

En la cocina, preparé mi desayuno.

Con el bol de cereales en la mano, salí al porche.

El frescor del alba me enfrió la nuca.

Era tan temprano que el cielo apenas clareaba, aún faltaba un rato para que el sol apareciera.

El mar acariciaba las rocas con suavidad, como para no despertarlas aún.

Sin limitaciones solares en mis movimientos, me lancé a pasear por el terreno. Hice una parada por cada cucharada que me llevaba a la boca mientras disfrutaba de la vista y los cereales. El rocío en los tallos salvajes humedecía mis tobillos. Cuando tragué la última cucharada, me descubrí frente a la trampilla. Me quedé mirando la entrada de aquel lugar al que huía mi hermano con tanta frecuencia. Un lugar que yo nunca había querido conocer. Primero por miedo y después por desinterés. Me pregunté a qué se habría referido su mujer al pedirle que me explicara por qué pasaba tanto tiempo ahí abajo. Me pregunté, también, por qué le gustaría tanto a mi hermano estar bajo tierra. Como si él de verdad fuera una víctima del hombre grillo.

Rodeé la trampilla con paso desinteresado.

Derramé parte de la leche del bol cuando algo me hizo tropezar en uno de los lados.

Busqué la causa con el pie, hasta dar con un destello dorado entre las hierbas. Al apartarlas, descubrí un candado que unía la tapa de la trampilla con la estructura anclada al suelo. Recordé la cantidad de veces que mi hermano me había asegurado que esa trampilla no se cerraba, que siempre estaba abierta.

Tiré del asa de la cubierta, situada en otro de los lados.

Tan solo se produjo un leve chirrido, la tapa apenas se movió.

Con una segunda sacudida, más dura, confirmé que la trampilla estaba cerrada.

No todo lo que decía mi hermano era verdad.

Me senté en la cubierta metálica y sorbí los últimos restos de leche en el cuenco.

Mientras contemplaba el amanecer, seleccioné mentalmente las acuarelas que usaría para pintar ese cielo de tonalidad cambiante. La aparición de los colores cálidos anunció la inminente irrupción del sol, momento en el que regresé a casa.

La mujer de mi hermano encendía un fogón en la cocina.

Nos dimos los buenos días mientras ella ponía a hervir agua en un cazo.

—¿Qué hacías ahí? —Su barbilla torcida señaló la ventana, el exterior.

—Quería desayunar fuera antes de que saliera el sol.

—Digo en la trampilla. ¿Qué hacías en la trampilla?

Me encogí de hombros.

—¿Te contó algo tu hermano? —Un matiz de sospecha moduló su voz.

Negué con la cabeza. Le expliqué que mi hermano no quiso hablar y que yo había acabado rompiendo la urna del abuelo. Ella estiró hacia abajo la comisura de sus labios al imaginar la escena.

—¿Por qué no me lo cuentas tú? —pregunté—. Cuéntamelo tú. Sea lo que sea.

El agua entró en ebullición y ella aprovechó para darse la vuelta y ocuparse de sus cosas.

—Tiene que ser tu hermano. —Metió un biberón en el agua caliente—. Yo no pienso intervenir.

—Pero intervenir ¿en qué?

—Fue una condición que puse para regresar. No intervenir.

Harto de mantener conversaciones en clave que no entendía, dejé caer el cuenco vacío en el fregadero. La cucharilla tintineó con virulencia contra la loza.

—Conmigo no te enfades, que yo voy a estar aquí para ayudarte. Igual que estoy aquí por mi hijo. —Durante un instante se le desenfocó la mirada, como si evaluara lo acertado de alguna decisión del pasado. Acabó por sacudir la cabeza—. Y por su padre.

Vertió unas gotas de leche del biberón sobre el dorso de una mano y la probó.

Después me ofreció un abrazo que no correspondí.

—Ay, perdón —dijo ella—. Todavía no sé cuándo es que sí y cuándo es que no.

Me encogí de hombros porque yo tampoco lo sabía.

—Yo creo que estás preparado —susurró ella devolviendo la conversación a mi hermano—. Solo tenemos que esperar a que lo esté él. —Como sucedáneo del abrazo que quería darme, apretó mi mano sobre la encimera y sacudió el biberón en el aire—. Me voy antes de que se enfríe esto.

Sin avisar, abrió la puerta de la cocina para marcharse.

Una repentina franja de sol atravesó el suelo hasta el fregadero, creando una pared irreal de polvo matutino. La banda amarilla me alcanzó de lleno, como una cuchilla que pudiera cortarme por la mitad. Un ardor inmediato encendió la piel de mis piernas, mi cuello, mi cara. Sentí que toda ella se convertía en lija. Me protegí los ojos con los antebrazos pensando en sacrificar los miembros antes que la vista. El resto de mi cuerpo comenzó a agrietarse. El súbito olor a quemado que invadió la cocina me provocó una arcada. Olía a mi sangre quemada. Contraje la garganta para no tragarme la lengua deshecha. Desorientado, me dejé caer al suelo. Me arrastré a un lado, confiando en escapar de la franja solar. Con la respiración entrecortada, empecé a sentir que la quemazón remitía, los brazos dejaron de arderme. Me toqué la cara. Comprobé aliviado que seguía intacta. Moví las articulaciones. Muñecas, codos y tobillos aún funcionaban, no se habían quedado atascados. Abrí los ojos poco a poco, aún protegidos bajo las manos. Al destaparlos descubrí que no solo había huido del sol, sino que la franja solar tampoco estaba ya allí. La mujer de mi hermano se encontraba frente a la puerta.

—La he cerrado enseguida —dijo—. Y seguías retorciéndote.

Examiné la piel de los brazos, los talones, las rodillas.

Me olí las manos.

—Aún huelen a quemado —dije.

Si hubiera tardado un poco más en escapar del sol, la carne se me podría haber resquebrajado, rota en pedazos como la urna del abuelo al caer al suelo.

Ella regresó a los fuegos. Cogió el cazo y lo vació en el fregadero.

—Es esto lo que huele. —Me enseñó el plástico derretido en la unión del mango con el metal—. Siempre huele así cuando lo uso. Los fogones son demasiado grandes.

—No es el mismo olor. —Sentado en el suelo con la espalda contra un armario de la cocina, me llevé las palmas a la nariz.

Inspiré en ellas—. Esto es por dentro. Me estaba empezando a quemar por dentro.

Ella se agachó a mi lado. Reconocí la peculiar expresión de preocupación en su rostro, la que me dedicaba siempre que hablábamos del tema.

—Abrí sin pensarlo, perdóname por no avisar —dijo—. Pero no te ha pasado nada, solo te ha dado un segundo el sol. Y si te hubiera dado más tiempo tampoco habría pasado nada.

Flexioné las rodillas para formar un escudo con el que protegerme.

—Me da igual que no quieras escucharlo —continuó ella—. Pero esta fobia tuya es irracional. Una mentira que te cuentas a ti mismo. Y esa mentira es la que te hace daño, no el sol. Está todo en tu cabeza. Tu hermano no deja de repetírtelo.

Me levanté sin contestar. Aunque quería escapar a mi cuarto, no podía ir al salón. Tampoco podía salir ya al porche, así que me tuve que quedar en la cocina. Me senté a la mesa y supuse que ella me diría a continuación que me creía muy mayor para ciertas cosas, pero que, para otras, seguía actuando como un niño. No dijo nada. Solo testó la temperatura del biberón en su mejilla, la dio por válida y se marchó.

La franja de sol regresó a la cocina cuando abrió la puerta.

Aunque ni siquiera me rozaba, subí, por si acaso, los pies a mi asiento.

Ella echó las cortinas en el salón.

El estridente recorrido de las argollas a lo largo de la barra trajo consigo el cobijo de las sombras.

En lo alto de la torre, arrastré los pies por la espesa moqueta que revestía el suelo del estudio. Me encantaba sentir el suave tejido entre los dedos. Frente a la estantería, busqué una nueva lectura en la biblioteca de mi hermano.

Mi dedo pasó por *El maravilloso mago de Oz*, que encabezaba la numeración, y continuó al libro que llevaba la etiqueta número dos, uno para niños titulado *Manual del joven espía*. Recordé cuando quise leerlo de pequeño y mi hermano me aseguró que a él esas páginas lo habían convertido en un verdadero espía. El abuelo asintió al escucharlo. Según mi hermano, el libro era tan bueno y tan confidencial que debía ganarme el derecho a leerlo. Como muestra de sus habilidades, y como reto para saber si yo también estaba preparado para aprender a ser un espía, me entregó una hoja llena de cifras. Me dijo que era un mensaje secreto que podría descifrar en su biblioteca y me acompañó a subir la escalera de la torre para que resolviera el enigma. Al principio no entendí cómo se suponía que debía descifrar el mensaje, pero de pronto imaginé que los números podían corresponderse con los de las etiquetas en sus libros. Los busqué uno a uno y desplegué los diecinueve sobre la moqueta del estudio. Me quejé diciendo que eran muchos libros, muchas páginas, que cómo iba a encontrar ahí ninguna respuesta a nada. Entonces pensé que tenía que ser algo más sencillo. Probé a fijarme solo en la primera letra del título de cada libro. Asentí al comprobar que formaban palabras. Del escritorio cogí un bolígrafo y fui anotando la correspondencia de cada cifra. Al final, desvelé una frase: «Te dije que era un espía». Mi hermano sonrió al escuchar en mis labios su mensaje secreto. Superado el reto, me concedió el permiso para leer el manual. El tercer libro en la estantería era *Viaje al centro de la Tierra*, ese también lo había leído ya. De hecho, mi dedo llegó al final del primer estante sin descubrir ningún título que no hubiera leído. También recorrí el segundo estante al completo. Del tercero ya pude coger uno.

La mujer de mi hermano habló desde abajo.

—¿Puedes vigilar al niño un rato, que voy al gallinero? —preguntó—. Estamos en mi cuarto.

Bajé la escalera. Ella me regañó por hacerlo a toda velocidad.

Me avisó de que recogería los huevos y regresaría en veinte minutos.

El niño jugaba sentado en el suelo, junto a la cama de matrimonio. Sobre ella, en una esquina, dejé el libro que acababa de coger. De entre el montón de piezas, juguetes y figuras con las que jugaba, el niño agarró la de un barco. Yo seleccioné la de un faro de plástico. Lo apoyé en el suelo y guie a su alrededor, como si navegara, el barco en la manita del niño, húmeda y pegajosa. Imité los ruidos del mar. Encontré la figura de una sirena y jugué a hacerla nadar y saltar por encima de la embarcación. El niño se rio con cada pirueta.

Tuve una idea.

—¿Subimos a ver barcos y sirenas de verdad?

Una retahíla de sílabas sin sentido fue su respuesta. Después cogió la figura del faro y levantó las manos con ganas, como si entendiera lo que le había preguntado. Mi hermano todavía no subía a su hijo a la torre, ni siquiera llevándolo él mismo en brazos. Decía lo de siempre, que había que tener mucho cuidado con esa escalera. Cargué a mi sobrino contra la tripa, haciéndole un asiento en el interior de mi codo.

—Vamos —dije—. Pero que no se enteren ni mamá ni papá.

Bien sujeto a la barandilla, subí colocando los dos pies en cada peldaño. El niño me clavaba los talones con la intensidad de su excitación. En una de esas sacudidas tiró al suelo el faro que traía en la mano. Cayó entre mis pies, al borde del escalón. Flexioné las piernas para intentar recuperarlo, pero sentí que perdía el equilibrio. Me resultó imposible con el peso del niño.

—Luego lo recogemos —dije.

Una vez arriba, nos acercamos a la cristalera de la falsa linterna. Al niño se le abrieron mucho los ojos, también la boca, al asomarnos a la inmensidad del mar. Abrió la mano y tocó el cristal como si pudiera coger el barco que navegaba cerca del horizonte, igual que acababa de coger uno en el dormitorio. La tierna confusión me hizo reír. El pequeño cabalgó en mi cadera exigiendo que lo soltara con una metralleta de sílabas babosas.

—No, no te bajo, que, si no, no ves.

Modulando la voz a un tono de fábula, para capturar su atención, le expliqué que vivíamos en un faro, más o menos, un lugar asombroooso porque guiaba a los barcos cuando se hacía de noche. Le tapé los ojos para representar la oscuridad. Le conté también que mi abuelo, su bisabuelo, hacía muuucho tiempo, se había encargado de mantener encendida esa luz mágica, así que los dos debíamos de tener algo de fareros dentro de nosotros. Él señaló la escalera, donde se había quedado su figura del faro.

—Eso es —le confirmé—. Un faro como ese.

Volvió a cabalgar y a gritar sílabas sueltas. Sus pies me golpearon en partes dolorosas.

—Pues nada. —Acabé cediendo a su berrinche—. Te pierdes el paisaje.

Lo bajé al suelo en el mismo momento en el que creí ver movimiento a lo lejos, en el extremo del terreno donde hablaba con la chica de la valla. Deseé que hubiera vuelto, aunque la forma en que se había marchado la última vez, criticándome por aburrido, no invitaba a pensar que lo haría. Solté al niño para hacerme visera con las manos pegadas al cristal. Centré mi atención en aquella parte lejana del acantilado y traté de distinguir alguna silueta, el color de alguna prenda o el rubio de su pelo. Cualquier cosa que me confirmara que era ella. Pero solo vi matorrales mecidos por el viento y parches solares que cambiaban de forma. Suspiré y busqué con la mano la coronilla del niño, a mi lado, donde lo había dejado.

No lo encontré.

Lo oí gatear a mis espaldas.

Me di la vuelta de inmediato, justo a tiempo de ver cómo terminaba de atravesar el estudio y se ponía en pie. Las piernitas que sostenían su caminar aún tembloroso lo llevaron al inicio de la escalera.

—¡No! —grité.

13

Las tres zancadas más largas que fui capaz de dar me permitieron coger al niño antes de que se precipitara desde el primer escalón. A él pude agarrarlo con seguridad, pero me resultó imposible frenar a tiempo el desesperado impulso de mi carrera. La moqueta ardió en mis pies. Agarré la barandilla un mínimo instante, suficiente para aminorar la velocidad de mi impacto contra la pared curva de la torre. Al niño lo protegí contra mi pecho mientras caíamos escalera abajo. El borde de los escalones me golpeó la rabadilla y la espalda, pero el revestimiento de moqueta que tanto se afanaron en instalar el abuelo y mi hermano transformaba las esquinas filosas en suaves y redondeadas. Descendí con el niño en brazos, a trompicones, como en un defectuoso tobogán, hasta aterrizar de espaldas en el piso inferior.

Tirados en el suelo, el niño levantó la cabeza empujando la mano con la que yo lo protegía.

Unos ojos abiertísimos me buscaron.

A su impactado silencio inicial le siguió una entusiasmada vibración de garganta, que no desembocó en llanto, sino en una risotada que repitió varias veces. El niño celebraba el accidentado descenso como si hubiera sido un juego. Su alegría, aunque intensa, tardó en calmar el pánico que me había invadido al imaginar su caída. En cuanto nos incorporamos, el niño volvió a gatas a la escalera. Se levantó con las manos en el segundo escalón y me miró para invitarme a subir otra vez. Puso la cara divertida que ponía cuando se le ocurría una travesura.

—No, no, ya no subimos. —Flexioné las extremidades y estiré la espalda. Solo acusé un ligero dolor en los hombros—. Que bastante suerte hemos tenido.

Abajo, en el vestíbulo, se abrió y cerró la puerta de entrada.

El niño entendió que era su padre quien llegaba e inició una incansable repetición de la sílaba «pa».

Salté a por él antes de que el eco de la torre desvelara dónde nos encontrábamos.

Lo llevé al dormitorio con la boca tapada mientras oía cómo mi hermano se descalzaba y soltaba las llaves en el recibidor. Al sentar al niño frente al montón de figuras en el suelo me di cuenta de que le faltaba un zapato.

Miré a su alrededor sin encontrarlo.

Lo habría perdido arriba, o durante la caída.

Aguanté la respiración.

Mi hermano empezó a subir.

Regresé de puntillas a la escalera de la torre. Ascendí refugiándome en el silencio de la moqueta hasta que encontré el zapatito con cierres de velcro que habría delatado nuestra clandestina visita al estudio. Con él en la mano regresé al dormitorio de matrimonio antes de que mi hermano alcanzara el distribuidor del primer piso. Sin tiempo de ponérselo al niño, lo dejé en el suelo y me senté junto a él, como se supone que debíamos habernos quedado desde que su madre bajó al gallinero.

—Pa-pa-pa-pa-pa —repitió el niño.

Desde fuera de la habitación, mi hermano sonrió a su hijo. Encorvado, lo saludó con las dos manos hasta que un extraño calambre interrumpió su avance. Aulló de dolor y saltó sobre una pierna. Apoyó el trasero en la pared, se masajeó la planta del pie. Con la mirada buscó lo que había pisado y encontró en el suelo la figura del faro. La que se le había caído al niño en la escalera y que no llegué a recoger. La habríamos empujado hacia abajo en nuestro descenso. Los ojos de mi hermano viajaron de la figura a la puerta de acceso a la torre y la escalera, abierta. Después nos miró a nosotros, que jugábamos en el dormitorio con el resto de las figuras. Se fijó también en el libro que yo había dejado sobre la cama al bajar del estudio. Leí a la perfección en su rostro la teoría que acababa de armar.

Aún cojeando, se acercó a la habitación.

—Dime que no lo has subido. —Ni siquiera prestó atención a la llamada de su hijo—. Que yo venía a disculparme por lo de anoche. Pero dime ahora que no has subido al niño a la torre.

—Claro que no. —Revolví las figuras para desviar la mirada—. Yo estaba arriba, leyendo, y bajé a vigilarlo. Hemos estado aquí todo el tiempo.

Le entregué al niño la figura de la sirena como si continuáramos el juego de antes de subir.

Mi hermano lanzó al montón la figura del faro.

—¿Y su madre? —preguntó.

—Iba al gallinero —respondí sin levantar la vista—. Por eso bajé yo.

—A ver, mírame. —Esperó a que lo hiciera para lanzarme una pregunta—. ¿Lo has subido?

Temiendo que me temblara la voz, negué solo con la cabeza.

Algo en mi gesto inseguro debió de levantar sus sospechas porque, sin atender todavía al niño, volvió sobre sus pasos y se dirigió al estudio. Lo oí recorrer el espacio circular como si esperara hallar alguna pista que delatara nuestra incursión. Recordé aquel mensaje secreto en el que me aseguraba ser un espía, pero era imposible que encontrara ninguna prueba. Recuperada la zapatilla del niño y localizada la figura del faro, habíamos borrado cualquier rastro de nuestra visita. Sin embargo, el ímpetu de su pisada en una apresurada bajada anunció lo contrario.

Incluso el niño se calló y se quedó muy quieto.

—No has subido, ¿no? —Sonó más a acusación que a pregunta.

Dudé si merecía la pena seguir mintiendo.

—Has subido —aseguró él sin rastro de duda.

Moví la cabeza a un lado y a otro.

—Ojalá entendieras lo peligrosa que puede ser una caída por esa escalera.

En el estómago se me encendieron las ganas de gritarle que no era tan peligrosa. Que solo era otra mentira suya. Deseé confesarle que sí había subido al niño. Y no solo eso, sino que nos habíamos caído. Pero que no había pasado nada. Al niño hasta le había gustado. Quise gritarle también que estaba harto de sus silencios, de sus reglas y de sus misterios. Y que, últimamente, me daba la sensación de que nada de lo que me decía era verdad.

—No te tenía por un mentiroso —añadió él.

El fuego de rabia que había logrado contener terminó por incendiar mi boca.

—Ni yo a ti —solté—. Que aquí el que más está mintiendo eres tú.

Mi voz sonó grave durante toda la frase, sin rastros del tono infantil que empezaba a abandonar. Sus ojos se entornaron ante la ofensa, revelando el dolor profundo que solo causa una acusación verdadera. Entonces fue él quien me retiró la mirada, aunque aún tuve tiempo de ver en sus ojos el brillo que transformó el dolor en tristeza. Cargó a su hijo contra el pecho. El niño imitó lo que veía en la cara de su padre, formando un puchero con el labio inferior.

Antes de salir, mi hermano se detuvo bajo el umbral de la puerta dándome la espalda.

Permaneció ahí parado, como si valorara decirme algo más.

Tras unos segundos, sus hombros cayeron y continuó su camino.

Al pasar junto a la puerta de la escalera, la cerró de un portazo tan fuerte que el niño empezó a llorar.

Recogí las figuras lanzándolas a puñados dentro de un contenedor de plástico.

No lograba comprender la certeza de mi hermano de que habíamos subido. Valoré que tan solo hubiera sido un farol con el que había logrado provocarme.

Volví a subir. Revisé el suelo, incluso me agaché para mirar por debajo del escritorio, de la butaca y de otros muebles. Quizá el niño había llevado otra de las figuras sin que me diera cuenta. Olí el aire, por si identificaba algún rastro de su particular aroma a toallitas, cremas y pañal. Pero mi hermano no era el lobo en un cuento infantil, no podía haber sido eso. Desconcertado, me asomé a la cristalera para comprobar si había aparecido la chica de la valla. Me sorprendieron las ganas de compartir con ella todo lo que estaba ocurriendo en el faro.

Entonces la vi.

La tenía delante de mis narices, estampada en el cristal. Inconfundible al trasluz.

La prueba incriminatoria que había encontrado mi hermano y que me convertía en un mentiroso.

La huella de la mano del niño cuando quiso capturar un barco en el horizonte.

Esquivé a mi hermano el resto de la tarde. En cuanto las sombras me lo permitieron, quise escapar fuera de casa, a la valla. En lugar de salir por el porche, lo hice por la puerta principal, para evitar encontrármelo en el salón, donde jugaba con el niño. Su madre trabajaba en las plantas de la parte delantera del terreno. Al verme salir, me pidió que me acercara. Bajó de un taburete en el que apoyó las tijeras de podar.

—Te pedí que vigilaras al niño en el cuarto —me dijo—, no que lo subieras.

Admití la culpa, pero le aseguré que lo había hecho con cuidado.

—Eso no lo dudo, pero sabes el miedo que tiene tu hermano a esa escalera.

Sin mencionar nada de la caída, le pedí disculpas.

—Pídele perdón a él también. —Sus ojos asimétricos parpadearon a destiempo—. Tu hermano no está pasando por un buen momento.

Asentí sin prometer si lo haría, o cuándo, y retomé mi camino hacia el acantilado sorteando las menguantes áreas de sol.

Al otro lado de la valla, encontré vacía la piedra redondeada donde se había sentado la chica la vez anterior. Incluso a mí me sorprendían mis ganas de hablar con ella. Enganché los dedos en los rombos de la alambrada para entrever mejor a través de los matorrales. Quizá estuviera al borde del acantilado que continuaba más allá de nuestro terreno.

La llamé, pero no hubo respuesta.

Me senté a esperar con la espalda contra la valla y abrí por la primera página el libro que había seleccionado del tercer estante de la biblioteca de mi hermano.

La alambrada chirrió al mismo ritmo que el balanceo de mi tronco.

Las sombras a mi alrededor se fueron alargando, engrosando, hasta fundirse todas en una sola, omnipresente, momento en que empezó a oscurecerse el cielo. Cuando dejé de ser capaz de leer con facilidad, en el firmamento brillaban las primeras estrellas. Aunque había logrado enfrascarme en la lectura, había avanzado por el medio centenar de páginas deseando que un chistido me interrumpiera o que unos dedos me tocaran el hombro a través de la valla.

No ocurrió ninguna de las dos cosas.

De pie, con un dedo dentro del libro como marcapáginas, me quedé esperando un rato más. En las olas que golpeaban allá abajo escuché el rítmico segundero de una cuenta atrás que acabó por confirmarme que la chica no vendría. Y que no volvería nunca más. Porque ella querría disfrutar del verano en el pueblo con chicos normales que sí iban a la escuela, no con el chico tímido y raro que aparecía en la valla del antiguo faro al anochecer, como si fuera un fantasma.

Regresé a casa pensando en que no me merecía ni un segundo de su tiempo.

Busqué consuelo en el canto de los grillos, hasta el punto de valorar si no sería mejor vivir en las profundidades de la tierra.

Al menos allí abajo no tendría que enfrentarme con mi hermano ni huir del sol, ni tampoco habría conocido a ninguna chica que no quisiera saber nada más de mí. La suave melodía del carrillón de conchas en el porche y el cálido resplandor de la cocina en la que mi familia me esperaba para cenar lograron desvanecer el siniestro pensamiento.

Antes de entrar, me preparé para ofrecer a mi hermano esa disculpa que su mujer me había pedido y que él, en realidad, se merecía. Era yo quien se había saltado una norma clara de la casa: tener cuidado con los niños en la escalera, fuera o no tan peligrosa como todos aseguraban.

—Qué bien que vienes. —Frente al fuego, la mujer de mi hermano me tendió una varilla—. Remueve esto, así, lento, que tengo que subir. No se calla el niño.

El llanto emergía del vigilabebés, en algún lugar de la cocina.

—¿Y mi hermano? —pregunté.

—Tampoco está.

—¿Otra vez en el taller?

Ella asintió, desviando la mirada.

—Pero subirá ya, que hoy hace la cena él —añadió—. Yo solo estoy con el postre. Bueno, tú estás con el postre.

Soltó el mango de la varilla dejándola a mi control. Seguí removiendo mientras ella revolvía la encimera sin encontrar el vigilabebés. Miró detrás del frutero, desplazó tarros y una bandeja.

—Suena por la mesa —dije yo.

Cuando se la señalé, se me contrajo el estómago.

Porque encima de la mesa había un paquete.

Una caja.

Igual que aquella en la que llegó la máscara. Pensé que se trataba de la misma, pero enseguida noté que era algo más pequeña.

—¿Otra caja? —Mi voz patinó.

—Estaba en la puerta de fuera, como la otra vez. —Un profundo suspiro reveló que a ella también le preocupaba su contenido—. Yo ni la abriría, pero... —Se encogió de hombros reforzando lo que me había dicho esa mañana—. No voy a intervenir.

Apartó la caja a un lado como si estableciera distancia con ella. Justo detrás, encontró el vigilabebés. Se fue con él en la mano anunciando que volvería enseguida.

14

Mi brazo siguió removiendo la mezcla dulce en la olla, aunque toda mi atención se centró en la caja. Si la aparición de la anterior había dinamitado nuestra convivencia hasta el punto de deteriorar la relación con mi hermano, temí cuál sería su reacción al descubrir esta. Me preocupó también el montón de nuevas preguntas que podrían surgirme a mí y que él no me contestaría. Y me inquietó, sobre todo, la posibilidad de que ni siquiera me dejara saber qué había dentro. La otra caja la había abierto allí mismo porque no esperaba recibir ningún contenido extraño, pero esta vez no sería tan incauto. Quizá, como recomendaba su mujer, ni siquiera la abriría. Pero, de hacerlo, seguro que lo haría a solas.

Detuve el movimiento de la varilla al fuego.

Dentro de esa caja podría encontrar algunas de las respuestas que mi hermano me negaba.

Las tenía ahí mismo, a la mano.

Sobre mi cabeza crujía el suelo del cuarto de matrimonio, donde la madre del niño estaría realizando su habitual paseíllo para dormirlo en sus brazos.

Por la ventana vislumbré, a lo lejos, la trampilla cerrada.

Sin perder más tiempo en tomar la decisión, solté la varilla sobre el borde del cazo.

Toqué la caja con manos temblorosas. Igual que la otra vez, en el cartón aparecía escrita la dirección del faro y el nombre de mi hermano, pero no el de ningún remitente. La cinta de embalaje mantenía cerradas las tapas superiores del paquete. Probé a despegar una esquina con la uña, pero resultaba imposible hacerlo sin arrancar con ello una capa del cartón.

Volteé la caja sobre la mesa. El contenido se tambaleó en su interior. No pesaba demasiado, aunque sí más que la máscara. La cinta adhesiva que pegaba las tapas inferiores era fina y transparente, como la que usábamos en casa. Intenté despegarla. Tampoco era posible sin deteriorar el cartón.

Del segundo cajón de la cocina saqué un rollo de celo.

Del primero, cogí un cuchillo.

Clavé la punta en la hendidura entre las tapas inferiores y, con el filo, rasgué la cinta adhesiva a lo largo de toda la base.

Pude desplegarlas y asomarme al contenido de la caja.

Con el pulso acelerado descubrí que, dentro, había otra caja.

Una caja dentro de otra caja.

Esta era diferente, de madera, pintada de negro y barnizada. Como un estuche. Imaginé que se había dado la vuelta con el movimiento del paquete, así que la saqué y la apoyé sobre la mesa de manera correcta, con el cierre hacia abajo y unas pequeñas bisagras en la parte superior.

Mis manos rompieron a sudar.

En el piso de arriba, el niño seguía llorando.

Desde fuera no había llegado aún el sonido de la trampilla ni de los pasos de mi hermano.

Destrabé el cierre metálico con dedos tan decididos como temblorosos.

Sentía el corazón latir en mi cuello.

La mitad superior de la caja se abrió hacia arriba, como la de una trampilla que me ofreciera acceso a algún mundo subterráneo.

Lo primero que vi fue un sobre.

En él, escrito a mano en una densa tinta negra, leí las palabras:

Te han seguido mintiendo.

Debajo, el mismo bolígrafo, o pluma, trazaba una especie de firma, pero la rúbrica no formaba ningún nombre ni inicial, sino el contorno de un rostro. Tres círculos en su interior lo convertían en una máscara que gritaba.

—¿Qué es esto? —El pensamiento escapó de entre mis labios en un susurro entrecortado.

Palpé el sobre y descubrí que venía lacrado. Un sello de color rojo oscuro, como una gran mancha de sangre antigua, clausuraba el vértice de la solapa. Se adivinaba que el sobre contenía una hoja doblada, una carta. Pero el lacre era imposible de despegar sin delatarme. Dirigí el sobre a un foco en el techo, tratando de descifrar algo al trasluz. Solo aprecié el rectángulo oscuro que formaban los renglones de caligrafía superpuestos.

Impaciente, sacudí el sobre. Quería saber más. Chasqueé la lengua al sentirme incapacitado para hacer nada con esa carta. Esconderla para leerla después no era una opción, la mujer de mi hermano sabía que la caja había llegado.

Sobre mi cabeza noté que disminuía la frecuencia de los crujidos del suelo, el paseo estaba a punto de terminar.

Se me acababa el tiempo.

Acepté resignado que tenía que devolver el sobre a la caja, la caja al paquete, y cerrar todo de nuevo. Mis dedos realizaron entonces un nuevo descubrimiento. Había pensado que la caja de madera solo contenía el sobre, pero al colocarlo en su lugar toqué otro volumen debajo. Era algo tan oscuro que se camuflaba por completo en el negro absoluto de la madera tintada de la caja. Con las yemas acaricié la piel de la cubierta de lo que parecía un cuaderno. Una libreta. Mis dedos se engancharon en la goma que la mantenía cerrada. Tiré de ella para sacarla.

A la luz de la cocina pude apreciar que, en realidad, el negro de la libreta era menos oscuro que el de la caja. Se veía más desgastado. La goma tampoco mantenía la tensión que debió de tener en el pasado. El lomo arrugado acusaba infinidad de aperturas anteriores y el canto de las páginas tenía un matiz amarillento. Un espacio a mitad de la libreta revelaba que se habían arrancado varias hojas. Entre otras, se perdía un separador de cinta.

Con la muñeca sequé un sudor repentino en mi frente.

Destrabé la goma.

Pasé las páginas con el pulgar y me asomé a un montón de hojas manuscritas que se condensaron en una nube de palabras, renglones y tinta frente a mis ojos. El papel desprendió un aroma que me recordó a un olor conocido, pero que no supe ubicar. Antes de poder leer ni una sola palabra, escuché el crujido de la madera de la barandilla en el distribuidor.

Me di cuenta de que el niño ya no lloraba.

Y su madre bajaba la escalera.

La goma chasqueó contra la cubierta del cuaderno al cerrarlo.

Devolví la libreta a la caja de madera. Las medidas y el color coincidían hasta el punto de hacerla casi invisible una vez dentro. El sobre lo coloqué encima, como lo había encontrado. Trabé el seguro metálico del estuche y lo metí todo en la caja de cartón. Volví a pegar las tapas inferiores cubriendo con otra capa de celo la que yo mismo había rasgado. En ese momento pensé que, existiendo la libreta, quizá sí hubiera podido conservar la carta, pero ya era tarde. Escondí el rollo en el bolsillo de mi pantalón justo antes de que la mujer de mi hermano entrara a la cocina.

Me encontró junto a la mesa, con la caja dada la vuelta y un cuchillo a su lado.

—Eso no se hace —dijo en un tono decepcionado—. La correspondencia ajena no se abre.

Sacudí la caja en mi oído como si acabara de cogerla para tratar de averiguar lo que contenía.

—Ah, pensé que ibas a abrirla. Vi el cuchillo ahí y... —Se interrumpió con un grito—: ¡El fuego!

Corrió al cazo que yo había abandonado. Una montaña de espuma crecía hasta cubrir el mango de la varilla. Ella sopló a tiempo de evitar que se desbordara.

—De verdad —dijo tratando de pescar la varilla sin quemarse—, no puedo despistarme ni un segundo.

Me disculpé mientras ella regulaba el fuego.

Maniobró con el cazo y la mezcla líquida en su interior.

—Bueno, aún lo podemos salvar —dijo.

Los dos oímos el lejano golpe de la trampilla al cerrarse en el terreno.

Ella miró por la ventana entrecerrando los ojos.

—Ya viene. Sepárate de ahí, anda. —Señaló la caja en la mesa—. Y quita ese cuchillo, que va a pensar lo mismo que yo. Ven aquí a remover esto.

Fingimos estar a nuestras cosas para cuando entrara mi hermano, pero ambos esperábamos expectantes su irrupción. Nada más acceder a la cocina, frenó en seco su enérgica entrada.

—¿Y eso? —preguntó mirando a la caja.

Su mujer, en tono tranquilizador, le explicó que venía a su nombre y que la había encontrado en el mismo sitio que la otra.

—No la hemos tocado. —Creyó necesario aclarar.

Mi hermano colocó los pies como si asentara su postura, pero me di cuenta de que en realidad daba un minúsculo paso atrás. Se agarró las puntas de los dedos en el aire, a la altura del ombligo. Durante un instante creí ver a un niño indefenso. Pensé en confesarle que yo ya había abierto la caja. Avisarle de que contenía una carta misteriosa en la que alguien quería advertirle de alguna mentira.

Él me miró como si pudiera percibir mi empatía.

—Ni te acerques a ella —dijo entonces en un tono severo que resquebrajó mi compasión.

Una repentina rigidez en su espalda transformó la figura de niño indefenso en la de un padre autoritario, algo que ni él ni yo tuvimos nunca. Mi empatía se convirtió entonces en orgullo y pensé de nuevo en confesarle, con más ganas aún, que yo ya había abierto la caja, pero ahora para que supiera que me había adelantado a él, que era más listo de lo que creía y que tenía que dejar de tratarme como a un crío al que seguir dándole órdenes.

Pero permanecí callado.

Igual que él.

En silencio, cogió la caja y se marchó de la cocina. Me dio la sensación de que lo único que hacía mi hermano últimamente era marcharse disgustado de donde yo me encontrara. Su mujer percibió mi enfado por la fuerza con la que usé la varilla, haciéndola rascar contra el fondo del cazo. Cogió mi mano para detener el movimiento.

—Esto ya está. —Apartó la mezcla del fuego—. Solo hay que darle tiempo.

Me besó en la mejilla con la curvatura extraña de sus labios.

—Y a él también —añadió—. Dale tiempo.

Miré a la mesa vacía en la que se había volatilizado la caja.

Recordé las palabras que había leído: «Te han seguido mintiendo».

De pronto caí en la cuenta de cuál era ese olor al que me habían recordado las páginas de la libreta al pasarlas. Al del ejemplar de *El maravilloso mago de Oz* en la biblioteca de mi hermano.

Un estremecimiento me despertó en mitad de la madrugada.

En mi mandíbula perduraba el esfuerzo de la mueca con la que pretendía gritar en el sueño.

Estaba en mi cama, en la oscuridad, con los ojos abiertos, mirando hacia la pared.

Apretaba las sábanas en mis puños, aferrándome al mundo real para no dejarme arrastrar de vuelta a la pesadilla. Para seguir despierto. Si es que acaso había despertado realmente, porque el espantoso llanto del que había querido escapar en el sueño, un lamento trágico que dolía escuchar, seguía presente en la habitación. No era tan inmenso como en la pesadilla, donde inundaba el mundo entero y caía sobre la gente como una lluvia tóxica, negra y viscosa, que acababa reduciendo a las personas a charcos de pena que burbujeaban al llorar, pero juraría que aún escuchaba retazos de aquel llanto en la soledad de mi habitación.

O quizá tan solo eran retazos de la pesadilla en el reciente despertar.

Parpadeé varias veces. Era el único movimiento que me atrevía a realizar. Reconocí la textura de la pared frente a mí, la esquina del marco de la ventana entornada, mecida ligeramente por la brisa nocturna. Reconocí también el olor del suavizante en mi almohada.

Afiné el oído y, aunque prefería no haber escuchado nada más allá de los latidos de corazón que retumbaban en mi cabeza, un gemido resultó claro en el silencio de la noche.

El lamento que seguía escuchando pese a haber despertado era real.

Como lo fue el sorbido de una nariz.

El terror que descargó ese sonido me inmovilizó.

Cada vez más lúcido, caí en la cuenta de que el amanecer de ese día sería el noveno de aquel mes, así que recibiríamos la visita de la mujer que llora. Quizá era a ella a quien oía. Quizá había llegado antes de tiempo y esperaba ahí fuera, en la puerta enrejada, su llanto temprano abriéndose paso en el aire nocturno para colarse en mi habitación por la ventana.

Pero el balbuceo de la garganta apenada se produjo detrás de mí.

Dentro de la habitación.

Lo tenía a mis espaldas.

Me subí la sábana hasta las cejas como si así pudiera desaparecer. No sirvió para dejar de escuchar el lamento. Un lamento siniestro que fue articulando lastimosas palabras.

—Perdóname...

Eran sílabas susurradas, apenas audibles.

—No sé cómo se hace. Sé lo mucho que duele y solo he querido...

La voz era tan débil como el crepitar de la saliva en los labios.

—... cuidarte.

Oí que la garganta tragaba.

—Como hice abajo.

Me sentía lo suficientemente despierto para razonar que tenía que ser mi hermano quien hablaba, pero en el estado que sucedía a una pesadilla, tiritando bajo una sábana en mitad de la noche, también creí posible darme la vuelta y descubrir que no era él, sino un impostor, un fantasma o un espectro, quien imitaba su voz a la perfección. Porque también me sentía lo suficientemente dormido para poder dudar sobre qué era real y qué no.

—Pero ya no sé lo que es real... —dijo la voz en mi habitación.

Que sonara a un eco casi exacto de mi pensamiento reforzó la posibilidad de que todo fuera producto de mi imaginación dormida.

—Me han seguido mintiendo... —añadió la voz en un sollozo apagado.

Podía ser yo quien incorporaba esa frase a la pesadilla, tras haberla visto escrita en el sobre, o podía ser mi hermano quien la repetía detrás de mí tras haber leído la carta dirigida a él.

—... a mí también. Como...

Sonaba parecido al estertor del abuelo en sus últimas noches. Un terror paralizante heló mis articulaciones, pero necesitaba perder el miedo a darme la vuelta. Necesitaba enfrentarme a lo que allí hubiera.

—... siempre.

Si de verdad estaba despierto, solo podía ser mi hermano.

Si no lo estaba, podía ser cualquier cosa.

Pero yo estaba despierto. Porque parpadeaba. Y sentía en la mejilla la humedad de la baba con la que habría mojado la almohada mientras de verdad dormía. Aún apretando las sábanas, me clavé las uñas en las palmas para que un intenso dolor físico resquebrajara de una vez la borrosa sensación de irrealidad.

Reuní el valor de darme la vuelta en el mismo momento en el que se produjeron tres crujidos en el suelo de mi habitación. El mismo número de pasos que habría necesitado mi hermano para abandonarla. Quizá por eso la encontré vacía.

15

Por la mañana, al bajar a la cocina, vi a través de la ventana sobre el fregadero un nuevo ramo en el tronco del sauce. Eran flores blancas, azules y rosas.

—¿Ha venido ya la mujer que llora? —pregunté.

La mujer de mi hermano daba de desayunar a su hijo en la mesa de la cocina.

—No la llames así. —Una mueca ensombreció su rostro—. Ella es más que eso. Perdió a una hija. También a su marido. Imagina su sufrimiento.

—Pero ¿ha venido ya?

—Vino muy pronto. —Limpió la boca del niño con la cuchara—. Al amanecer, casi.

Debí de quedarme muy dormido tras el trance nocturno porque ni siquiera había oído sonar la campana exterior.

—¿Y había alguien despierto?

—Tu hermano... —Usó la voz queda de una gran preocupación—. Tu hermano no ha dormido nada esta noche.

Pensé en contarle que quizá era verdad entonces que me había hecho una extraña visita durante la madrugada, pero a la luz del día me resultaba más difícil creer que así hubiera sido. Mi hermano no se aparecía por las noches como un fantasma, lamentándose y pidiéndome perdón por las discusiones que hubiéramos tenido durante el día.

—¿Por qué? —pregunté en lugar de contar nada. Enseguida imaginé la razón—: ¿Por la caja?

—Supongo.

—¿Qué era? —añadí como si yo jamás hubiera abierto esa caja.

—No lo sé exactamente —respondió—. Pero estuvo leyendo algo toda la noche. En su mesa, donde los bichos.

Había leído la carta. O la libreta. O ambas.

—Creo que no vino a la cama en ningún momento —continuó ella—. Desde luego, estaba vacía cuando sonó la campana de fuera. Y era muy pronto. Abrí un poco los ojos y no había casi luz. Cuando he bajado, él ya no estaba.

—Está en su taller, ¿no?

Lo dije con el fastidio que me provocaba que huyera siempre al mismo lugar, excluyéndonos a nosotros.

Ella negó con la cabeza.

—No sé dónde está. —La angustia sumó arrugas profundas a su frente—. Hoy no trabajaba y se ha ido con la camioneta. Parece que quería dejar una nota, pero ni siquiera terminó de escribirla.

Desdobló una hoja arrancada del bloc que manteníamos pegado a la nevera. La caligrafía de mi hermano escribía un mensaje que se había quedado a medias:

> HE SALIDO. NECESITABA

Pero no explicaba qué era eso que necesitaba. Después de la última palabra no había ni punto ni firma ni nada, solo el espacio cuadriculado del papel.

—Me tiene preocupada. No está bien.

El niño balbuceó amagos de palabras parecidas a las que acababa de decir su madre.

—Ya casi hablas, ¿eh? —le dijo intentando dibujar una sonrisa en su intranquilidad—. No sé, vamos a esperar. Tendrá que volver.

Me quedé mirando por la ventana. Mucho más allá del sauce y del ramo de flores, la cubierta metálica de la trampilla refulgía bajo el sol de la mañana, entre las hierbas salvajes.

—¿Tú has bajado alguna vez al taller? —pregunté.

—Nunca —contestó ella con aplomo—. Ni pienso. No me interesa. —Le quitó el babero al niño dando por finalizado su desayuno—. ¿Por?

—No, por nada —respondí.

El paso de alguna nube cubrió el sol durante unos instantes.

Al otro lado de la valla, la chica colocó sobre sus piernas cruzadas un montón de papeles.

—Creo que no te han mentido en nada —dijo echándose el pelo a la espalda con un movimiento de cabeza.

Tal y como había deseado que ocurriera la tarde anterior, sus dedos me habían tocado el hombro mientras leía con la espalda apoyada en la alambrada, que chirriaba con mi balanceo. El día lo había pasado refugiado en el estudio, esperando a que las sombras me permitieran regresar a ese extremo del terreno. En algún momento de la tarde, sonó en casa el teléfono del salón y la mujer de mi hermano respondió enseguida. Cuando bajé a preguntar si era él con quien hablaba, tan solo asintió con el aparato en la oreja y me empujó suavemente fuera de la estancia, cerrándome la puerta en la cara con delicadeza. Dentro, siguió hablando en un susurro inaudible. Yo salí a la valla esperando recibir visita y no acabar con otra decepción como la de la tarde anterior. Llevaba pocas páginas leídas cuando oí crujir unas ramitas a mis espaldas. Levanté la mirada del libro justo antes de sentir el toquecito en el hombro.

—No podía imprimirlo todo —continuó ella mientras ordenaba los papeles en sus rodillas—, pero había mucho más.

Estábamos sentados frente a frente, con la valla en medio, como la otra vez. La tonalidad del atardecer enrojecía nuestras pieles.

—Te pedí que no buscaras nada —le dije—. No quiero saber nada de esta manera.

—Tú no, pero yo sí. —Dio la vuelta a unas hojas—. Y esto es material público que hay en la biblioteca, al alcance de todos. Deberías visitarla, por cierto, con lo que te gusta leer. —Señaló con un meñique mi libro en el suelo. No me agradaba la manera en que me estaba hablando ese día. La notaba diferente. No me escuchaba, solo hablaba sin esperar mi respuesta—. Ya sé que tu abuelo decía que no hay que preguntar al pasado y no sé qué, pero los archivos existen justo para lo contrario. Para que sepamos de dónde venimos.

Levanté mis rodillas flexionadas y escondí la cara entre ellas, mirando al suelo. Me abstraje dibujando en la tierra con un palito. Dibujé varios círculos. Añadiendo tres puntos a cada uno, los convertí en rostros similares a los de la máscara.

—A ver, hazme caso —pidió ella.

No modifiqué mi postura. Un dedo se coló entonces entre los rombos inferiores, a la altura del suelo, intentando tocar mi pie descalzo. Me recordó al apretón de manos más pequeño del mundo. Expulsé aire por la nariz con una sonrisa.

—Te estás riendo —dijo ella—, que te oigo. En serio, mírame.

No lo hice. Borré las máscaras con una rápida pasada del palito, lanzando guijarros que tintinearon contra la valla.

—Si además vengo a decirte que, sobre lo de la otra familia, todo lo que me contaste es la verdad. Lo he comprobado. No hay más. Bueno, a ver, hay mucho más, pero lo fundamental es lo que tú sabías. Que el otro nieto de tu abuelo, que no estaba bien de la cabeza, encontró a una niña desaparecida y, en lugar de contarlo, la usó como un juguete hasta que se murió. —Al otro lado de la valla, la chica se quedó en silencio. Oí cómo tragaba saliva. Tardó en seguir hablando—. Cuando la trajo aquí, la familia decidió esconder el cadáver para proteger a ese niño. Y, cuando los pillaron, el padre de la niña, de la rabia, les quemó el faro mientras ellos huían en una embarcación en la que acabaron matándose. El resto son detalles, que hay infinitos. —El papel crujió en sus manos—. Algunos muy escabrosos. El padre de la niña, por ejemplo, se ahorcó poco después, no superó lo ocurrido. Y, mira, la niña era esta. En el cartel de búsqueda.

El sonajeo metálico al pegar una de las hojas contra la alambrada consiguió que levantara los ojos. Alcancé a ver una niña rubia con una rebeca rosa, subida a una bicicleta, pero los bajé enseguida.

—No quiero mirar —dije con la vista fija en el suelo, las rodillas contra los pómulos.

—Y tu abuelo, por cierto, pobrecito. Lo hicieron todo a sus espaldas. Menuda traición... Su hijo, su nuera, su nieta. Esa nieta fue la que se chivó. Le pesaba la conciencia y llamó al padre de la niña para contarle lo que habían hecho. Pero a tu abuelo lo traicionó hasta su mujer.

Recordé la manera en que el abuelo guardaba la foto de la abuela sobre su pecho, bajo las sábanas.

—Por eso él fue el único que se quedó atrás y renegó de toda esa familia, que optó por huir. Cobardes hasta el final. Seguro que por eso a tu abuelo no le gustaba hablar del tema y no querría contarte nada. Porque menuda familia. Cómo se puede hacer eso. Ocultar el cadáver de una niña para proteger a tu propio hijo. ¿No se les ocurrió pensar que esa niña tenía una familia igual que ellos? ¿Que por salvar a su hijo dejaron sin hija a otros padres? Me hierve la sangre de pensarlo. Pero, mira, se hizo justicia rápido. Terminaron todos muertos, como la niña a la que quisieron ocultar. Aunque más se merecían acabar encerrados para siempre. O bajo tierra, como quedó la niña.

Mis dibujos en la arena pasaron a convertirse en cuadrados mientras escuchaba contra mi voluntad una historia que ya conocía.

—De la que sí que no he encontrado nada es de esa otra hija de tu abuelo. La que sería tu madre. No se la menciona en ningún lado. Es como si... no existiera.

Dibujé más cuadrados apretando la garganta, aguantándome las ganas de pedirle que se callara. Que dejara de inmiscuirse en estos asuntos que nada tenían que ver con ella.

—Pero, si dices que esa mujer llevaba tan mala vida, a lo mejor es normal que tu abuelo no quisiera ni hablar de ella —continuó—. Al pobre, sus dos hijos le salieron fatal. Con una ni se hablaría hasta el punto de no mencionarla o negar su existencia, y el otro le hizo cosas horribles y se le mató en la embarcación. Si es que murió de verdad, porque también hay gente que dice que esa familia a lo mejor no se mató cuando escaparon. —La oía mover papeles que me estaría enseñando para corroborar lo que contaba—. Lo dicen porque se encontró la embarcación hundida con ropa y algunos objetos personales, pero los cuerpos no aparecieron nunca. Se supone que la corriente los arrastraría mar adentro y se descompusieron. O se los comió algo grande. Pero hay teorías que dicen que pudieron subirse a algún otro barco que los ayudara a huir del país. No sé, a mí me parece difícil que una familia entera pueda desaparecer de esa manera. O que alguien quisiera ayudarlos después de lo que habían hecho. Los habrían pillado en ese otro país. Además, el hermano no estaba bien, o sea que era aún más difícil que pasaran desapercibidos.

Detuve el palito al escucharla decir aquello. Al imaginar a esa otra parte de nuestra familia viviendo en otro país. Nunca había oído esa historia ni contemplado ese escenario. El abuelo jamás había mencionado la posibilidad de que esas personas no hubieran muerto en el mar. De las pocas veces que me habló del tema, en ninguna de ellas había realizado conjeturas al respecto. Esa gente se había muerto, y punto. Tampoco lo vi nunca hacer ningún intento por buscar o investigar si sus propios nietos, su hijo o incluso su mujer seguían vivos en algún otro lugar. Y ellos tampoco habrían intentado nunca volver a contactar con él, al menos que yo supiera. Podía ser por la gravedad de la traición, claro, o porque el abuelo aceptara a ciegas, por su propia tranquilidad mental, la que era la versión oficial, que los cuerpos habían desaparecido en el mar arrastrados por unas corrientes que de verdad eran fuertes a poca distancia de la isla. No serían los primeros ni los últimos desaparecidos tras un accidente de barco, y el mar y los acantilados de la isla sumaban muertes cada año. Sin embargo, el abuelo aún guardaba con cariño bajo sus sábanas la única foto que había en nuestra casa, la de la abuela. Ese gesto que tanto me conmovía tenía todo el sentido si esa mujer estaba muerta. Pero, de pronto, no lo tenía tanto si había alguna mínima probabilidad de que esa mujer siguiera viva mientras el abuelo no movía ni un dedo para intentar averiguarlo. Para encontrarla. Una mujer de la que, además, siempre me habló con cariño, a pesar de la supuesta traición. Incluso me había dicho, aquella tarde que fue una de las últimas que hablé con él, que me parecía a ella. Mi hermano tampoco había hecho nunca ningún comentario sobre la más remota probabilidad de que esas personas estuvieran vivas. La muerte de esa parte de la familia era un hecho indiscutible en nuestra casa, una verdad categórica que jamás se había puesto en duda, aun cuando era precisamente en nuestra casa donde tenía más lógica albergar esa duda. Era al abuelo, a nosotros, a quien más afectaría que la realidad de lo ocurrido fuera diferente a lo contado, no a la gente del pueblo ni a los periódicos, que, sin embargo, sí parecían valorar escenarios distintos al oficial.

El palito se rompió entre mis dedos. Me raspé un nudillo contra los guijarros.

—¿Qué? —dijo la chica, al otro lado de la valla, sorprendida de que por fin levantara la vista para mirarla—. ¿Tú crees que cinco personas podrían haber vivido escondidas en algún lugar durante tanto tiempo?

Saboreé tierra y sangre al llevarme el nudillo a la boca.

—¿Qué te pasa? ¿Por qué pones esa cara?

—Te pedí que no buscaras nada —dije mientras me incorporaba.

—¿Qué he hecho?

—Vete, por favor.

—Pero ¿qué he dicho? —preguntó ella.

Se levantó impulsándose solo con las piernas, ambas manos ocupadas con folios impresos.

Valoré seguir conteniendo las palabras, pero la presión en mi garganta se aflojó.

—¿Cómo que qué has dicho? Si no te has callado desde que has venido, removiendo el pasado de mi abuelo como si no me afectara. Estás viendo que no quiero escucharte. —Señalé los dibujos en la tierra como prueba. A todos los cuadrados les había añadido una equis en el lado inferior, como candados—. Y has seguido. Te he pedido que no me contaras nada más. Y has seguido.

—Decías que esa parte de tu familia te daba igual, que no tenían nada que ver contigo.

En eso tenía razón.

—¿O es que sabes algo más? —Lo preguntó en un tono diferente al que había usado desde que nos conocimos. El patrón de la alambrada ocultó su mirada durante un instante—. ¿Qué sabes?

—Vete —repetí sin más.

Resultaba difícil creer que estuviera echando de esa manera a la misma chica que tantas ganas había tenido de ver en los últimos días. Pero no quería seguir discutiendo. Solo deseaba que se fuera. Solo quería irme. Porque, desde que el palito se había roto entre mis dedos, un único pensamiento rondaba en mi cabeza y me encogía el estómago hasta doler.

Ella boqueó sin saber qué más decir, pero no se movió.

Entonces grité el nombre de mi hermano. Varias veces. Sabía que no contestaría porque no estaba en casa y, aunque lo estuviera, no podría oírme desde tan lejos. Pero sirvió para que ella entendiera lo que supuestamente pretendía: chivarme de que había alguien fisgando en la valla.

—No hablamos con gente de la valla —le recordé.

Tuve que hacer un esfuerzo para que la voz no me fallara, para que mis ojos no brillaran.

Una rabia contenida entornó los suyos.

Al dolor en mi estómago se sumó un nuevo retortijón, el de la angustia de estar decepcionándola. Confirmándole, esta vez sí, que no solo era un aburrido, sino también un antipático y un chivato. El chico más raro de la clase. Tan raro que ni siquiera asistía.

Grité el nombre de mi hermano una vez más.

Ella dio unos pasos atrás, sacudiendo la cabeza.

Terminó por darse la vuelta y perderse entre los matorrales hasta desaparecer.

Yo salí corriendo a donde había querido correr desde que el palito cedió a la fuerza con la que lo apretaba. Salí corriendo hacia la trampilla.

16

El atardecer acababa de completarse, así que pude atravesar el terreno a toda velocidad sin preocuparme por el sol. La carrera aceleró mi pulso aún más que los pensamientos urgentes en mi cabeza. Sentía como si el corazón me palpitara, enorme, en mitad del pecho, en el cuello. Tenía la boca seca.

—¿Qué pasa? —La mujer de mi hermano se levantó de su asiento en el porche. El volumen de la pregunta fue ascendiendo al ver que no me detenía—. ¿Qué haces?

En la zona de las hierbas salvajes pisé esos tallos, retorcidos y gruesos, que parecían venas fuera del cuerpo que era la tierra. Me recordé arrastrándome de espaldas sobre ellas, hacía años, cuando aún pensaba que en ese túnel podía vivir un monstruo que me llevaría con él al inframundo. Alcancé la trampilla y me arrodillé frente a ella, igual que entonces. Durante un parpadeo me atreví a pensar que quizá no fueron solo truenos lo que escuché aquella noche de tormenta. Al tacto busqué el asa. Tiré de ella para abrirla, aunque sabía que era absurdo. El inútil intento culminó en la sacudida del candado que había descubierto la mañana anterior. Tiré una vez más para volver a sacudirlo. Y seguí tirando del asa sin más motivo que el de oír el chirrido metálico de ese candado. Un ruido que materializaba en un trozo de metal infranqueable una sola de las mil mentiras que me había contado mi hermano.

Mi pelo se adhirió al sudor de mi frente.

Un calambre de dolor se encendió en mi hombro.

—Te vas a hacer daño. —La mujer de mi hermano me hablaba en la distancia, a mitad de terreno—. ¡Para!

Su grito me sacó de la momentánea enajenación.

Derrotado, solté el asa, pero un latido de ese inmenso pulso que latía en todo mi cuerpo me llevó a emprenderla a golpes contra la trampilla. Si aquella otra noche le había dado tres toques de nudillos como quien llama a una puerta, ahora aporreé esa misma puerta como si pidiera socorro.

—¿Qué te pasa? —preguntó la mujer de mi hermano, a gritos, de puntillas, sin aproximarse a las hierbas salvajes—. ¿Qué quieres?

No respondí porque no sabía qué me pasaba ni tampoco qué quería exactamente, pero necesitaba ver abierta esa trampilla. Bajar y comprobar que lo que tenía ahí abajo mi hermano era de verdad un taller. Y un almacén lleno de leña de la que el abuelo usaba en la chimenea. Ni siquiera podía esperar a preguntárselo a él porque se marcharía disgustado de la habitación en la que estuviéramos, sin responderme. O diciéndome que todavía no era el momento de contarme nada, que seguía siendo muy pequeño.

Golpeé el metal con los puños, exhibiendo una fuerza adolescente que me distinguiera del niño que mi hermano veía en mí. Me envolvió un fuerte olor a tierra húmeda, a lombriz partida, que no supe si provenía del terreno que removían mis rodillas o si era una memoria del olor en las manos de mi hermano. Que siempre olían a tierra húmeda cuando volvía de la trampilla. Con un puñetazo recordé a su mujer pidiéndole que me contara por qué pasaba tanto tiempo ahí abajo. Con otro, la vi dibujando comillas en el aire al decir la palabra «taller». Y con un tercero la escuché en mi cabeza decirle a él que yo ya estaba preparado para que me lo contara todo.

—¡Para!

No hice caso al grito, pero el dolor en las manos me obligó a detenerme.

El sudor empapaba mi camiseta y goteaba desde mi frente, pintando puntos oscuros en la trampilla.

Con el pulso cada vez más acelerado, devolví mi atención al candado.

Falto de aliento, acaricié con el pulgar la hendidura de la cerradura.

Calibré el tamaño que tendría la llave.

Me levanté y encaré a la mujer de mi hermano.

—Por fin —dijo ella, que seguía sin acercarse, como si algo la impidiera avanzar, cumpliendo a rajatabla aquella promesa que hizo mientras mi hermano cambiaba el tendedero de sitio, la de que nunca la veríamos cerca de la trampilla—. Cuéntame qué te pasa.

—Quiero abrir —solté entre jadeos de cansancio y calor—. Necesito una llave. Quiero bajar.

La boca se le abrió sola, como la de quien recibe una noticia inesperada.

—A ver, tranquilo. Vamos a esperar a que venga tu hermano. —Juntó las manos en un leve gesto de súplica—. Llamó antes, está bien. Ha estado dando vueltas con la camioneta. Y en la barca. Necesitaba estar solo un día entero. Pero va a volver.

—¿Tú sabes dónde está la llave?

Se encogió de hombros con las manos en alto.

—Tienes que saberlo —dije.

El pecho me ardía con cada entrecortada toma de aire.

—Te prometo que no. —Extendió sus diez dedos—. Y ahora mismo la tendrá él. De verdad, vamos a esperar a que venga. —Espantó una mosca de su hombro descubierto—. Es lo mejor.

Enganché mis manos en la cintura. La más ligera de las brisas marinas refrescó la humedad de mi cuello, espalda y axilas. Me quedé mirando a la trampilla cerrada. E imaginé que de ella emergía, destrozándola con sus patas, el hombre grillo, convertido en un monstruo aún más grande, todo pelo, mandíbulas y exoesqueleto, cuyo enrevesado mecanismo de caza había consistido en esperar quince años a que dejara de creer en él y me acercara con total imprudencia a la trampilla, solo para demostrarme, de una vez por todas, que sí existía. Descarté la terrorífica visión infantil con un simple chasqueo de la lengua.

Me agaché para examinar una vez más el candado.

El pulso que latía en todo mi cuerpo se aceleró con un nuevo pensamiento. Porque la mujer de mi hermano seguramente tuviera razón, él llevaría encima su llave. Pero en casa quizá estaba todavía...

—... la del abuelo —completé mi lógica en un susurro.

Mi hermano y él no siempre bajaban a la vez al taller.

—El abuelo tendría su propia llave....

El rugido de las olas en el acantilado acompañó la aparición de un recuerdo en mi mente, el de la figura de la sirena que el abuelo usaba como llavero. Un llavero que era muy probable que estuviera todavía en su cuarto. La habitación seguía tal y como él la dejó, no la habíamos tocado desde su muerte.

Mis tobillos arrancaron hierbajos con cada zancada que di de vuelta a la casa.

—¿Dónde vas? —La mujer de mi hermano trató de interponerse en mi camino—. Dime dónde vas.

No respondí.

Se situó frente a mí con los brazos extendidos.

—¿Qué vas a hacer? —preguntó.

Yo mismo me sorprendí al verme extender un dedo hacia su cara, como regañan los adultos.

—Dijiste que no intervendrías —le solté. Ella echó la cara hacia atrás con un parpadeo de extrañeza. Repetí palabras que ella misma me había dicho—: Fue la condición que pusiste para regresar. No intervenir.

La advertencia surtió efecto, porque se limitó a mostrar las palmas de las manos, admitiendo una verdad. Después se apartó y me cedió el paso.

La puerta del cuarto del abuelo golpeó contra la pared de la fuerza con la que la abrí.

Aunque una única intención dominaba mis pensamientos, el aroma a madera de la estancia me afectó. Solo quedaba un ligero residuo del que era el verdadero olor del abuelo, pero bastó para originar una demoledora nostalgia de tiempos mejores, cuando podía abstraerme de la realidad saltando por el terreno, con los tobillos pegados entre sí a causa de algún misterioso hechizo que yo mismo inventara.

El primer sitio donde busqué fueron las mesillas.

En sus cajones revolví papeles, frascos y cajas de viejos medicamentos, barras de regaliz negro. Encontré una lupa, un antiguo reloj de pulsera. Unas gafas. Un pañuelo, un destornillador. Un rosario. Sentí emoción en el estómago al encontrar una llave, pero era demasiado grande para el candado de fuera. Estaba ensartada en una cadena amplia, como para colgársela del cuello. Sería del antiguo faro. El último cajón que abrí estaba vacío, solo un caramelo sin envoltorio rodó desde el fondo.

El armario olía aún más al abuelo, su ropa colgada y doblada, como si se la fuera a poner al día siguiente. La tiré toda sobre el colchón sin sábanas. Metí la mano en los bolsillos de cada pantalón, cada chaqueta de punto, cada camisa de cuadros. Abrí la maleta en el altillo, la que tenía dinero. Revolví la ropa interior en los cajones inferiores del armario. Revisé también los de la cómoda, llenos de camisetas interiores y jerséis.

Miré debajo de la cama, dentro de las pantallas de las lámparas.

De puntillas, pasé el dedo sobre el marco superior de la ventana. También sobre los marcos de los dos cuadros navales que decoraban las paredes. El tercero, un marco profundo que contenía una colección de nudos marineros, lo agité por si algo se movía en su interior.

Nada.

Entonces miré a la foto de la abuela.

Me acerqué con paso expectante, convencido de que ella sería la mejor centinela para algún secreto del abuelo. Descolgué la foto de su gancho, como hacía él tan a menudo, seguro de encontrar la llave detrás, en algún hueco secreto o pegada al dorso del marco.

Pero no había nada.

Hice la misma comprobación trasera de los otros cuadros.

Tampoco ellos escondían la llave.

—Se la ha llevado... —susurré a la habitación.

La precaución de mi hermano de haber cogido las llaves del abuelo no me desanimó, sino que me impulsó a seguir buscando con más ganas.

En el dormitorio de matrimonio rebusqué en los cajones de las mesillas, los armarios, la cómoda. Mis manos decididas entraron en bolsos, fundas de almohada, mochilas, cajas en altillos. En el baño revisé el armarito de las medicinas, debajo del lavabo. Ni rastro de ninguna llave.

Bajé la escalera a toda prisa, camino del salón.

En mitad del vestíbulo frené en seco al pensar que quizá había pasado por alto lo más evidente.

—No puede ser... —me dije.

Volví sobre mis pasos hacia la entrada. Junto al perchero, se encontraba el mueble recibidor donde se dejaban las llaves al llegar. Ahí estaba en ese momento el llavero de la mujer de mi hermano. A mi abuelo no le gustaba ver las llaves ahí tiradas, así que había instalado encima, en la pared, un armarito con ganchos, que él mismo confeccionó. Aunque la intención fue buena y el resultado hubiera sido más ordenado, al final siguió resultando más fácil para todos tirar las llaves sobre el aparador al entrar en casa que abrir una puertecita y buscar un gancho para colgarlas. El armarito nunca se usó, por eso no me había acordado de él.

Lo abrí en ese momento mientras escuchaba mi corazón retumbando en los oídos.

De las dos hileras de alcayatas colgaban algunas copias sueltas de diferentes puertas de casa. Una segunda llave de la camioneta. Un llavero de publicidad, vacío. Y de uno de los ganchos superiores colgaba también la sirena del abuelo. Una vez le pregunté si había visto alguna sirena de verdad a lo largo de su vida y me respondió que no podía contármelo porque era uno de los secretos mejor guardados de los fareros, pero lo dijo ladeando la cara y guiñándome un ojo.

Cogí el llavero con sensación de triunfo.

La sensación duró poco.

Ninguna de las llaves, por tamaño, podía ser la del candado de la trampilla.

O el abuelo no la llevaba en ese llavero o, de nuevo, mi hermano había tomado la precaución de quitar, precisamente, esa llave.

—¿Dónde la has puesto? —dije entre dientes—. ¿Dónde la tienes?

Iba a arrojar el llavero con fuerza contra el aparador cuando el chirrido de unas manitas por el suelo y un gorgorito del niño anunciaron su aparición en el vestíbulo. Al verme, sonrió y se puso de pie. Mantuvo el equilibrio agarrado a la pared. Detrás apareció su madre. Miró las llaves en mis manos y, en lugar de preguntarme qué hacía o tratar de detenerme, se limitó a cargar al niño y llevárselo a la cocina. Devolví la sirena al armarito pensando en las manos del abuelo al clavar esa alcayata.

Me asomé al salón, apabullado por el montón de rincones donde podría buscar.

Podría empezar por revisar todos los marcos de la colección de insectos de mi hermano. Eran lo suficientemente gruesos para que sobre ellos descansara una llave. Pero había demasiados, sería una locura. Entrelacé los dedos detrás de la cabeza, abrumado por la magnitud de la búsqueda. Sobre todo si aceptaba que esa búsqueda estaba basada en una mera suposición. De pronto, me asoló el temor de que esa llave ni siquiera existiera. O de que, incluso si de verdad existió, mi hermano la hubiera sacado del llavero del abuelo, pero no para guardarla, sino para tirarla a la basura directamente. O esconderla abajo, en el taller.

Antes de que el desánimo me venciera, me senté en la mesa de trabajo de mi hermano, junto a la estantería llena de libros de insectos que no incluyó en su biblioteca de arriba. En los cajones de esa mesa revolví sus instrumentos entomológicos. Cada destello metálico me hacía fantasear con la idea de que se tratara del brillo de la llave que buscaba, pero todas las veces no eran más que unas pinzas, unas tijeras o un montón de alfileres.

Sobre la mesa seguía abierta la cúpula del insecto quimérico que mi hermano destrozó a propósito la noche que rompí su concentración con una pregunta de las que tanto le molestaban. A falta de espécimen, en la base de madera solo había un pedazo de corteza de árbol, flores secas y musgo artificial. Iba a apartar la cúpula para proseguir la búsqueda cuando una memoria de esa noche detuvo mis movimientos. Quieto, rememoré la discusión al completo. Al terminar de reproducir la escena, giré el cuello para mirar sobre mi hombro.

A la urna restaurada del abuelo.

La que rompí al lanzar el tarro vacío de las luciérnagas y que mi hermano se agachó a recoger inmediatamente. Con total nitidez recordé el gesto que hizo justo antes de que me acercara, pescando algo entre los restos del destrozo y metiéndoselo al bolsillo. Como si escondiera algo que hubiera dentro. Recordé también la manera en que esquivó mi pregunta sobre qué acababa de hacer.

Despacio, me levanté de la silla, que crujió al liberarse de mi peso.

Avancé sigiloso hacia la chimenea, como si la urna fuera un animal que pudiera escaparse.

La cogí de la repisa sintiendo en las yemas el relieve de las líneas de pegamento que unían los pedazos. Para poder mirar en su interior, necesitaba extraer la maceta de cactus que actuaba como tapa, pero las espinas de la planta se me clavaban en los dedos y las muñecas. Limitaban mis movimientos y no lograba encajar las uñas en el borde de la maceta. Dominado por la impaciencia, decidí tirar del propio cactus, a pesar de los pinchos. Un acto reflejo contra el dolor me hizo retraer la mano en una descontrolada sacudida.

La urna se tambaleó entre mis brazos.

Y acabó por precipitarse al suelo.

Ningún pegamento pudo evitar que volviera a romperse.

Trozos de cerámica y tierra de la maceta quedaron esparcidos frente a mí.

La mujer de mi hermano apareció en el salón a causa del escándalo.

Al descubrir que era la urna lo que había roto, por segunda vez, se llevó las manos a la boca con una sonora aspiración. Yo en lo único en lo que me fijé fue en la aparición de un brillo metálico entre el destrozo, el de una llave que había ido a caer sobre un montoncito de tierra, junto a uno de los pedazos de la urna del abuelo, como si fuera él mismo quien me brindara la llave que había estado buscando, dispuesto a ofrecerme respuestas. Quizá había llegado el momento de preguntar al pasado y no al futuro.

—¿Y eso? —preguntó ella.

Su dedo no señalaba la llave, sino que se dirigió hacia otra cosa que mi hermano había escondido en la urna. Algo que no esperaba encontrarme ahí. Reconocí el canto amarillento de las páginas de la libreta, el espacio de las que se habían arrancado y el lomo maltratado por infinidad de aperturas anteriores.

Antes de hacer ningún movimiento, los dos levantamos, a la vez, la mirada del suelo al escuchar cómo se cerraba la portezuela de la camioneta en la parte delante del terreno.

—Tu hermano —dijo ella.

Enseguida, se abrió la puerta de casa.

17

Mi hermano apareció en el umbral del salón mientras yo todavía dudaba qué hacer. Huir, recoger, disimular. No me dio tiempo a elegir ninguna opción. Su mujer tampoco se había movido del sitio.

Él llegó con los hombros caídos, despeinado. Tenía los ojos rojos, de haber llorado o por acusar la falta de sueño. Llevaba el cuello de la camiseta dado de sí, el pantalón flojo en la cintura. Su aspecto encajaría con la aparición espectral en mi habitación de la noche anterior. A pesar del agotamiento que arrastraba, una inyección de adrenalina despejó su rostro en cuanto vio lo que ocurría en el otro extremo del salón.

Y supe que tenía una única oportunidad.

Anticipándome a él, me agaché de una zancada y agarré la llave en un puñado de tierra.

Con la otra mano, cogí la libreta.

Su frustrado movimiento quedó reducido a un espasmo.

—¿Qué has hecho? —preguntó. Ante mi silencio, se lo repitió a ella—: ¿Qué ha hecho?

—Lo que estaba claro que acabaría haciendo. —Su tono fue duro, pero se aproximó a él para acariciarle un hombro—. Bastante ha tardado.

—Quiero bajar a tu taller —dije.

Mi hermano dejó caer la cabeza.

Se frotó la cara con ambas manos, los codos contra la tripa.

—Suelta eso —dijo tras enderezar la postura—. Lo primero, suelta eso.

Pensé que se refería a la llave, pero su dedo señalaba a la libreta.

—¿Esto? —Alcé esa mano—. ¿Qué es esto?

—Suéltalo. —Apretó mucho los ojos al parpadear—. Por favor, suéltalo.

Di un paso atrás cuando él dio uno hacia delante.

Tomó aire entre los dientes.

Su mujer lo mantuvo agarrado de un codo.

De la cocina llegaron los balbuceos del niño, sus palmadas contra la mesa, atrapado en su trona.

—¿Qué es? —repetí.

Pasé las hojas de la libreta como había hecho el día anterior, con un pulgar.

—No lo leas —dijo mi hermano—. No leas ni una palabra.

La gravedad de su insistencia inquietó incluso a su mujer, que también le preguntó qué era.

—No es nada. —Extendió al frente una mano que se quedó aún muy lejos de mí. El salón entero nos separaba—. Dámelo.

—Déjame bajar. —Le mostré la mano llena de tierra en la que tenía la llave—. ¿Es la llave de tu taller?

Consultó a su mujer con la mirada antes de responder. Ella lo animó a hacerlo.

—Sí —dijo al fin—. Es la que usaba el abuelo.

Mis suposiciones eran acertadas.

—Quiero usarla —dije—. Quiero bajar.

—No... No es tan fácil.

En la manera que apretó los labios reconocí la intención de mantener el hermetismo con el que había callado durante años.

—O me dejas bajar, o leo esto.

El chantaje escapó, despiadado, de mi boca.

Él se mordió los labios.

—No puede ser ninguna de esas dos cosas. No ahora. Déjame que antes...

—¡Tiene que ser alguna de las dos!

Lo interrumpí con un grito en el registro más grave de mi voz cambiante. Ni siquiera sabía lo que contenía la libreta ni quién la mandaba, pero la alarma con la que sus ojos la miraban contrastaba con su mandíbula apretada, como si esas hojas pudieran revelar la verdad que él se empeñaba en silenciar.

—Déjame bajar... —Adelanté primero la mano con la llave. Pedazos de tierra se filtraron entre mis dedos. Después adelanté la mano en la que sujetaba la libreta—... o leo esto.

—Así no —dijo él—. Por favor, así no. Yo también acabo de descubrir algo. Confía en mí, dame un poco de tiempo.

Pero ni pensaba darle más tiempo ni confiaba del todo en mi hermano. Una oscura pena encogió mi garganta al pensar eso. Me la tragué en forma de saliva amarga.

—Habla con él —le animó su mujer—. Ya. Ahora.

—Voy a hacerlo. Pero necesito que me des primero ese cuaderno. Y la llave. Por favor.

Extendió un brazo hacia mí. Abrió y cerró la mano varias veces, como si deseara tener el superpoder de agarrarme desde lejos.

—Cuéntaselo —dijo su mujer.

La respiración acelerada de mi hermano raspaba en su paladar. Lo veía tan superado por sus emociones como lo vi en el sofá la noche en que su novia acababa de abandonarlo. Cuando me dijo que nadie podría quererlo nunca si contaba la verdad.

—Háblale —insistió ella—. Es el momento.

Mi hermano la miró a ella y después a mí. Volvió a consultar con ella, dirigiéndole una mirada interrogativa a la que ella respondió con un firme asentimiento. Mi hermano dejó escapar un gemido para liberar la tensión que le causaba la simple idea de hablar.

Cerró los ojos con fuerza y se agarró la cabeza.

Apretó el cráneo luchando contra sus propios pensamientos.

—Vamos —dijo ella.

En ese momento, mi hermano acató la orden sin pensarlo más, como quien se rinde forzado a cumplir con una obligación porque cuesta menos que seguir resistiéndose.

Abrió los párpados, soltó su cabeza y dejó caer las manos. También los hombros.

Al mirarme, su rostro se alisó por completo.

Sus ojos brillaban.

—Te quiero mucho —comenzó.

Y, aunque esperaba que a continuación me revelara algún secreto importante, jamás pensé que sus palabras cambiarían mi mundo por completo.

—No soy tu hermano —dijo mi hermano—. Pero puedo explicártelo.

Aún tuve tiempo de ver cómo su mujer se llevaba las manos a la cabeza.

También de escuchar cómo ella decía:

—Pero no, mi amor, ¿cómo empiezas por ahí?

Y el grito desesperado, roto, que profirió mi hermano a continuación.

Pero, tan solo un instante después, yo ya no podía ver ni oír nada de lo que ocurriera en la casa, porque frente a mis ojos solo se extendía la inmensidad del terreno y el acantilado hacia el que salí corriendo como única escapatoria.

Huía del silencio, de las mentiras y del terror que me provocó ese salón sacado de una de mis peores pesadillas, un salón en el que mi hermano me miraba a los ojos para decirme que no era mi hermano. En mi precipitada fuga, supe que no tendría tiempo de usar la llave, él me interceptaría en la trampilla antes de poder abrir el candado y bajar. Pero la libreta sí podía leerla allá donde estuviera. Solo tenía que escapar y esconderme a tiempo. Y conocía un sitio.

La persona que no era mi hermano corría detrás de mí exigiendo que me detuviera.

A gritos me dijo que había comenzado fatal, que lo sentía, que estaba agotado, que no podía pensar, que no sabía ni lo que decía. Que eso no era lo más importante que tenía que contarme, pero que no sabía ni por dónde empezar. Y que claro que podía seguir siendo mi hermano. Que se había equivocado. Que volviera, por favor. Que podía explicármelo. Después dejó escapar un alarido doloroso en el que descifré tres palabras:

—¡No lo leas!

Miré sobre mi hombro para saber a qué distancia me seguía. La luminosidad agonizante de un profundo crepúsculo aún me permitió ver que avanzaba hacia mí, pero se encontraba bastante lejos. Además, iba cojeando, lo que ampliaba mi ventaja. Se habría resbalado con la tierra en el salón o con algún pedazo de la urna al arrancarse para perseguirme.

Alcancé el borde del acantilado mucho antes de lo que lo haría él.

Una corriente de aire me pulverizó con diminutas gotas de agua salada.

Había llegado al lugar exacto que buscaba. Justo en ese punto, el relieve de varias rocas daba forma a una escalera natural que descendía por la pared del acantilado, un camino vertical que ya conocía. Guardé la llave del candado en un bolsillo de mi pantalón. La libreta, que no cabía, la sujeté a mi estómago con el elástico y la cubrí con la camiseta. Comencé a descender adhiriendo lo mejor que pude mis plantas desnudas a la superficie húmeda. Al bajar uno de los escalones de piedra, mi pie patinó. Sentí que el estómago se me subía a la garganta al imaginarme cayendo por el precipicio, pero pude recuperar enseguida la postura. Mantuve la espalda pegada a la vertical hasta que alcancé un rellano rocoso más amplio que daba acceso a una de las grutas secretas, mi favorita, esa a la que a veces bajaba a pintar o a leer. De la que quise hablarle a la chica de la valla al pensar como un idiota que podríamos visitarla juntos alguna vez.

Escondido en la cavidad de piedra, creí escuchar un grito de la persona que decía no ser mi hermano, pero con el rugir de las olas tan próximo, allí abajo, me resultaba imposible asegurarlo. Lo imaginé llegando al borde del acantilado y preguntándose cómo me había esfumado de esa manera. Quizá incluso se asomaría al abismo temiendo que me hubiera precipitado al vacío, pero lo más probable es que prosiguiera su búsqueda por el resto del terreno. O quizá pensara que había saltado la valla y escapaba ahora campo a través.

Recuperé el aliento con fuertes bocanadas de aire salado.

La gruta olía a vegetales marinos, a conchas.

Aún esperé varios minutos para asegurarme de que nadie bajaría, aunque sabía que no lo harían. Para atreverse a explorar la vertical del acantilado había que ir practicando diferentes combinaciones de rocas hasta conocer el camino a la perfección. Y, si era difícil hacerlo de día, más aún en ese momento en que la noche se cernía sobre la isla.

La libreta se despegó de mi tripa húmeda con un sonido adhesivo.

En una pared de la gruta, busqué al tacto el hueco donde guardaba la vela y las cerillas que ya había usado algunas veces.

Un resplandor anaranjado iluminó el pequeño espacio nada más encenderla.

En mi cabeza escuché el eco de todas las veces que la persona que decía que no era mi hermano me había ordenado que no leyera lo que tenía entre mis manos. La última, vociferándolo, a la carrera, a mis espaldas.

NO.

LO.

LEAS.

Pero bien podía haber estado gritándoselo a la oscuridad de la noche, porque no pensaba hacerle caso.

Harto de obedecer, me senté en el suelo, la espalda contra la roca.

Antes de abrir la libreta, me llevé el lomo a la nariz y aspiré. Reconocí esa mezcla de olores a humedad y a cerrado que siempre me transportaba a un desconcertante lugar en mi imaginación, tan recóndito como extrañamente familiar.

La misma letra manuscrita rellenaba todas las caras de todas las hojas. Tan solo el color de la tinta variaba en algunos pasajes. Había varias frases tachadas. Recorrí con el dedo el filo irregular de las hojas arrancadas. Abrí la tapa tan sobrecogido como intrigado. La piel de mis brazos se estremeció al leer las primeras palabras escritas:

> El sótano se ha quedado muy vacío tras tu marcha.

I

El sótano se ha quedado muy vacío tras tu marcha.

~~Vuelve, por favor, ven a sacarme.~~

Ojalá pudiera susurrártelo a la oreja en la litera de arriba.

Que este sótano se ha quedado muy vacío sin ti.

Que necesito volver a tener a mi hermanito pequeño junto a mí.

Pero no puedo, porque te has ido.

~~Me has traicionado.~~

Me has abandonado.

Y ya solo puedo hablarte escribiéndote en este diario.

Ya solo puedo escribirte, pero no decirte, que el sótano se ha quedado muy vacío tras tu marcha.

Y más oscuro. Tan oscuro que no me veo. Tan oscuro que no me siento. A veces, cuando trato de palpar mi cuerpo para convencerme de que aún existo, mis manos solo tocan bultos que me resultan ajenos. Años de máscara me acostumbraron a la sensación de tocar algo frío e inerte cuando pretendía acariciar mi cara. Ahora tengo esa sensación por todo el cuerpo, como si una costra gigante me envolviera, me atrapara. A lo mejor me he convertido en una de esas crisálidas de las que tú me hablabas, de las que emergían preciosas mariposas. Lo malo es que, de la mía, me temo que solo saldría un insecto de los feos. Una cucaracha. Una avispa. ~~La pelusa gigante en la que me he convertido en este sótano.~~

O nada, a lo mejor no saldría ni eso.

Nada.

~~A lo mejor solo soy una cáscara vacía como la de los cacahuetes en el salón.~~

~~Un tumor palpitante y doloroso alojado en un colchón.~~

Puede que ni siquiera exista. Puede que tan solo sea ya un amasijo de sábanas retorcidas con forma de mujer. Puede que el bolígrafo con el que escribo se mueva solo, como encantado, levitando sobre este diario que también flota en el aire, sujetado por nadie, en la litera de abajo que un día ocupaste tú.

II

Tus padres me trajeron a esta cama la misma noche en la que te fuiste, envuelta en una sábana como si ya fuera un cadáver. Manifestando un deseo que querrían ver cumplido. Me dejaron aquí tirada, olvidada, como una pelusa, porque tenían algo más importante que hacer, regresar al cuarto a despedirse de ti. Así, en grupo, como si tú fueras esa niña que se despide de sus nuevos amigos de Oz al final de la película. ~~«Espantapájaros, a ti te echaré de menos más que a nadie».~~ Jugando a los finales felices como si vivieran en un cuento de hadas y no en una terrorífica pesadilla de la que no consigo despertar. Como si nuestro espantapájaros particular no fuera una bestia descerebrada que nos condenó a todos a este encierro.

A este entierro.

Os oía hablar en el cuarto, la familia feliz, mientras yo, vuestra bruja malvada, me disolvía en un charco de sangre en la cama. Era de mi nariz rota, hundida, de donde emanaba la sangre que cubría la cara que tanto odiaban, la que quisieron ocultarte hasta que me la destrozaron de verdad. Que tu tarro lleno de tornillos y guisantes acabaría dentro de mi cara, eso sí que no me lo esperaba.

Después de que te fueras, la señora a la que tú llamabas mamá regresó al cuarto a fingir que se preocupaba por mí. Como si no hubiera sido ella misma la que me había atacado con el tarro y había convertido mi cara en una telaraña de nervios dolorosos de los que colgaba la tarántula aplastada que era mi nariz.

—Estate quieta —dijo la señora.

Se sentó en el borde de la cama con una bandeja y enchufó a nuestro lado una lamparita que había traído de mi mesilla, en el otro cuarto, el que compartía con la vieja a la que tú llamabas abuela. Cerré los ojos en cuanto dirigió la luz hacia mí.

—Estate quieta —repitió la señora.

Me quedé quieta porque no me quedaban fuerzas y solo quería morirme, pero, si hubiera conservado algún vestigio de energía, habría intentado culminar lo que empecé esa noche al atacar con el cuchillo al señor al que tú llamabas papá. Si tan solo hubiera podido traerme el cuchillo a la litera. Oh, si tan solo lo hubiera escondido entre las sábanas que ahora confundo con pliegues de mi propia piel... Qué fácil habría sido sacarlo en ese momento para clavarlo en el cuerpo que tenía frente a mí. ~~Quitarle la vida a quien me la dio. A veces siento que hay tanta poesía en la muerte y el dolor.~~

La señora me sujetó la cara. Me apretaba la mandíbula con una de sus manos quemadas y con la otra usaba una pinza para extraer de mi carne esquirlas de cristal. Los pedazos más grandes ya me los había arrancado yo. Oí mi propia saliva burbujear, rabiosa, entre los dientes. Me resistía a que fuera mi agresora quien me sanara, como un animal herido que no deja curarse, pero la fuerza que tenía para resistirme era la de una gata arrollada en una cuneta. Ojalá mis tripas se hubieran desparramado sobre el suelo de este sótano como las de una gata sobre el asfalto de la carretera, seguro que eso dolería menos que seguir viva en la litera de abajo sabiendo que habías escapado solo tú. Aunque el plan era de los dos. El plan era mío.

—Te va a picar —dijo la señora.

Oí un líquido agitarse justo antes de que una humedad ardiente cubriera mi cara como una toalla de dolor, un dolor que se extendió hasta las puntas de mis dedos. Los del pie.

La señora gritó que necesitaba ayuda y sus manos me apretaron las muñecas para intentar contener unas convulsiones que ni yo controlaba. Se tumbó de costado sobre mí para inmovilizar mis piernas. Desde fuera de mi propio cuerpo, me vi como la víctima de una tortura medieval, encadenada a un muro de piedra con grilletes en las muñecas, los tobillos, retorcida por los calambres que anteceden a la muerte. Si es que no estaba muerta ya y era tan solo una mota de conciencia flotando entre los colchones de dos literas.

~~Ojalá convertirme en polvo.~~

Los grilletes se engrosaron cuando quien pasó a sujetarme fue el señor.

La señora pudo entonces terminar de lavarme la cara con la toalla de fuego que olía a yodo.

—No está tan mal —la oí decir.

Dijo que las heridas eran graves, pero no tanto. Que había tres más profundas, pero la mayoría no necesitarían ni puntos adhesivos de los que había en el botiquín del baño. Lo que más le preocupó a la señora fue la nariz que ella misma me había aplastado y que se le ocurrió tocar en ese momento. Una lanza de dolor se me clavó en mitad de la cara, como si un caballero al galope ensartara mi cabeza con ella.

—Hay que colocársela —dijo el señor.

—Yo no puedo. No me atrevo, solo la he rozado y mira cómo se ha puesto —dijo la señora.

A los grilletes gruesos que eran las manos del señor en mis muñecas los sustituyeron los más pequeños que eran las manos de la señora, quienes se intercambiaron las posiciones para que él hiciera lo que ella no se atrevía.

Ni siquiera me avisó.

En el mismo momento en el que oí un clac dentro de mi cabeza, el dolor fue tan intenso que de color rojo pasó a ser blanco y dejé de sentirlo.

~~Que me muera ya.~~

Pude, de verdad, haberme convertido en polvo. O en suelo, en lámpara, en el poste de la litera, en una lanza colgada en la pared de algún castillo, en madera flotando en el mar. Porque, durante un tiempo que no sabría cuantificar, dejé de sentir y de estar y, con ello, al menos, paró de dolerme. La cara, la nariz y el alma. No regresé de allá a donde me hubiera ido hasta que nuevas oleadas de dolor trajeron la balsa de madera que flotaba en el mar hasta la orilla de la cama.

—Más o menos —dijo el señor, su aliento sobre mi nariz.

Las olas del mar imaginado que al principio eran solo de agua se convirtieron de pronto en sangre, porque yo no era una madera flotando en un océano ajeno a mí misma, sino que ese mar negro y amargo nacía dentro de mi propia garganta. El líquido caliente y espeso llenó mi boca desde dentro.

Ahogándome.

~~Ahorcándome.~~

Inspiré por la nariz más o menos enderezada, pero la toma de aire no llegó a ningún pulmón, solo burbujeó en la garganta, obligándome a tragar. Ahogándome como se ahogan los ahogados, tragando y respirando líquido.

—Se va a ahogar —dijo la señora.

—Es un coágulo —dijo el señor que se creía médico.

—Se va a ahogar. Se va a morir —dijo la señora.

Y ella diría que estaba gritando, casi llorando, alarmada por ver a su hija en peligro, como esa vez que quien se ahogaba y se ponía morado era la aberración, pero yo reconocí el júbilo y el regocijo en su fingido lamento. Cesó la presión de los grilletes que eran sus manos, que pasaron a tirar de mis brazos para incorporarme. A mí no me quedaban fuerzas ni interés por respirar, solo me dejé hacer como si ya fuera el cadáver descoyuntado que ellos desearon traer a la habitación. De alguna forma me pusieron de lado y el mar de sangre en mi garganta se vació, arrastrándome entera con él, desde el estómago, de dentro afuera.

~~Un charco en el suelo de tu cuarto.~~

Me convertí en un charco en el suelo de tu cuarto.

Derretida.

~~Como la bruja malvada del Oeste.~~

~~La bruja ha muerto.~~

~~Que me muera ya.~~

La bruja no se muere.

III

Volví en mí en sábanas limpias que olían bien. La señora las habría cambiado. No sabía cuánto tiempo había pasado. Dos almohadas en mi espalda me mantenían incorporada y un poco ladeada. Me toqué la cara, que sentía fría. Temía encontrar la máscara. Otra vez la máscara. Hubo un exiguo residuo de felicidad, si es que aún puedo albergarla, al pensar que si llevaba la máscara era porque tú seguías en el sótano. Como antes. Entonces tu marcha, tu traición, nuestro plan fallido, el tarro en mi cara y mi rendición definitiva, mis ganas de morirme eran solo una pesadilla de la que despertaba en ese momento. Me permití soñar con que despertaba en la mañana del día que intentaríamos escapar por el armario... y que esta vez sí lo conseguiríamos.

Pero entonces mis dedos tocaron no la máscara de siempre, sino otra, una formada por gasas húmedas sobre las heridas en mi cara. Laceraciones del tarro que sí me estamparon contra la nariz.

La noche en que te fuiste.

~~Me abandonaste.~~

Lo que significaba que todo había pasado de verdad. La señora me había cortado la cara, el señor me había colocado la nariz en su sitio, el dolor había sido infinito y un mar de sangre había amenazado con ahogarme. Todo era tan de verdad que, en ese mismo momento, la señora entró por la puerta abierta del cuarto. Dejó una bandeja con cosas sobre una silla de la cocina que habían puesto junto a la litera, a modo de mesilla.

—Has despertado —dijo la señora.

Por lo visto, había despertado con un grito ahogado que se escuchó en todo el sótano. Dijo que no habían cerrado la puerta para oírme bien, para poder estar atentos por si necesitaba ayuda. Que estaban preocupados por mí, dijo. Ya, seguro, eso decían. Pero la gente que se preocupa por otra gente no la desfigura cortándoles la cara. No la mete en una cama esperando que se curen de heridas que requerirían de atención médica. Así se lo dije a la señora.

—Me habéis metido en la cama como si pudiera curarme sola —dije.

La voz rasposa que salió del cuerpo entre las sábanas me sonó a la de otra persona, pero supe que era la mía porque era mi garganta, pegada a mi paladar, la que dolía. La señora me miró con la boca abierta como si hubiera dicho alguna mentira, se le pusieron los ojos enormes. También le pitó la nariz, ya sabes cómo le pitaba esa nariz quemada a tu madre. Ella no dijo nada, pero obtuve otra respuesta, en la voz grave del señor, que habló de repente desde el marco de la puerta, su silueta recortada por la luz del pasillo como si fuera un vaquero de las películas que tanto le gustaban.

—Eso es lo que le hiciste tú a tu hermano —dijo el señor—. Meterlo en la cama con la cabeza rota. A que se curara solo o a que se muriera.

Mi hermano.

Siempre mi hermano.

Siempre la maldita escalera.

Siempre su caída, su cabeza y su vida.

Si hasta las frases que escribo dibujan la escalera.

No vaya a ser que me olvide un segundo de esa escalera.

~~Que se vaya a pedirle un cerebro nuevo al mago.~~

La señora cogió un cuenco de la silla convertida en mesilla. Me preguntó si quería comer, la crema de zanahoria me haría bien.

Le dije que no podía comer.

Ni podía ni quería.

~~No quiero comer.~~

~~No voy a comer.~~

El vaso me lo acercó a la boca sin preguntar. El filo me golpeó los dientes como si brindara con mi cráneo.

—Es agua, tienes que beber —dijo la señora.

Bebí del líquido, que no era transparente sino blanco porque no era solo agua sino una mezcla casi espesa que olía a varias medicinas. ~~Como la leche que te daban a ti a veces.~~ Lo bebí con sed, con ansia, con ganas de despegar la garganta del paladar, el esófago de la espalda y la piel de la carne. Me sentía seca como una hoja que la pisas y se rompe en pedazos.

~~Que me pisen y me rompan. No bebas y te mueres antes.~~

Con ganas de probar si mi voz humedecida se parecía más a la que conocía y la que sonaba dentro de mi cabeza, contesté a lo que me había dicho el señor.

—De la escalera se cayó él solo —dije.

El señor dio un golpe fuerte, con la mano abierta, contra el marco de la puerta y se marchó. Una de las gasas en mi mejilla cayó sobre las sábanas cuando sonreí. La señora la recogió y me quitó el resto de las gasas de la cara preguntándome si de verdad me hacía gracia. Lo dijo mientras su nariz no dejaba de pitar. Varios de los cortes ardieron con el movimiento de mis labios.

—Te vas a despegar los puntos —dijo la señora.

Apretó en un puño, con más fuerza de la necesaria, el montón de gasas manchadas. Dijo que no me las iba a poner más, que a las heridas ahora les vendría bien secarse al aire. El aire. Como si fuera aire lo que corre en este sótano y no una corriente infecta de respiraciones estancadas. Echo tanto de menos las brisas del acantilado… Nunca te dije que era a eso a lo que olía a veces la ventana al final del pasillo. A piedra y agua de mar. El precioso acantilado que siempre estuvo sobre tu cabeza, en el que vivíamos antes de que me enterraran en vida.

—Me enterrasteis en vida —le dije a la señora, que ya se levantaba.

Una gasa se le escapó entre los dedos.

—Te dejo aquí la crema de zanahoria. Intenta comer —dijo la señora.

La señora se fue con un portazo contenido del que capté toda la rabia. Mi sonrisa ardió en varios de los cortes. Una bocanada del olor de la zanahoria en la silla me provocó una arcada que llenó mi boca, pero hice un esfuerzo por contenerla y volver a tragar la mezcla de agua y medicinas que acababa de tomar. No quería devolverlas, me estaban sentando bien. Sacaban algunos de los clavos que sentía por el cuerpo.

El cuenco de la crema lo cogí con un brazo retorcido que después llevé debajo del colchón.

Volqué todo su contenido en el suelo.

~~Un charco en el suelo de tu cuarto.~~

IV

La noche de la escalera.

A que se muriera.

Eso dice el señor al que tú llamabas papá. Que lo metí en la litera con la cabeza rota. Yo. A mi hermano. Que también es el tuyo. A que se muriera.

De la escalera a que se muriera en la litera.

~~Por qué riman tanto las palabras.~~

~~Por qué todas las palabras son la misma.~~

Nunca pensé que se fuera a morir, no se estaba desangrando ni asfixiando ni nada de eso. La que sí que se está muriendo soy yo en tu litera. Soy yo la que necesita atención médica. Pero eso les preocupa menos. Siempre les preocupé menos. La litera, no sé si lo has pensado ya, es la misma en la que lo metí a él. ~~No solo las palabras son la misma, sino también todas las cosas.~~ Y todos los días son el mismo desde hace cuatro mil. Metí a la bestia en la misma litera en la que yo me acabo convirtiendo en sábanas, porque mi piel y las sábanas son la misma cosa y todas las paredes son la misma en la tumba temprana que es este sótano. Ojalá la litera esté en el techo y me desplome contra el suelo. ~~Que se me rompan todos los huesos y me convierta en otro charco de puré bajo la cama.~~

Fue él quien me pidió subir. Ese niño estaba obsesionado con subir a la linterna del faro y en cuanto nuestros padres salieron por la puerta fue lo primero que pidió. Déjame subir, por favor, que ellos nunca me dejan subir y quiero jugar a que guío a los barcos igual que hacía el abuelo cuando vivió aquí hace cien años. Corre, déjame subir, que el sol está rojísimo y quiero verlo desde arriba antes de que se haga de noche. Me hace mucha ilusión de verdad, por favor, déjame subir.

~~No subas.~~

~~No bajes.~~

~~No te caigas.~~

Y claro que le dejé subir, le animé a hacerlo, que jugara a ser farero si tanta ilusión le hacía parecerse a su abuelo. Subió sin mí, él solito, a toda prisa por el rizo de escalones. Desde arriba me pidió que subiera yo también, que veía barcos, que el sol estaba increíble, que estaba rojísimo y quería verlo conmigo, que me lo estaba perdiendo, que mira, mira, mira, está lleno de gaviotas, que qué pena que no pudiéramos encender el faro y que si de verdad no habría alguna manera de poder encender el faro aunque, claro, si lo encendemos, se va a enterar toda la isla de que he subido, y también papá y mamá. Y se reía y se reía, la risa histérica de un niño sobreexcitado que sonaba aún más alta porque se le sumaba el eco de la torre.

Cuando me agoté de tanta risa, tanto golpe a las mamparas y tanto pedirme que subiera a ver cosas que podía ver igual desde la parcela, le dije que bajara, que seguiríamos haciendo cosas divertidas sin padres y saltándonos más normas porque íbamos a meter en el horno no una pizza, sino dos. Una para cada uno, y, si a mí me sobraban trozos de la mía, podría comérselos él también, hasta que reventara y se le saliera el queso por la nariz y por las orejas.

Y él se reía y se reía.

~~Se le va a reventar otra cosa, pero él no lo sabe todavía.~~

—Ya bajo, ahora bajo —decía y se reía.

Bajó él solito, igual que subió.

Los pies en los escalones eran los suyos, no los míos.

Él fue quien se resbaló, quien se cayó y quien no supo agarrarse a las paredes de la torre, y eso que había algunos ladrillos a los que era fácil agarrarse porque sobresalían más que otros. Tu hermano pegó un grito que no duró nada, se cortó en seco como cuando le das al botón del mando a distancia que quita el volumen. Después rodaron por la escalera guijarros del cemento al que no supo agarrarse en la pared. Y después crujieron cosas, pero no como cruje la rama seca de un árbol al partirla, sino crujidos más bien húmedos, como los de masticar un melocotón, partir un pollo asado o abrir una sandía.

Tu hermano de repente estaba tirado a mis pies porque terminó de caer por el caracol de la escalera antes de que yo pudiera moverme. ~~De la escalera de caracol ha caído una babosa.~~ Cayó callado, calladito, como había deseado que estuviera cuando se reía y se reía y se volvía a reír.

—Estás bien —le dije.

Y se lo dije así, sin preguntárselo, porque tenía que estar bien, no podía estar mal, no podía ni romperse un hueso ni arrancarse una uña ni hacerse ningún rasguño por mucho que hubiera sonado a que se había roto mucho más. Pero qué sabría yo de lo que se había roto si yo no era ni doctora ni médica ni farera, que yo solo era una niña también.

Que a todo el mundo se le olvida que yo también era una niña.

~~Sí lo era.~~

Desde ese momento supe que, aunque él fuera el que se había caído, porque era él quien había subido, la culpa iba a ser de la hermana mayor, iba a ser mía, porque había sido yo la que le había dejado subir. ~~La culpa es de la creadora del niño babosa.~~

—Levántate, que estás bien —le dije, como si cualquier cosa que yo dijera pudiera hacerse realidad.

Él no me respondía, pero sé que me escuchaba porque tenía los ojos muy abiertos, pero abiertos como se tienen cuando uno está bien. Abiertos normal. Demasiado abiertos, incluso, como si quisiera gastarme la broma de que le había pasado algo, como se muere la gente en las películas, con los ojos muy abiertos y muy quietos, que luego se los cierran con la mano. Pero él no estaba muerto, que lo oía respirar perfectamente.

—Venga, para, que estás bien —le dije otra vez.

Le di con el pie en un hombro, en la pierna. Le puse el calcetín en la nariz y después sobre la tripa, moviendo los dedos. Él en la tripa tenía cosquillas de que le tocabas un poco y se retorcía pidiendo que pararas mientras rebuznaba de la risa. Pero en ese momento solo cerró los ojos. Conteniéndose la risa, claro, eso era lo que estaba haciendo. Siguiéndole el juego, me arrodillé y le comprobé el pulso, también el latido del corazón en el pecho. Todo bien. Le puse una mano en la frente y tenía la temperatura normal. Acerqué mi oreja a su boca y sentí a la perfección su respiración normal y olí también su aliento a gominola de naranja. Las gominolas fueron otra cosa que me había pedido en cuanto se fueron nuestros padres. Me pidió las del estante de arriba, en la despensa, que son las nuevas, y no las del cuenco de la mesa de abajo, que se ponen duras. Me pidió que fueran de sus favoritas, por favor, las de color naranja. Las tres gominolas que le bajé ese día, y que disfrutó haciendo mucho ruido con el plástico al desenvolverlas, fueron las últimas que le supieron bien en su vida. Después de lo que le pasó, no le volvieron a gustar. Decía que le quemaban la lengua porque eran soles pequeños y que sabían al ruido que hace el mar.

—Pues vamos a la cama. Si tan cansado estás, te vas a la cama —le dije.

En el silencio de su no respuesta, abajo en el salón hizo cucú el pájaro del reloj. ~~Son las te has convertido en una bestia en punto.~~ Después, mientras medio cargaba y medio arrastraba al niño hasta su habitación, siguió sonando ese tictac tan fuerte que tenía ese reloj, que además justo esa noche empezó a sonar más fuerte aún. Por alguna razón, lo oía retumbar por toda la casa, como si el reloj fuera una presencia que se colocara siempre detrás de mí para susurrarme al oído que tic, tic, tic, pero que tac, tac, tac. Que deberías hacer tic, pero estás haciendo tac. Metí a tu hermano en la cama, que era esta misma litera. A lo mejor fue a mí misma a quien metí en esta litera esa noche y llevo convirtiéndome en sábanas desde entonces, muriéndome poco a poco, porque, si lo pensamos bien sin echar culpas a nadie, lo que pasó en la escalera a quien de verdad empezó a matar, lentamente, fue a mí. La que de verdad empezó a morirse esa noche fui yo, que llevo cuatro mil días agonizando en un interminable estertor.

El niño tembló y yo lo tapé para que estuviera calentito y dejara de temblar de frío. El reloj sonaba por toda la casa y también dentro de mí. Lo oía tan fuerte que parecía que alguien estuviera llamando con la uña desde fuera de la ventana. Desde todas las ventanas. No solo alguien, sino tu padre y tu madre y tus abuelos, que no vivían con nosotros. Todo el pueblo. Montones de personas tocando con la uña en la ventana para que oyera bien el tic, tic, tic, tic, tic de lo que estaba haciendo cuando en realidad debería estar haciendo tac.

—Tú no digas nada, ya me inventaré yo algo —le susurré
~~a la babosa~~
~~a la bestia~~
al niño.

Le prometí que, si me ayudaba a guardar el secreto de la escalera, le bajaría todas las gominolas de color naranja. Él se quedó callado porque le pareció un buen trato. Me fui a preparar la cena y dejé abierta la puerta del cuarto para poder avisarle cuando estuviera lista. No hice mucho caso ni a las uñas que tocaban en los cristales desde fuera, como picos de un montón de cuervos, ni a algunas de las voces que gritaron en mi cabeza, aunque a lo mejor sí les hice un poco de caso porque yo iba muy decidida a preparar las pizzas, pero me encontré, sin pretenderlo, delante del teléfono. Uno de color crema que teníamos en el salón. No recuerdo si esa vez llegué a coger el teléfono porque yo con ese teléfono he hecho otras llamadas importantes, tan importantes como para mancharlo de lágrimas, sangre y saliva mientras hablaba, pero eso no pasó esa noche, sino otra, mucho después. ~~Te enterraste tú solita.~~ Esa noche a lo mejor ni lo cogí. Tan solo apoyé la mano pensando en llamar para que alguien viniera a atender al niño, pero cómo iba a llamar y admitir la culpa de que el niño se había caído si el niño estaba tan tranquilo durmiendo en su cama. Esperando a que lo avisara para bajar a cenar y comerse todos los trozos de pizza que yo no me acabara.

~~Estás haciendo tic, pero deberías hacer tac.~~

Tic.

Tac.

Me separé del teléfono y con un dedo paré el péndulo del reloj de cuco, no lo soportaba más. Eso de que sonara como una bomba a punto de estallar.

~~Tic. Tic. Tic. Tic.~~

~~Tu hermanito va a explotar.~~

Metí las dos pizzas en el horno, una en la bandeja de arriba y la otra en la de abajo. A mitad de tiempo, intercambié las posiciones para que se hornearan de manera uniforme, no quería que a una se le quemara el queso y a la otra se le quedara sin derretir, que es lo que pasa cuando haces dos pizzas a la vez. Esperé los tiempos sentada en una silla en la cocina, leyendo los ingredientes en las cajas de las pizzas, aunque en realidad no leí nada porque las letras frente a mis ojos temblaban como mis manos. No sé qué les pasaba a mis manos. Igual que no sabía qué le pasaba a mi boca. Pensé que la nevera se estaba estropeando, hacía un ruido muy raro de motor, pero descubrí que era yo la que hacía ese ruido raro en el fondo de mi paladar. Saqué las dos pizzas, satisfecha con lo dorado y lo derretido que había quedado el queso en ambas gracias a haber estado tan pendiente de cambiarlas de posición, sentadita junto al horno como una buena cocinera. Las corté en porciones sobre la mesa y llamé a tu hermano desde la cocina, pero no me oyó.

Pasé la puerta abatible y lo llamé desde el salón, me acerqué a la escalera y desde ahí lo llamé también, pero él no me respondió ninguna de las tres veces.

—Va a estar fría cuando baje, ya verás.

Se lo dije al reloj de cuco para que el pajarito que había dentro me sirviera de testigo de que todo era normal esa noche y de que yo había llamado a cenar a mi hermano y si no bajaba era porque no quería o porque se había quedado dormido. Empecé mordisqueando el pico de una porción y con ese único bocado me sentí llena. Y eso que ni siquiera me tragué el piquito porque lo mordía y lo mordía incapaz de tragar. Era como si no tuviera estómago, sino un vacío en espiral. Al final no es que sobraran trozos de mi pizza, sino que sobraron las dos enteras. El niño, cuando se las comiera, iba de verdad a reventar de tanto queso. Las guardé en el horno para que se mantuvieran calientes, por si bajaba él o por si querían probar un poco nuestros padres cuando regresaran. Se las podrían comer si venían con hambre, porque en casa todo era normal, el niño solo estaba durmiendo. Seguro que mañana se levantaría y me guiñaría el ojo desayunando algún último trozo de la pizza fría, los dos cómplices por haberle dejado subir al faro sin que nadie se enterara ni sufriéramos ninguna consecuencia.

Sentí mi piel tan caliente, y las manos tan sudadas, que decidí salir al terreno a que me diera el aire. En una mecedora de la parcela me senté y me balanceé bajo una tormenta eléctrica que era como ver a la mente del cielo tener un montón de ideas. Si eran señales de alarma que trataban de decirme algo, no lo sé, pero yo me mecí y me mecí y me seguí meciendo cuando la tormenta dejó de ser solo eléctrica y empezó a llover y todo se llenó del olor de la tierra mojada. Agradecí el sonido del agua empapándome, retumbaba tanto en mis oídos que ya no oía ni mis propios pensamientos. Bajo la lluvia me mecí hasta que un coche entró en la parcela y sus faros me iluminaron y la voz de tu madre me preguntó como una loca que qué hacíamos allí fuera, que nos íbamos a poner malos, pero dónde está el niño, que al niño no lo veo.

—El niño se ha sentido mal y lo he metido en la cama —fue lo único que dije.

Seguí meciéndome cuando los faros del coche se apagaron, y no respondí a la pregunta que me hizo tu padre de por qué olía a quemado hasta allí fuera, aunque lo supe enseguida. Las pizzas, se habían quemado las pizzas, no había apagado el horno al meterlas.

~~Las pizzas se quemaron mucho antes que ellos.~~

Me seguí meciendo, haciendo mucho ruido con el balanceo, mientras él me decía, como si no lo supiera, que me estaba empapando y que estaba mojando también la madera de la mecedora, que luego se hincha y se astilla y ya no podemos usarla. Me preguntó qué había pasado, por qué estaba tan rara, que me estaba haciendo sangre en los labios de lo mucho que los mordía. Pero yo no respondí ni abrí la boca, supe que no era necesario que explicara nada, porque el grito estaba por venir y ese grito lo explicaría todo.

La señora iba a gritar.

El reloj está parado y la señora va a gritar.

Sabía que iba a gritar, lo sabía, que el grito venía, lo sabía.

Que el grito venía.

Y el grito vino.

~~Un grito como de dar a luz, pero al revés.~~

El grito vino y ya no se fue, porque hasta el cielo se unió al grito con sus truenos y relámpagos. Tus padres me gritaron y la noche me gritó y todos me seguían gritando cuando la parcela se llenó de luces rojas y amarillas, las de la sirena de la ambulancia, que pintaron la parcela de un color naranja que fue el mismo que el del fuego.

V

La primera vez que pregunté cuántos días habían pasado, la respuesta fue que tres.

—Tres y medio —dijo la señora.

Yo pensaba que habían pasado cien.

Con un algodón, la señora me ponía yodo en las heridas de la cara.

—Tienes que comer —dijo la vieja a la que tú llamabas abuela.

Ese día también estaba ella, las dos sentadas como urracas en el borde de la cama.

Comer para qué, quise haberle dicho, pero solo respondí que no tenía hambre. Dijo que era imposible que no tuviera hambre si llevaba tres días sin comer. Algo se movió entre las sábanas y a punto estuve de gritar que se había subido una rata a la litera, pero enseguida sentí una mano arrugada de la vieja. Sus dedos, gastados de tanto pasar cuentas por ese rosario en el que solo cree cuando le conviene, apretaron mis manos para decirme que estaban muy preocupadas por mí. Que por favor comiera.

—Come, por favor —dijo la vieja frunciendo la piel de sus cejas quemadas.

Dijo que no querían seguir encontrando los purés y las cremas debajo de la cama. Por esa razón me había traído ahora pedazos de fruta, que también eran fáciles de comer. Los traía peladitos y cortaditos, así lo dijo ella, y casi no tendría que masticar, ni siquiera me dolerían las heridas en la cara. Me pidió que, por favor, comiera, que me iba a poner peor si no comía y que no querían que me pusiera peor. De verdad que no, que estaban muy preocupadas por mí.

~~Lo que queréis es que me muera y a lo mejor yo misma os doy ese placer.~~

La rata que era su mano arrugada salió de las sábanas y buscó un cuenco que tenía apoyado en el regazo, de donde sacó uno de esos trozos de fruta que traía, peladitos y cortaditos. Localizó mi barbilla con su meñique y frotó contra mis labios un pedazo de melocotón. Yo los cerré con mucha fuerza y la vieja movió el trozo de comisura a comisura, buscando alguna forma de metérmelo en la boca. La vieja sigue siendo ciega, ya lo sabes, como tú la dejaste. ~~Bueno, ciega la dejé yo.~~ Sigue siendo ciega como cuando tú te fuiste.

Apreté y apreté los labios mientras ella empujaba con un extremo del melocotón, que incluso empezaba a salpicar. En otro mundo, en otra vida, y si yo aún fuera pequeña, podíamos componer la tierna escena de una abuela que le pinta los labios a su nieta con un pintalabios de sabor afrutado, pero esa abuela era una vieja que vivía con su familia en un sótano por haber escondido entre todos el cadáver de una niña a la que había matado el otro nieto, que es la bestia. O sea que, tierna tierna, la escena no era. Ella era más bien la mala de un cuento en el que una vieja envenenara a una niña con un melocotón para después cocinarla en una olla con más melocotones.

La señora a la que tú llamabas mamá se enfadó con lo que veía. Me regañó y me dijo que mi abuela solo me estaba cuidando, que estaba preocupada por mí, que todos lo estaban, y que dejara de resistirme. Como no cedí, a ella no se le ocurrió otra cosa que taparme la nariz para obligarme a abrir la boca si quería respirar y así darle a la vieja la opción de alimentarme. Pero esa nariz que tapó era la misma que ella me había destrozado con tu tarro. Abrí la boca, claro que la abrí, pero no porque no pudiera respirar, sino porque lo único que pude hacer fue gritar. La pinza de dedos con la que me apretó el tabique, dedos quemados con olor a yodo y hebras pringosas de algodón, clavó una vez más en mi cara aquella estaca, la lanza medieval de puro dolor. La señora pidió perdón enseguida.

—Perdón, perdón, que se me ha olvidado, perdón, que no lo he pensado —dijo la señora.

Pero bien que aprovechó la vieja, a pesar de mi agonía, para meterme el trozo de melocotón en la boca. Y no me metió solo uno, sino también otro que le dio tiempo a sacar del cuenco y colarme entre los dientes. Los dos pedazos bailaron sobre mi lengua mientras yo hacía frente al dolor en mi cara. Estrujé la sábana. Retorcí los pies. Apreté los ojos. Cuando volví a abrirlos, encontré dos rostros expectantes, los de ellas. ~~Dos urracas disfrazadas de enfermeras.~~ Era como si me miraran desde arriba de una fosa que hubieran cavado ellas mismas. Una deseaba verme comer y la otra dirigía hacia mí su oreja deseando oírme masticar.

Iba a escupirles la fruta a la cara, pero lo pensé mejor.

Mordí con ganas para que el melocotón crujiera.

~~Como tu hermano al caer por la escalera.~~

Dos suspiros salieron de sus bocas y sus pechos, un alivio en sincronía. La vieja incluso seleccionó otro pedazo de fruta para seguir alimentándome. Pero, justo en el momento en que las vi más satisfechas, empujé con la lengua la fruta masticada. Mis labios derramaron puré de melocotón como sale la espuma por la boca de la gente que se muere. Lo sentí exprimirse entre mis dientes, descender por mi barbilla y gotearme hasta en el cuello. A la señora le pitó la nariz del disgusto y la vieja preguntó qué había hecho la niña.

—Lo ha escupido todo —dijo la señora.

La vieja pidió a gritos que Dios perdonara a esta niña, no hay quien entienda a esta niña, cómo es posible que lo haya escupido todo.

Te confieso a ti, pero solo a ti y a este diario, que escupir esos trozos de melocotón fue una auténtica tortura. Mi cuerpo y mi alma entera, mi estómago y hasta mi cabeza, desearon tragarlo todo. El dulce de esa fruta en los lados de la lengua me supo a sol, a vida, a pasado, a todo lo que perdí allí fuera, a hierba, a polen y a flores, y hasta a los besos de él. ~~De él no te he hablado y no creo que te vaya a hablar.~~

Pero a todo ese placer me resistí y acabé escupiendo.

No quiero comer.

Y no voy a comer.

No voy a volver a comer.

Eso no lo dije, solo lo pensé una vez más del millón de veces que lo he pensado ya durante estos cien días que resulta que han sido solo tres.

—Hasta que me muera.

Eso último sí lo dije en voz alta, para que lo oyeran. La vieja se persignó como diez veces seguidas, suplicándole al cielo y suplicándome a mí que no hablara así ni en broma. Se fue de la habitación haciendo como que lloraba y dejó el cuenco de las frutas sobre mi cama. Solo tuve que mover un poco la pierna para tirarlo al suelo. Cayó, pero no se rompió. La señora se arrodilló a recogerlo y lo puso en la silla que hacía de mesilla después de soplar varias veces los pedazos de fruta. Dijo que llegaría un momento que no podría aguantar el hambre y que para cuando eso ocurriera ahí estaría la fruta y que ya vería cómo me la comía hasta con polvo y con pelusas.

VI

Apenas salgo de la cama porque estoy hecha de sábanas y una mujer hecha de sábanas no tiene ningún sitio a donde ir.

~~Una mujer hecha de sábanas pertenece a la cama donde va a morir.~~

Solo me levanto a veces a dar vueltas por el cuarto, tu cuarto, como un alma que aún no ha muerto, pero que se pasea en pena por aquí, convertida antes de tiempo en una aparición. Si es verdad que al morir nos convertimos en fantasmas, solo espero que a mí no me atrape en un encanto este lugar. Que al menos, después de muerta, se me permita escapar. Y, si tanto mal he hecho como para merecer deambular cual espíritu maldito por toda la eternidad, suplico que al menos se me permita vagar sobre la tierra. No en el sótano, sino en el faro, la parcela o el acantilado. Así podré visitarte por las noches, en la espuma de las olas o a través de los espejos, o a lo mejor entre la niebla. ~~Visitarlo a él también en el vapor de los tés que tome y los baños que se dé.~~

A la cocina o al salón, a los otros cuartos, no tengo nada a lo que ir. A qué voy a ir si conozco cada esquina y cada grieta. Cada astilla y cada mancha. El señor sigue poniendo esa película que pone siempre. La odio. Odio esa película que pone el señor. Odio esa música tan triste y tan bella que me destroza por dentro. Odio que me haga llorar. Odio el sótano y odio las bombillas que cuelgan del techo. Odio el olor a zanahoria que no se va de las paredes. Odio hasta la mancha de sol en el salón que a ti tanto te gustaba. Los odio a todos. Al señor. A la señora. A la vieja. Al viejo que se quedó fuera. Odio, al que más, a la bestia. Igual que odiaba a la aberración, aunque el pobre no tuviera culpa de nada. Como tú, que tampoco la tenías. Aunque ahora sí la tienes. Te has marchado y me has dejado atrás.

Abandonada.

Encerrada.

Desfigurada de verdad.

Si salgo de tu cuarto es solo para ir al baño. Ahora que no tengo casi fuerzas, no quiero cruzarme a solas con la bestia en el pasillo, así que grito para que me acompañen la vieja o la señora. La primera vez que lo pedí y dije que me daba miedo encontrarme con la bestia en el pasillo, el señor al que tú llamabas papá me dijo que eso eran tonterías, que hasta hacía unos días desayunaba, comía o cenaba con mi hermano sin ningún problema.

—Lo que pasa es que ahora me estoy muriendo y no hace falta que os recuerde lo que pasó la otra vez que me morí —dije yo.

El señor se tuvo que callar porque todos sabían lo que pasó la otra vez que me morí.

La vieja pidió por favor que no dijera que me estaba muriendo, que no me estaba muriendo ni me iba a morir porque ella no dejaba de pedirle a Dios que no me muriera.

Otra vez que quise ir al baño, la señora no pudo acompañarme porque estaba cocinando. La vieja no pudo acompañarme porque estaba rezando. Y el señor tampoco pudo acompañarme porque estaba pedaleando en la bicicleta. Grité que me hacía mucho pis. ~~De lo otro aún no hago, cómo voy a hacer si es que no como.~~ Ninguno me hizo caso. Por ellos, como si me ponía de cuclillas en una esquina y lo hacía como un animal. Pensé en hacérmelo en la cama, que tuvieran que cambiarme y lavar las sábanas, que aprendieran a escucharme, que tampoco les pedía tanto. Pero, si mojaba mucho el colchón, a lo mejor mientras se secara me mandarían a dormir otra vez al de arriba, ese en el que tantas noches ha dormido la bestia.

~~Imagina las cochinadas que habrá hecho en el colchón.~~

Me levanté yo sola agarrándome a la escalera de la litera y me quedé así un rato, controlando el mareo que me provocaba estar de pie. Me bajé el camisón, que tras mil vueltas entre las sábanas se me subía hasta acabar retorcido en mi cintura. Atravesé el pasillo lo más rápido que pude, cerré la puerta del baño y me senté en la taza justo a tiempo. La extraña delgadez de mis piernas hacía parecer muy ancho el agujero del asiento, tan ancho que creí que podría colarme por él. ~~Que vengan todos a tirar de la cadena de una vez.~~ Quise disimular el ruido del chorro contra el agua, por si la bestia andaba cerca. No quería que oyera que estaba ahí, pero dio igual porque la señora gritó desde la cocina que qué bien que hubiera ido sola al baño, que si ahora ya veía que no pasaba nada.

Para levantarme necesité apoyarme en el borde de la bañera, y el ruidito de las anillas de la cortina me recordó a ti.

A todas las veces que nos bañamos juntos. A la vez que no te metiste porque yo la había llenado de agua helada. ~~Clac, clac, clac, me hacían los dientes.~~ Te imaginé durmiendo ahí dentro como aquella noche que el señor te castigó.

~~Han pasado otras cosas mucho más horribles en esa bañera.~~

Apoyada en el lavabo, me limpié las manos con el jabón del pez azul. No quería mirarme al espejo, que cada vez mostraba más el rostro de la momia que sería y menos el de la mujer que aún era, pero tras aclarar la espuma entre mis dedos alcé la cabeza sin pretenderlo, solo a fuerza de costumbre.

Al encontrar mi cara en el reflejo, salpiqué toda el agua de mis manos al cristal. Golpeé el chorro del grifo para salpicarlo más. Y más. Y más. Hasta distorsionar por completo mi imagen y hacerme desaparecer. Prefería ese borrón informe sin rasgos ni silueta que mi realidad de heridas, morados y nariz torcida.

Un caleidoscopio de gotas y reflejos curvados convirtió el espejo en el ojo gigante de una mosca.

Y en él apareció multiplicado el rostro de la bestia.

Me espiaba desde fuera asomado por una rendija de la puerta.

La sonrisa de su labio partido, reflejada en cada gota, se convirtió en un centenar de sonrisas.

Pegué un grito y salté contra la puerta. Empujé con hombro, cadera y pierna. Luché por controlar el pomo que él intentaba girar desde fuera.

—No tengas miedo, ¿por qué me tienes miedo? —dijo la bestia.

Atizó golpes contra la puerta que no daban más que miedo. A mis gritos se sumaron los suyos, que repetían en llantina que él no daba miedo, que solo era bueno y que por favor subiera corriendo a la linterna del faro, que el sol estaba rojísimo y el cielo lleno de gaviotas y que me lo iba a perder todo. Que quería verlo conmigo. Después llegaron los gritos de la señora, de la vieja y también del señor, que separaron a la bestia de la puerta y me pidieron a mí que me callara. Que era yo la que lo seguía alterando con tanto grito.

—Mi hermana no me quiere —gruñó la bestia.

Y yo solo grité más. Grité y grité para que se lo llevaran a donde pudieran si tanto lo alteraba yo. Por mí como si excavaban otro sótano para encerrarlo aún más abajo. Que conviertan nuestro suelo en cementerio de una tumba para él.

Lo metieron en el cuarto de la vieja, donde duerme en mi colchón, y lo escuché dando esos pasos que da cuando sube mucho las rodillas, como marchando y silbando por en medio del salón. Yo corrí a mi cuarto, que es tu cuarto, y me escondí en tu cama. Me tapé la cara con las sábanas para no tener allí tampoco ni rasgos ni silueta, ser tan solo un bulto que alguien dice que es mujer. En la doble oscuridad tuve tiempo de pensar que, si tan poco les importaba que me moviera sola por el sótano, se me ocurrían algunas cosas que podría hacer.

VII

A veces oigo ruidos tras las paredes.

~~La niña viene a por ellos.~~

Son ratas, ya lo sé, pero si fuerzo mucho la imaginación, si me dejo engañar a mí misma para darle algo de alivio a este corazón que deseo que se me pare, puedo llegar a creer que eres tú, que me llamas desde el otro lado. Que has venido a buscarme para que salgamos juntos de este sótano.

Que nunca me abandonaste y que no los preferiste a ellos.

Que te negaste a irte sin mí.

Pero sé que no fue así, porque sí que te marchaste. Saliste de este sótano de la mano de ese hombre, ese viejo, ese abuelo, ese hombre grillo. ~~Cuántos nombres para un solo monstruo.~~ Salisteis los dos juntos cargando con la aberración. ~~Qué familia tan feliz la de un niño, un hombre grillo y un engendro.~~

Emergiste de la tierra como alguno de esos bichos que tanto te gustaban. ¿Cuáles eran esos que decías que tenían el ciclo vital tan largo? ¿Los que pasaban trece años bajo tierra? ¿O quince o diecisiete? ¿O eran veinte? Las cigarras, creo. Las que decías que chirriaban como grillos, pero con mayor intensidad. Como si estuvieran enfadadas. Ahora creo que las entiendo. A lo mejor están enfadadas porque no es la naturaleza ni ningún ciclo vital lo que las mantiene enterradas tanto tiempo, como muertas, pero en vida, esperando resurgir. A lo mejor son sus familias, que las odian como a mí, y les han hecho a esos bichos lo que también me han hecho a mí, encerrarme muerta en vida y no dejarme salir. Ojalá a mí se me hincharan los ojos de ese color carmesí, me salieran muchas patas y dos alas y pudiera como ellas emerger desde la tierra y ponerme a chirriar. Sería fea, sería horrible, un insecto nada más, pero al menos sería libre y podría echar a volar.

Lo que sé de esas criaturas lo sé gracias a ti, y no imaginas lo que daría por volver a hablar contigo, que me contaras de otros bichos o de tu última misión. Mi hermanito. El pequeño. El bueno de los dos. O de los tres, según se mire. Me encantaba oír tus pasos por el pasillo, de un lado para otro, como si este sótano fuera un mundo que merecía la pena descubrir. Te vi crecer en esta cama, hasta que cumpliste los diez, con un libro entre las piernas, encontrando en fotos y palabras la vida que ellos te robaron. Te vi convertir un solo rayo en el sol de tu planeta. Te vi convertir un cactus en desierto y un sótano en tu hogar. Te vi besar y acariciar rostros deformes y piel quemada, amar y abrazar a un montón de almas corruptas. Lo vi todo tras la máscara, una cara solo ojos, más triste que contenta de verte feliz con tan poco. Pero si ha habido un milagro, uno solo, al menos, en el horror de este lugar, ha sido verte a ti crear luz en la oscuridad.

Te digo todo esto, que espero que te guste, porque ha sido justo hoy, sea el día que sea porque de tiempo ya no sé, cuando me has hecho un gran regalo sin siquiera estar aquí. La nostalgia de no tenerte ha sido tanta antes que me agarré de la escalera en la litera para volverme a levantar. Tras el mareo que me dio, me senté, como tú hacías, frente al mueble a los pies de tu cama, mi cama, nuestra cama.

~~Mi lecho de muerte.~~

~~Tengo tanta hambre.~~

~~Nunca diré que tengo hambre.~~

Quería ver tus cosas. Todavía no has vuelto al sótano y no te las has llevado. Quería tocarlas e imaginar que las sacabas y metías sin parar, siempre jugando, siempre inventando. Me dieron hasta ganas de llorar cuando abrí el cajón y apareció, sobre una camiseta en forma de nido, un trozo de cáscara de huevo. Ese del que la abuela te hizo creer que nació un pollito. También sigue aquí un pedazo de la maceta de tu cactus.

Pasé las páginas del libro con el que querías convertirte en un espía y me di cuenta de que habías marcado una página sobre misiones secretas, un capítulo que se titulaba «Que nadie sepa que estás allí». Conseguiste que sonriera, porque entendí que era eso lo que hacías cuando me espiaste bajo la cama. También cogí tu libro grande sobre insectos, que se abre él solo por la página con la foto de una luciérnaga, de tanto que la miraste. Al verla en una brizna de césped sobre el agua, ya no tuve solo ganas de llorar, sino que lloré de verdad. Hacía tiempo, así que gracias. Lloré tanto, pero tanto, que me preocupó manchar tu libro, tan bonito, con mis lágrimas. No sé qué me pasó. A lo mejor saber que una se muere hace que todo le dé más pena.

Fue al devolver los libros a su sitio cuando, detrás de ellos, en el fondo del mueble, encontré tu regalo. Una libreta. Creí que sería tuya, que la habrías usado para dibujar o escribir algo, un diario secreto a lo mejor. La abrí con muchas ganas de asomarme a tu mundo, a tus preciosos pensamientos, pero solo encontré las páginas en blanco de un cuaderno sin usar. Te lo regalarían en uno de esos días que tú llamabas de tarta y no le encontraste utilidad o lo guardaste hasta olvidarlo. O a lo mejor lo reservaste para alguna otra ocasión. Hubiera sido más bonito que estas hojas las ocuparan tus bonitas reflexiones y no los desvaríos de esta alma en pena que se muere.

~~Esta costra reseca en la herida que es el sótano.~~

Aunque fue decepcionante encontrar las páginas vacías, porque de ti hubiera leído hasta el último garabato, entendí que era así como te aparecías frente a mí en el día que más te he necesitado. Ofreciéndome este montón de hojas en blanco en las que ahora te escribo, como si estuvieras aquí, a mi lado, sentadito. Escuchando cómo te digo lo mucho que te echo de menos y que el sótano se ha quedado muy vacío tras tu marcha.

El sótano se ha quedado muy vacío tras tu marcha.

Esa fue la primera frase que escribí, hace ahora no sé cuánto, y, desde entonces, cuando tengo fuerzas o me siento viva, te escribo un poco más. Mira todo lo que ya te he escrito y aun así pienso seguir. Escribiré y escribiré por si no regresas a tiempo de volver a hablar conmigo antes de que me haya muerto. Ojalá cuando eso ocurra me agarre a esta libreta para no estar tan solita cuando muera en tu litera. Imaginaré que estás conmigo, que me coges de la mano y que me hablas como siempre sobre criaturas que hacen luz mientras yo ya me dirija, a mi modo, medio muerta, también hacia otra luz, una que permita a mi alma escapar por fin de aquí.

VIII

Una niña muy bonita existía siempre en paz,
era buena y recibía mil besos de su mamá.
Hay niñitas que se pierden,
se hacen daño y se caen,
y esta niña, que era rubia,
se fue a caer al mar.

No llegó a tocar el agua,
a las rocas fue a parar,
el acantilado quedó arriba
y ella rota cual cristal.
Pobre niña,
pobrecita,
no se mueve y está llena
pero llena, bien llenita,
de algas, plumas de gaviota y sal.

Grita y grita y no la oyen,
que las olas gritan más.
Que se callen las gaviotas
o la inviten a pasar
a su nido entre las rocas
y ahí la cuide otra mamá.

En las rocas hay polluelos,
hay conchitas y hay cal,
pero hay bestias que a las rocas
también bajan a jugar.
Pobre niña,

pobrecita,
no sabe que está acabando
su cuerpito entre las manos
de una bestia que es
mi hermano.

La deshonra y la mancilla
como si fuera de arcilla
sin saber, o sí sabiendo,
que la va a dejar sin vida.
La familia de esa bestia
no sabe lo que es el bien
y el cuerpito de la niña,
que es más mugre ya que piel,
bajo tierra, culpa y piedras,
se deciden a esconder.

Bajo tierra estamos todos
para protegerlo a él.
Aunque encierren a la bestia
va a volver a suceder,
y a una niña entre las rocas
va a encontrar aquí también.
No pude quedarme fuera,
ni quemarlos me libró
de acabar aquí encerrada,
solo una mujer sin cara.
Hasta el día en que me muera,
haya o no haya ningún Dios,
le preguntaré a los cielos
qué culpa tenía yo.

Si me quito ahora la vida,
quizá pueda encontrar
a la niña en algún sitio

y brindarle algo de paz.
Si le peino su pelito,
lleno de algas y de sal,
y le digo que la quiero,
que puedo ser su mamá,
pero solo hasta que venga,
porque un día volverá
a por ella con mil besos
su mamá, la de verdad.

IX

Te lo cuento en un poema porque duele mucho escribirlo de otra forma.

No sé qué es lo que sabes ni qué sabrás cuando leas esto, si te habrán contado ellos algo ya de lo que nos trajo a este sótano.

La noche que te marchaste, con mi oreja pegada desde fuera a la puerta metálica del cuarto de los señores, escuché cómo ellos te decían que había respuestas para todas tus preguntas, que ya habría tiempo de contestártelas. Me gustaría saber cuándo encontrarán ese momento, seguro que ya estaré muerta cuando ocurra. Tendrán que hacerlo, eso está claro, contarte todo el mal que cometieron. Ojalá cuando lo escuches te horrorice, no los perdones, decidas no continuar con la atrocidad que es este encierro y acabes tú llevando a cabo la labor que a mí me ha resultado imposible. Delatar a esta familia, una familia tan podrida. Hablarle a todo el mundo de este sótano y hacerle justicia de una vez a la niña entre las rocas.

Y a mí.

Hacerme justicia a mí también.

Porque, después de ella, también yo fui una niña hecha de arcilla.

~~Eso sí lo sabes, eso ya te lo contaron.~~

Ocurrió, como escribí antes, la otra vez que me morí. ¿Te acuerdas de que hace unos días, no sé si uno o ya son siete, me daba miedo ir al baño, pero tu padre dijo que no tenía de qué preocuparme? ¿Y que yo le contesté que ahora que me moría no quería que pasara lo de la otra vez que me morí? Pues lo dije porque esa otra vez, esa otra vez que me morí, ocurrió aquí en el baño lo mismo que entre esas rocas, aunque no sea yo una niña rubia o bonita ni este sótano sea un acantilado.

~~Y tú ni te enteraste.~~

~~Porque no se enteró nadie.~~

Y si digo que me morí es porque de verdad lo estaba intentando, no creas que es ahora la primera vez que lo deseo. Morirme quise siempre, pero tardé años en provocarlo, o quizá es que tardé años en rendirme ya del todo. Incluso atrapada en un calvario suele ser más fácil simplemente seguir viva.

A cortarme nunca me atreví. Me daba miedo, por mucho que me gustara la idea de ver sus caras al encontrarme desangrada en la bañera. Aunque, conociéndolos, a tiempo llegarían de salvarme, seguro, siempre llegan. Me pondrían toallas en los brazos y, como si nada, me devolverían a la cama. Que es justo lo que han hecho ahora.

Por eso opté por el veneno. Tragar es, al final, mucho más fácil que cortar. Esa vez que me espiaste por debajo de mi cama no era tampoco la primera vez que usaba los cubitos azules del matarratas. Los usé unos meses antes, exactamente nueve.

~~Si haces las cuentas, yo creo que ya lo entiendes.~~

Una noche, ya muy tarde, cuando la vieja roncaba, salí en silencio del cuarto donde aún dormíamos las dos. En un bolsillo de mi camisón llevaba uno de los cubos del veneno. Entré al baño sin hacer ningún ruido con la puerta. Ni siquiera encendí la luz, por si el sonido del interruptor o el brillo derramado en el pasillo por debajo despertaba a alguien. Agradecí estar a oscuras para no verme en el espejo, porque ahí de pie, en camisón, sola en un baño en tinieblas, como si me hubiera convertido en una enorme rata, me puse a mordisquear, nada más entrar, el cubito de veneno. Y, como haría una de esas ratas, como si tuviera ya bigotes, hocico y patas, lo roí y lo fui tragando. En mi cabeza se coló, y eso que yo no quería, la música de la película que pone siempre el señor. Será porque era triste pero bonita de algún modo, y mi mente se buscó un réquiem para tan indigna muerte. Aunque quería tragarme el cubito de golpe, de una vez, sin pensar mucho en lo que hacía, tuve que morderlo poco a poco para evitar vomitarlo. Todavía hoy recuerdo a veces, e incluso siento al fondo de mi garganta, aquel sabor tan repugnante, como de mil almendras amargas. Llegó un momento en el que, de haber dado un mordisco más, lo hubiera vomitado todo, así que no pude terminarlo. Tragué una última vez, rogando a quien fuera, a quien pudiera concederme un mísero deseo, que hubiera sido cantidad suficiente. Que ese medio cubo, o quizá fueron tres cuartos, contuviera el veneno necesario para matar a esta rata gigante.

Los restos de polvo azul que quedaron en mis dedos me los metí en la nariz.

~~Aún tenía nariz, aunque ellos te dijeran que no.~~

Recuerdo los calambres en la tripa, en el pecho, el esfuerzo que tuve que hacer para contener las arcadas. Me temblaba todo el cuerpo. Como harías tú más tarde por culpa de un castigo, me acosté vestida en la bañera vacía. Solita en esa tumba fría de cerámica, deseando no salir nunca más de ella. Me agarré a la tela de mi camisón hasta que el abandono y el olvido me asolaron. Sería mucho más que olvido, sería inconsciencia y casi muerte, porque traía consigo el alivio ansiado, que vivir dejara de dolerme. Permití que el olvido me llevara, me arrastrara y me apagara, me abandoné al negro absoluto de la desaparición que yo buscaba. Sentí desintegrarme y creo que conocí la nada, pero no fue suficiente para llevarme hasta la muerte. Ojalá me hubiera muerto de verdad, como se mueren las ratas, con las manitas así, recogidas hacia el cuerpo. Porque yo no me morí, tan solo me quedé ahí, entre inerte e inconsciente, completamente indefensa. No sabes las veces que he deseado que hubiera tenido cerrojo ese baño. Lo deseé en cuanto entré esa noche, para haber podido encerrarme y haber dificultado a los señores la labor de salvarme, ellos que siempre llegaban a tiempo de salvarme. Pero más lo he deseado, un millón de veces más y con más rabia, todos los días desde entonces.

Que ese baño hubiera tenido un cerrojo.

Lo he deseado todos los días, varias veces, desde entonces.

Que ese baño hubiera tenido un cerrojo.

Porque de haber existido el cerrojo, de haber tenido ese baño un cerrojo, no me habría encontrado en la bañera, indefensa como estaba, la misma bestia que bajó aquel día a jugar entre las rocas. El niño que años antes se cayó por la escalera hizo conmigo, metidita en la bañera, lo mismo que había hecho con la niña del poema.

~~Tumbadita como un alga entre plumas de gaviota.~~

Ocurrió todo en silencio, sin que nadie se enterara.

Ni siquiera me enteré yo.

Pero, claro, yo estaba casi muerta.

~~Por eso vino esa noche, porque a él le gustan muertas.~~

Volví en mí entre arcadas y temblores, fuera ya de la bañera. La luz estaba encendida. No había en el baño ni rocas ni gaviotas ni ninguna rata gigante. Solo yo, retorciéndome sobre baldosas con las manos en la tripa. A mi alrededor gritaban los señores. Me preguntaban qué había hecho, cuánto había tomado. Sentí dedos en la boca, pellizcos en la nariz, que me sangraba. La señora hasta lloraba. También lloraba la bestia, con llantinas muy babosas. Mudo como estaba, le preguntaron a gritos qué había pasado. Él contó que había ido al baño y me había visto desmayada en la bañera. Que se había asustado porque creyó haberme encontrado tarde, ya muerta. Tenía la cara blanca. Y que en ese mismo momento, sin esperar ni un segundo, había ido corriendo a avisar a la abuela. No contó nada esa bestia, claro, de lo que había hecho justo antes.

Yo volví a desvanecerme ahí mismo, retorciéndome en mi camisón, entre vómitos azules en el suelo del baño. De los días que vinieron después recuerdo poco. Aquel olvido que me asoló permaneció conmigo un tiempo. Pasé días enteros metida en la cama, dormida, entre febril e intoxicada. Tuve repugnantes pesadillas en las que me veía abriendo los ojos, en la bañera, solo un segundo, asfixiada por un peso que me aplasta. Es un peso que huele a la habitación de mi hermano y que a golpes hunde la bañera y la va haciendo más profunda. Pero tan profunda es la bañera en ese horrible sueño que es más bien una tumba en el centro de la tierra. Cada vez que despertaba con esa imagen en la mente, la consideraba una pesadilla. Un delirio, un desvarío, provocado por el veneno, que me llevaba de visita un instante al peor de mis infiernos. Ojalá hubiera entendido antes que esa imagen no era un sueño, sino un recuerdo.

De lo que pasó esa noche, y de mucho de lo que siguió pasando, tú ni siquiera te enterabas. O dormías en tu litera como el niño que eras, o tu madre te ayudaba a que no te despertaras. La noche del veneno, por ejemplo, en cuanto tus padres me vieron con la lengua azul en el suelo del baño, la señora dijo algo que repetía muy a menudo:

—Que no se entere el niño.

Y de la cocina se iba a tu cuarto con un vaso de leche. Uno de esos que en realidad no era solo leche y que te ofrecía tantas noches para ayudarte a dormir.

~~Ojalá me hubiera dado a mí un litro de leche que me ayudara a morir.~~

Desde esa noche del veneno todo el mundo creyó a la bestia. Que me había salvado la vida, decían ellos. Que menos mal que apareció él porque yo podría haberme muerto haciendo una de mis locuras. Que cómo se me ocurría hacer esa barbaridad. Tragar veneno para ratas, a quién se le ocurre. Y que menos mal, otra vez, que mi hermano me había salvado la vida. Y de tanto que lo decían, porque a él se lo repetían sin cesar, agradecidos por su astucia y rapidez en reaccionar, me lo acabé creyendo hasta yo.

Pero la verdad llegó más tarde.

Porque la pesadilla era recuerdo.

Sospechas hubo a las semanas y a los meses, ya era tarde. La verdad crecía en mi vientre en forma de aberración y yo quise arrancarme la tripa y metERME EN AGUA HELADA PAR...

X

Perdona que haya arrancado las hojas anteriores.

Sé que es tu libreta, no debería romperla.

Pero tras recordar lo ocurrido en la noche del veneno escribí durante horas, durante hojas, las cosas más horribles que haya escrito nunca nadie.

~~Más horribles todavía.~~

~~Además, las taché todas.~~

Te contaba que el sótano entero se sacudió con la noticia. Incluso hablaron de salir, que fue el único momento en que pensé que a lo mejor lo más horrible había pasado por algo bueno. La señora lloró mucho, la vieja lloró aún más y el señor se quedó tan callado, durante semanas tan callado, que pensamos que a lo mejor se había olvidado hasta de hablar. A la bestia le pegaron entre besos, lo besaron entre gritos, excepto el señor, que, así como se quedó mudo, también se quedó ciego de hijo y sordo a sus lamentos. Si a mí ya casi no me miraba y desde luego no me veía, a punto estuvo durante un tiempo de hacer con él lo mismo y para siempre.

En el momento en que supe que mi cuerpo daba vida a la aberración... Mejor que ni lo piense ni vuelva a escribir sobre ello o acabaré arrancando estas páginas también.

O quemando este diario para que tú nunca lo leas.

Tampoco quiero herirte tanto.

La herida seré yo.

~~La herida que supura y no se cierra seré siempre yo.~~

Te lo describía todo con tanto dolor y tanta rabia que tuve que destrozar las hojas llenas de odio y pena y salir de la litera. Quería buscar en las esquinas, en todas las esquinas de este sótano, más veneno como el de esa noche, para tragármelo en el baño. Pero esta vez me tragaría no un cubo, sino cuatro. Que ahora que no como a lo mejor mata más rápido.

~~Llegarían a tiempo de salvarme.~~

~~Siempre llegan.~~

Con las hojas arrancadas y la espalda dolorida de agacharme en las esquinas, pensé entonces otra cosa: por qué acabar solo conmigo si podía acabar también con ellos. Ya te dije antes, no recuerdo cuándo, que se me ocurrían varias cosas que podía hacer aquí abajo.

XI

Anoche esperé en la litera a que señores, vieja y bestia se metieran en la cama.

—Por favor, come algo —dijo la señora de camino hacia su cuarto.

Era la vez un millón que me lo repetía ese día y me lo dijo ya sin fe, desde el umbral, en el pasillo. Ni se molestó en entrar. A mi lado, sobre la silla, había un plato con comida. Debajo del colchón había otro volcado que aún no habían visto. Al no recibir de mí respuesta alguna, la señora se marchó. Tan fuerte cerró la puerta metálica de su habitación que la bombilla en el techo del pasillo se tambaleó. Dentro retumbó la voz grave del señor, que a gritos le pidió a su mujer que no entrara en mi juego.

Aún esperé un tiempo para asegurarme de que dormían.

Desde la cama escuché los ronquidos de la bestia, y también alguno de la abuela.

Dejé pasar un rato más antes de levantarme.

Ya sabes cómo me levanto, que me agarro a la escalera y me mareo un rato.

~~No subas.~~

~~No bajes.~~

~~No te caigas.~~

Últimamente, cuando camino, siento que hago equilibrio con dos palos que se van clavando en el suelo. No te creerías, si me las vieras, lo delgadas que están mis piernas. E igual tengo los brazos. Me parezco al esqueleto que salía en uno de los libros con los que tú estudiabas el cuerpo humano aquí abajo.

~~Es como si yo misma fuera el armazón de una litera.~~

Tu cuarto, a ratos, se me hace inmenso, y la puerta queda lejísimos. Incluso siento a veces, aunque sé que es imposible, que el suelo va en subida y que para llegar a la puerta casi tengo que escalarlo. Me pasa también con estas hojas en las que escribo, que de pronto son tan grandes que las confundo con las sábanas y un segundo después son tan pequeñas que no me dan para escribir ni tres palabras.

Alcancé el pasillo cuesta arriba, con mis piernas como zancos, estas piernas que más que de carne parece que son de palo. Sabía que era de noche, claro, porque por algo se habían ido todos a dormir, pero aún lo confirmé de la manera en que lo habrías hecho tú, fijándome en la mancha de sol en el salón, de la que no había ni rastro. Lo que sí brillaban eran las lucecitas de los aparatos, las del vídeo y la tele, y me acordé de cuando hablábamos a oscuras frente a ellas, sentados en el suelo, coloreados de rojo. Cuando me tocabas la cara que era solo una máscara.

~~Puedes tocarme. Si quieres, puedes tocarme.~~

Me agarré a la pared, con una mano a cada lado del pasillo, avanzando hasta alcanzar el arco de entrada al salón. Me agarré también al respaldo del sofá, al de una silla y a la mesa. Me agarré a todo lo que pude luchando por darle equilibrio a mi cuerpo famélico. Ahora soy todo cadera. Un esqueleto que es todo cadera y calavera.

~~¿Ves como todo rima?~~

~~Estoy viviendo en un poema.~~

~~Ya no sé si estoy hasta inventándome un idioma.~~

Sorteando un suelo que parecía hecho de olas, llegué hasta la cocina. Te miento si te digo que no pensé en comer. Sabía que había comida en los estantes, la despensa, los armarios. Me hubiera tragado un puñado de arroz seco o masticado una patata cruda, con piel, como nos las comíamos cuando el viejo tardaba en lanzar el saco, pero no iba a darle a la familia podrida, ni siquiera a mí misma, la satisfacción de seguir viva. Ojalá pudiera no beber siquiera agua, pero llega siempre un momento en el que me siento tan seca, tan crujiente y agrietada, que mis ojos se hacen corteza y mi pelo telaraña, como si me hubiera convertido en momia antes de tiempo. Entonces la sequedad duele y la sensación de quedarme yerma es tan horrible que acabo sucumbiendo al alivio, y es entonces cuando bebo y bebo.

Y bebo aun sabiendo que me alarga la vida, que es lo contrario a lo que quiero.

Antes de seguir moviéndome a oscuras, abrí un poco la nevera para iluminar la estancia. Me situé frente a los cajones, que guardaban lo que de verdad andaba buscando. No sé cómo había tardado tanto tiempo en pensarlo. Alguna vez ya deseé tener escondido entre las sábanas un cuchillo como aquel que no pude clavarle a tu padre. Ahora iba a tenerlo de nuevo, para sacárselo a quien fuera, alguna de esas veces que vinieran a insistir con que comiera. O podía ir en ese mismo momento a buscarlos, uno a uno, a sus cuartos. Matarlos mientras dormían como debí haber hecho mucho antes.

~~Antes de que hubiera un acantilado en el baño.~~

Pero no tendría tiempo de acabar con los cuatro, al grito del primero seguro que ya vendría el resto. A la habitación de los señores, con su llave y su puerta de metal, sigue siendo imposible entrar.

~~Lo bien que nos funcionó el plan para que luego lo estropearas.~~

Abrí el cajón de arriba muy despacio para que no sonara nada. Podía imaginar ya en las manos el tacto de los mangos, negros y marrones, de los cuchillos que más cortan.

La sorpresa y el disgusto fueron gigantescos al ver que no había ninguno.

La división donde se guardaban estaba tan vacía como un plato bajo mi cama.

Con estos dedos míos que parecen hechos de alambre, rebusqué por los cajones en el mayor de los silencios. Moví cucharas, tenedores, cazos de metal, plástico y madera. No había en ninguno de los seis cajones rastro alguno de un cuchillo. Tampoco estaban las tijeras, ni las grises ni las rojas.

Esa gente se me había adelantado.

Temían ya lo que podría hacerles.

Quise cerrar el cajón de un golpe tan fuerte que hiciera desplomarse el sótano, aplastarlos en sus camas, con el techo, de un derrumbe. Pero eso no pasaría, no tendría esa suerte. El golpe solo los despertaría y los alertaría de que había en el salón un alma en pena buscando formas para eliminarlos.

Cerré el cajón con cuidado.

Me estaban obligando a hacer lo otro. Era mi plan secundario. Para ese, que durmieran si querían, que me venía hasta bien. Así podría llevarlo a cabo más tranquila. Era un plan mejor y mucho más definitivo que el de simplemente esconder un cuchillo.

Si ya los había quemado una vez, podía hacerlo otra.

Era mi fantasía más antigua, también la más drástica y extrema, algo que jamás habría hecho mientras estuvieras tú aquí dentro. La idea me daba miedo porque no solo acababa con ellos, sino que me arrastraba a mí también, pero qué miedo voy a tener yo ahora si morirme es lo que quiero.

Sin darle muchas vueltas, como si hiciera cualquier otra cosa, me situé frente a los fogones. Había una hilera de mandos, tres de color negro y uno naranja, que era con el que haría la chispa para que todo se incendiara. Giré dos de los negros y el siseo fue instantáneo. Fue un silbido así bajito, el sonido del gas escapando, como si la cocina quisiera chivarle un secreto a la familia.

—Os están matando —susurró la cocina.

El secreto solo lo oí yo, pero ya me lo sabía, así que sonreí en la penumbra a la luz de la nevera. Al estirar los labios me di cuenta de que las heridas que me hizo el tarro dolían algo menos. En contra de mí misma, la piel iba cicatrizando. Rápido me fue envolviendo el olor metálico y un poco a plástico del gas, que olía también a desayuno, a corre, mamá, enciende ya que vamos a salir volando.

Respiré el gas con mi nariz torcida, ansiando que me hiciera algo de daño. Que atacara a mi organismo o lastimara mis tejidos. Como mínimo conseguiría que, al tenerlo en mi interior, en los pulmones, la nube de fuego que se desatara en el sótano entrara en mí sin reservas para quemarme desde dentro. Con la mano en el mando naranja, la tentación de hacer la chispa, ahora, ya, fue grandísima, tan solo un clic y ver arder, pero sabía que era mejor asegurarme y dejar escapar mucho más gas.

Todo el gas que pudiera.

Entonces escuché un clic que me extrañó. Pensé que le había dado al mando sin querer, antes de tiempo, presa de mis ansias, pero no era el clic del mando naranja el que había escuchado, sino el de un pomo en el pasillo al abrirse una puerta. Las zapatillas de la vieja se arrastraron por el suelo y, con esa habilidad que tiene ella para moverse sin ver, apareció enseguida bajo el arco del pasillo.

Yo me quedé quieta, tan quieta como muerta.

Y a mi cabeza regresaron los recuerdos de otras esperas.

~~Tic.~~

~~Tac.~~

Tan cerca como estaba y con el buen oído que tenía esa vieja, ya estaría oyendo, seguro, el susurro del gas. Escuchando el secreto que la cocina le chivaba a la familia. ~~Os están matando.~~ Le valió con aspirar el aire un par de veces para oler lo que ocurría.

~~Ven, ven, que vas a estar calentita.~~

Se apresuró hacia los fogones sin saber que yo estaba allí. Cuando se chocó conmigo fue un placer ver el desconcierto en su rostro. Las cejas esas peladas que tiene se le arrugaron un montón. Pero la vieja es muy lista, tan lista que debió de imaginarse enseguida lo que podría estar pasando y, en lugar de ponerse a gritar, que es lo que pedía su cuerpo, permaneció en silencio para no alarmar a nadie y que no salieran de sus cuartos. Protegerlos manteniéndolos lejos de lo que iba a ocurrir ahí dentro. Tragándose los gritos, es tan lista esa vieja que lanzó la mano directa al mando de color naranja para evitar que la mía hiciera lo que ella intuyó que haría. De verdad que hay que ser muy lista para, en mitad de la madrugada, atar cabos de esa forma en un solo segundo, pero la vieja lo entendió y trató de detenerlo. A mí me hubiera gustado haber tenido más tiempo, dejar escapar mucho más gas, pero supe que era uno de esos momentos en los que se trata de ahora o nunca, así que giré el mando naranja incluso con la mano de la vieja encima.

Clic.

Provoqué primero una chispa, pero le siguieron hasta cuatro, de las ganas con las que giré ese mando dándole una vuelta entera.

Clic. Clic. Clic. Clic.

El calor me envolvió enseguida, un fogonazo que sonó a abrir algo envasado al vacío. Pero lo que en mi cabeza y mis planes iba a ser una explosión, o una lengua de fuego que arrasaría el sótano como un ejército de lanzallamas, fue tan solo una fugaz nube en combustión que se disipó al instante.

Al parpadear noté enseguida que ya no tenía pestañas, pero ni me había quemado por dentro ni había explotado nada. Todo quedó en otra fantasía mía que jamás se cumpliría. Un delirio que tan solo dejó olor a pelo quemado en la cocina y un nuevo ardor en las heridas de mi cara.

~~Funcionó mucho mejor la botella caliente de la otra vez.~~

A la vieja se le escapó un grito, pero retomó enseguida su empeño por detenerme. Superado el impacto de la llamarada, sus manos saltaron a cerrar los mandos de gas abiertos y, casi en un mismo movimiento, se dirigió al mueble de la bombona. Al tacto giró una llave y cerró el regulador. Sin siquiera preguntarme nada, ahí sí que empezó a gritar, pidiendo ayuda como una loca para despertar a los demás mientras ella iba a la ventana del salón, si acaso se puede llamar ventana a ese agujero sin vistas que da a la absoluta nada. También se fue a abrir la otra ventana, la que estaba al final del pasillo, esa por la que tú a veces olías el acantilado sin saberlo. En el pasillo se encontraron todos, la familia podrida entera, y aunque eran solo cuatro me pareció una muchedumbre de murmullos, gritos, quejidos, preguntas y lamentos.

—Otra vez quería quemarnos —dijo la vieja.

Fue lo último que escuché antes de desvanecerme. No sé si me intoxicó el gas, me derribó el hambre o me derretí por ser de alambre, pero ahí mismo, frente a los fogones, a la luz de una nevera, me caí al suelo y cuando desperté estaba ya en la cama.

Otra vez en la cama.

Que no sé si es una cama o una cárcel hecha de mis propios huesos.

Abrí los ojos bocarriba y me sorprendió poder ver el techo. Me iba a retorcer del asco al pensar que me habían metido en la cama de arriba, pero enseguida vi el armazón vacío de la litera y entendí que lo que faltaba era el colchón superior. Giré la cara hacia la puerta, que se mantenía abierta. Ahí estaba, en el pasillo, el colchón de tu hermano. En el suelo, sobre él, dormía, o estaba tumbada, al menos, la señora.

Haciendo guardia.

~~Vigilando a la paciente más peligrosa del manicomio.~~

Cerré los ojos deseando estar en un verdadero manicomio.

La siguiente vez que los abrí, no sé cuánto tiempo había pasado, era el señor quien vigilaba.

Y, otra vez que desperté, volvía a ser la señora quien hacía guardia.

En voz alta expresé un único deseo. Muchos deseos he pedido en mi vida para mis adentros, pensándolos en secreto, porque es así como siempre nos han dicho que se acaban cumpliendo. Pero a mí nunca se me han cumplido, no sé a ti.

~~A ti sí porque has emergido como emergen las cigarras.~~

Creo que nos han engañado. No es solo al pensarlos, sino al decirlos en voz alta, hablando y de verdad pidiéndolos, como se cumplen los deseos. Por eso aquí te escribo el mío y en mayúsculas te lo subrayo, para que te hagas una idea del volumen en la voz que usé para desearlo.

—POR FAVOR, QUE ME MATE YA EL HAMBRE.

Desde el colchón en la puerta llegó un gemido de tu madre, que pidió por favor, también en voz muy alta, que no dijera tales barbaridades.

~~Hambre, madre y barbaridades.~~

~~Todo rima.~~

XII

Si llorara raíces que me anclaran a esta tierra,
sería un árbol creciendo a orillas de la litera.
Igual habrán llorado quienes viven aquí abajo,
anclados por raíces, a este suelo condenados.
~~Si ellos también son árboles, vegetales que no andan,~~
~~cuando yo los quemé a todos,~~
~~en realidad quemé unas plantas.~~
~~Pero las plantas no gritan,~~
~~las plantas no lloran,~~
~~durante semanas,~~
~~como hicieron ellos.~~

XIII

—Tienes que comer, han pasado trece días —dijo la señora.

—No voy a comer —dije yo, que era una momia.

XIV

Cada vez estoy peor y hace días que no te escribo.

No tengo apenas fuerzas para hacerlo ni quiero que me vean escribiendo los guardianes en mi puerta.

Esta libreta es solo mía, tuya y mía, solo nuestra, mejor que no sepan que existe.

Tengo la impresión de que solo me vigilan de noche, signifique lo que signifique ser de noche en un lugar que es siempre oscuro. Si no están en la puerta es que es de día, o que ellos están despiertos, entonces es como si me vigilaran todos. Pero por la noche es cuando hacen guardia, solo el señor o la señora, en el colchón junto a la puerta. Pienso que hacen bien al estar ahí, porque todos sabemos lo que hizo la bestia la última vez que me morí.

~~Que no entre.~~

En realidad ya no hay ni puerta, tan solo sigue el marco. En uno de los parpadeos con los que me despierto a veces, vi que el señor desatornillaba las bisagras. En el siguiente parpadeo vi la puerta apoyada contra otra pared de este cuarto, tu cuarto, como si ahora pudiera atravesarla para ir directamente al baño. No sé qué es lo que tanto temen, qué pueda hacerles o hacerme.

~~Coger los cuchillos que no hay.~~

~~Incendiar el sótano con gas.~~

Me ha estado preocupando en estos sueños, aunque a lo mejor no sueño y solo pienso entre parpadeos eternos, que por alguna razón no quieras ni leer este diario. Me asusta que no quieras saber nada de lo que pienso o que hayas dejado de leerme por insistir en llamar señores a tus padres, llamar vieja a tu abuela o llamar bestia a tu hermano. Pero es que míos no son nada, dejaron de serlo hace tanto… ~~Desde que se quemaron las pizzas y me llovió en la mecedora.~~

Sobre todo tengo miedo de que me odies por llamar aberración al bebé que tú tanto adorabas. Me ha dado por pensar en lo mucho que lo querías y lo bien que lo cuidabas, y yo tan ciega e indolente escribiendo página tras página y refiriéndome a él como una aberración. Describiéndolo una y otra vez con esa palabra y esta caligrafía atormentada que trazan mis dedos de alambre. Pero necesito que entiendas que para mí eso es lo que él era y será siempre, y que saber que jamás volveré a verlo solo me produce alivio. Sé que él no tiene culpa y que es un bebé bonito como lo es cualquier cachorro. Hasta puedo enternecerme un poco si recuerdo verte cobijándolo en el salón, sentaditos los dos en tu mancha de sol. Pero para mí su cara, su piel, su cuerpo y su olor fueron siempre los mismos que los de la bestia de quien los heredó. Tenerlo sobre mí, por pequeño e inocente que pudiera parecer, era como volver a tener encima a la bestia aplastándome contra la bañera.

~~Una tumba tan profunda que estaba en el centro de la tierra.~~

Quiero que entiendas que, cuando lo amamantaba, no era un bebé aprendiendo a usar su boquita lo que yo veía al bajar la vista, sino a una bestia informe con el labio partido que me succionaba el alma entera, como succionó toda mi vida desde que se cayó por la escalera. Y, aunque rogaba por no hacerlo, por no volver a darle el pecho, recordarás que me obligaban. Amamantaba día tras día a la misma bestia que me convirtió en arcilla, la misma bestia que llevó a casa a una niña dislocada vestida de rosa. Llegó un momento en el que, para no perder la cordura o simplemente para seguir viva, necesitaba no volver a ver jamás a esa bestia en mi regazo. Y la única forma que encontré para ello fue la de eliminar por completo a esa bestia en mi regazo.

En realidad no era al bebé a quien yo envenenaba la noche que me descubriste, escondido bajo mi cama, como el espía de tu manual, sin que nadie supiera que estabas ahí. No eran realmente sus labios los que quería pintar del azul del matarratas con los cubitos que le di a probar.

~~De aquí puedes comer.~~

El bebé solo tuvo la mala suerte de ser él quien succionaba, pero te juro que yo a quien envenenaba en realidad era a la bestia y no solo a su simiente. Eso sí, te garantizo que, de haberlo conseguido, él habría sido el siguiente.

~~¿Rima todo también en tu cabeza o es solo en la mía?~~
Ojalá así entiendas y también perdones que ese bebé al que tú tanto querías para mí no tenga nombre. Tu familia que es la mía, aunque para mí ya no son nada, me lo ha robado todo, incluso algo tan precioso como ese amor de madre que no podré sentir jamás. Aunque no debe de ser tan precioso, o al menos puede corromperse fácilmente, porque hacia mí tu madre dejó de sentirlo y lo transformó en perverso odio.
~~Una niña se equivoca y su madre ya nunca la perdona.~~

XV

—Tienes que comer, llevas más de dos semanas sin comer —dijo la señora.

—Hija, por favor, come, no puedes estar veinte días sin comer —dijo la señora.

—Abre la boca, que vas a comer quieras o no —dijo el señor.

—Veinticuatro días... Come algo, por favor —dijo la señora.

—El sol está rojísimo —susurró en mi oreja.

—Tienes que comer. Hace veintinueve días ya —dijo la señora.

—Dios mío, te lo ruego, haz que coma, ya lleva un mes sin comer —dijo la vieja.

—Se va a morir de verdad —dijo el sótano.

—Nunca debí marcharme y dejarte sola —dijiste tú.

—Hija, mírame, abre los ojos y lev...

XVI

~~Siento frío alrededor,~~
~~cristales rotos en los pies.~~

~~Mi garganta grita NO~~
~~con sangre del corazón.~~
~~Qué será esa oscuridad,~~
~~infinito con sabor a sal.~~
~~Por mis venas corren~~
~~agujas de hielo~~
~~que derriten mi estertor.~~

XVII

El grito coincidió con la bofetada. Mi cabeza se sacudió sobre mis hombros adelante y atrás, como si estuviera vacía o llena de paja, como si fuera yo el espantapájaros que habita el sótano, aunque todos sabemos que aquí el espantapájaros no soy yo.

—Por fin, así, muy bien, déjalos abiertos —dijo la señora.

No sé muy bien qué era lo que pretendía escribir antes. No recuerdo haberlo escrito ni recuerdo esa cuenta de días. Tampoco sé qué significa un infinito con sabor a sal. Si ahora te escribo de nuevo es porque puedo, y si puedo es porque ha pasado algo, no sé ni cómo contártelo. Pero todo empieza con ese grito, esa bofetada y la señora pidiéndome que mantenga los ojos abiertos.

—Escúchame, por favor —dijo la señora.

Me sacudió la cabeza una vez más, cogida por los hombros como me tenía. Hombros por llamarlos de alguna forma, porque apenas son ya unos salientes puntiagudos en lo alto de mi cuerpo.

—No vamos a dejar que te mueras —dijo la señora.

—Tampoco eso nos lo perdonaríamos —dijo la vieja.

Dos urracas al borde de mi cama que más bien parecían buitres alrededor de la carroña que era yo. También estaba allí el señor, pero de él solo veía su perfil. Apoyaba la espalda contra la escalera de la litera como si no quisiera ni mirarme.

Yo luchaba por permanecer despierta, batallando contra mis propios párpados, porque lo que me ofrecían esos párpados era mejor que estar despierta. Me ofrecían una apacible negrura, una dulce nada. Ese negro y esa nada que se habían convertido en mi único refugio, un hogar más acogedor y verdadero que los lugares en los que viví con mi familia.

~~Solo negro.~~

~~Solo nada.~~

~~El hogar que habitamos quienes queremos morir.~~

—Abre los ojos.

De la paz de color negro me desterró una nueva bofetada que me traía a la luz de una bombilla en un sótano que apestaba a zanahoria.

—Necesitamos que escuches —dijo la señora.

Pero yo prefería el negro, la paz y la nada. Volví a cerrar los ojos. Quería dejar de ver y de escuchar, evitar que me arrastraran de vuelta a una litera bajo tierra. No lo consiguieron con tirones, pellizcos, sacudidas ni bofetones, pero sí con una inesperada explosión de frío en mi cara, mi pelo, mi pecho.

Un impacto de agua helada.

Chorreó hacia la nuca detonando escalofríos que no solo me abrieron los ojos, sino que contrajeron mi estómago y mi cuerpo entero. Ellos aprovecharon la tensión en mi espalda para sentarme en la cama, contra la pared. Mi repentino estado de alerta lo utilizaron para hablar.

—Nos vas a escuchar —dijo el señor.

Las mismas manos que otras veces fueron grilletes se cerraron en mi cuello como si fuera a asfixiarme, a matarme por fin, pero se excusó diciendo que solo pretendía mantener mi cuello erguido. Que los mirara, por favor, que tenían algo muy importante que decir.

Algo que me iba a gustar.

Ya, seguro. Nada de lo que dijeran podría gustarme. Ni servirme de nada.

No quería escuchar, mirar ni sentir.

Retorcí la barbilla tratando de liberar mi cuello de pajarito.

~~La urraca era yo.~~

—Que me mires —dijo el señor.

Sus manos me sacudieron del cuello. La parte trasera de mi cabeza golpeó contra la pared. El sonido hueco nos alarmó a los dos. El impacto me abrió los ojos como los de una muñeca condenada a abrirlos cada vez que la yerguen. Evité dirigirlos a quien me forzaba a mirarlo y los llevé en su lugar a la señora, que aprovechó ese mínimo instante de atención para pronunciar cinco palabras que jamás pensé que oiría en el sótano.

Estrangulada por una enredadera de dedos peludos, con el cabello, la almohada y el pecho mojados, con la piel fría y un nuevo dolor que latía en mi cráneo tras el golpe, escuché a la señora decir que me iban a dejar salir.

—Te vamos a dejar salir —dijo la señora.

Asintió mientras lo decía para subrayar su significado y transmitirme como pudiera algún atisbo de sinceridad. O quizá tan solo para atrapar mi atención y mantener mis ojos abiertos con una distracción en movimiento, como si yo fuera un bebé y ella una madre que cascabeleara unas llaves frente a mi cara. ~~Las llaves que me sacarán de aquí.~~

—No es verdad —dije yo.

No podía serlo. Tampoco iba a creerme nada de lo que dijera esa gente. Y menos cuando hasta mi garganta sufría al hablar, aún oprimida por las manos del señor que me obligaba a escucharlos. Esa no era la manera en la que se comunican las buenas noticias, llevándome al borde de la asfixia. Pero la señora repitió, insistió, reiteró que era verdad, que por favor los creyera, que la situación había llegado a un extremo insostenible y no quedaba otra solución.

Ni querían que me muriera ni querían tener que estar vigilándome en la puerta temiendo que les hiciera algo en cualquier momento.

—Te vamos a dejar salir.

Lo repitió más despacio y a mayor volumen, como si fueran los oídos y no el cuello lo que me apretaba el señor. Añadió que querían explicármelo bien, pero que para ello me necesitaban lúcida. Y que solo volvería a estar lúcida si comía algo.

Comer.

Claro.

Ahí estaba la razón del engaño.

Quise dejar escapar un bufido burlón por mi nariz desviada, despreciar lo absurdo de su propuesta, pero tan solo solté un extraño ronquido.

Pretendían engañarme como a una niña.

Ofrecerme lo único que deseaba a cambio de que yo hiciera la única cosa que no estaba dispuesta a hacer. Ofrecerme, de pronto, la libertad que me habían negado durante más de diez años, justo ahora que yo estaba a punto de conseguirla por mi cuenta. Ellos sabían que para mí morir significaba escapar, y eso los enrabietaba. Era eso lo que pretendían evitar al engañarme como a una tonta. Pero yo estaba más que dispuesta a pagar la libertad con mi vida. Prefería estar muerta y ser libre que comer y seguir viva, encerrada, aquí abajo. Un intento de tragar saliva atoró mi garganta entre los dedos del señor, que los aflojó para permitirme hablar.

—No voy a comer hasta que me muera. Voy a salir de aquí yo sola —dije.

Entonces fue el señor quien repitió la promesa en la voz solemne de quien se cree que su voz, solo por ser más grave, tiene mayor autoridad.

—Te vamos a dejar salir —dijo el hombre que se creía alguien.

Pero ni su gravedad ni su solemnidad ni su autoridad significaban nada para mí.

Fue en la voz de la vieja, sin embargo, una voz rasgada, débil y sumisa, en la que detecté el verdadero aplomo que solo aporta la sinceridad. Primero repitió lo mismo que los otros, palabras sin valor en las que aseguraba que me iban a dejar salir, pero después añadió algo.

—Te lo juro —dijo.

Acompañó sus palabras con la señal de la cruz. El juramento apenas susurrado y esa entrega a una gestualidad que para ella era sagrada consiguieron encender en mí, durante un instante, una chispa de credibilidad. No porque confiara más en la vieja o me la creyera más, sino porque sabía que ella jamás juraría en vano.

~~Como te hice jurar yo a ti por el que está allí arriba.~~

Y, aunque la vieja no pudiera verme, debió de detectar el efecto que habían causado sus palabras, porque enseguida aprovechó el momento para coger un cuenco de fruta sobre la silla y ofrecerme, como la otra vez, un pedazo de melocotón. El señor sujetó mi cabeza logrando que atinara a la primera con mi boca, pero apreté los labios porque ni siquiera ese juramento iba a ser suficiente para hacerme masticar y tragar.

—Hija, si comes, sales. Es así de fácil —dijo el señor.

La señora añadió que no ganaban nada haciéndome comer un poco si luego era todo un engaño y yo volvía a dejar de comer. Se conformarían con que comiera lo justo para recuperar la lucidez y poder explicarme lo que habían pensado. Después yo podría decidir lo que quisiera, incluso si esa decisión era matarme de hambre y no volver a comer.

—Pero querrás comer. Querrás coger fuerzas para salir.

La manera en que la señora habló de mi salida, no como una oferta ni un intercambio, sino como un hecho, avivó la chispa de credibilidad que había encendido la vieja y la convirtió en un pequeño fuego de esperanza.

—Señor, quítame a mí los días que le des a ella —dijo la vieja.

Recorrió mis labios con el melocotón al tiempo que el señor liberaba, de sus manos, mi cuello y mi garganta. A la chispa de credibilidad y al fuego de esperanza se le sumó ahora el huracán del deseo. Deseo por saber si decían la verdad y deseo por saborear la fruta que olía a exterior y a tiempo perdido. La amalgama de anhelos logró doblegarme y abrí la boca. Mordí el melocotón que sabía a sol, cielo y amor. Era el primer alimento que entraba en mi cuerpo en más de treinta días, según habían dicho ellos, y mi carne pudo ser tierra, mi sangre, agua, y mi cuerpo, jardín, porque sentí que florecían en cada poro de mi piel pétalos de color naranja.

~~La carroña ha florecido.~~

~~El tumor se ha curado.~~

~~La costra se ha cerrado.~~

~~La escalera ahora es pared.~~

La señora recogió sus manos en el pecho, la vieja agarró en un puño la cruz de su cuello. Aguardaron expectantes a ver qué ocurría. Quizá esperaban que, como la otra vez, exprimiera el melocotón entre los dientes, que lo expulsara convertido en un puré que se pareciera a la espuma que sale por la boca de la gente que se muere, pero no lo hice. Tan solo tragué la primavera, el agua de lluvia y los rayos de sol de los que estaba hecha la fruta. Al oír el trabajo de mi garganta, a la vieja se le escapó un sollozo. Se persignó y besó el crucifijo. La señora contuvo sus ganas de llorar, que acabaron convertidas en aceleradas respiraciones y pitidos de su nariz.

~~El agua ya está hirviendo.~~

Si puedo escribirte ahora, y en efecto lo hago, contándote que ha ocurrido lo que menos esperaba que ocurriera en este sótano, es porque aquel mordisco fue el primero de muchos otros que han venido después. He comido frutas, estoy comiendo purés y hasta crema de zanahoria. Ha costado, pero cada vez retengo mejor el alimento. Ya no estoy tan puntiaguda. Mi visión de túnel se ha ampliado y ya no veo el sótano como si lo mirara a través de un catalejo estropeado, como una estancia siempre pequeña, siempre curvada, siempre lejana. Tu cuarto tiene un tamaño normal, el suelo no ha vuelto a inclinarse. He dejado de ser una mujer hecha de sábanas y ahora sé diferenciar dónde termina el tejido y dónde empieza mi cuerpo. Hasta las heridas han curado más rápido.

Pero todo eso me da igual. Mi cuerpo y mi cara me dan igual.

Hasta me daría igual que volvieran a ponerme la máscara si quieren.

Lo único que me importa es que lo que me ofrecieron a cambio de que volviera a comer resultó ser verdad.

~~Credibilidad, esperanza y deseo.~~

Me van a dejar salir.

XVIII

Una vez que empecé a comer, tragué cada dulce bocado con el amargo temor de que todo hubiera sido una trampa. Al final me habían engañado como a una niña, como te habían engañado a ti. Eran expertos en hacerlo. Tras cada trozo de fruta y cada cucharada de puré, amenacé con que esa sería mi última comida si no me dejaban salir de una vez. Exigía que me abrieran la escotilla, la trampilla o lo que fuera eso y me lanzaran al exterior como a un cadáver. Ya me encargaría yo de subsistir a base de hierbajos, semillas, tierra o lombrices. Pero que por favor me sacaran. Si era verdad que iban a dejarme salir, que lo hicieran ya.

—Sacadme fuera, aunque sea para morir —decía.

Ellos revalidaban su promesa, pero aseguraban que aún era pronto. Que siguiera comiendo, que me querían lúcida, que la salida no era tan sencilla. Teníamos que negociar y acordar algunas cosas. Repetían que yo aún no estaba en condiciones de aceptar nada.

Fue al sexto día de cumplir con todas las comidas cuando mi piel recuperó una tonalidad normal y dejó de parecer que mi esqueleto trataba de escapar de mi cuerpo. Fue también ese sexto día cuando ellos consideraron que había recuperado la lucidez necesaria.

Entraron los tres, el señor, la señora y la vieja, a contarme lo que ardo en deseos de contarte a ti ahora, aun con la tristeza de saber que puede ser lo último que te cuente nunca.

~~Tú también me abandonaste.~~

Ha sido una conversación larga y quiero reproducírtela lo mejor que pueda. También a mí me conviene que quede aquí registrada, justo después de que haya ocurrido, que luego el olvido, la imaginación y los sesgos alteran la memoria.

¿Has visto lo lúcida que estoy?

¿Los pensamientos tan lógicos que empiezo a tener y lo mucho que ha mejorado mi letra?

Me sentaron en una silla, fuera de la cama, como se sientan las personas de verdad. Nada más entrar, cerraron la puerta del cuarto que el señor había devuelto a sus bisagras. Desde el salón llegaba el sonido de la televisión a volumen máximo, donde habrían dejado entretenida a la bestia.

~~Que le traigan una niña muerta, verás cómo se entretiene.~~

~~Aún se me cuelan algunos de esos pensamientos.~~

Antes de sentarse, la señora me tocó la nariz. Sonrió al ver que no retiraba la cara.

—Ya no te duele —dijo.

Había curado bien, según ella. La forma era distinta a la de antes y se quedaría un poco desviada, pero era una nariz funcional. Los cortes también habían curado bien, aunque los más profundos modificarían ligeramente el relieve de mi cara.

—Estos tres van a dejar cicatrices grandes, seguro —dijo la señora.

Con un dedo, recorrió mi frente en horizontal, de lado a lado. Después dibujó otro trazo vertical desde debajo del ojo derecho hasta la mandíbula, como si una lágrima marcara a su paso un recorrido de carne herida. Por último, repasó una tercera cicatriz que iba desde encima del labio hasta casi la oreja.

—Tienen mala pinta —dijo el señor—. Pero te vendrán bien para que no te reconozca nadie.

—Si quieres, me pongo la máscara —dije con una sonrisa—. Aunque supongo que ya no hace falta, ¿no? Ya no te molesta ver mi cara porque la tengo tan destrozada como vosotros.

La señora percibió la rabia que encendí en él y le cogió una mano para calmarlo. Los tres se sentaron frente a mí en un arco de sillas traídas del comedor, como si un tribunal me juzgara.

—Vamos a dejarte salir —dijo la señora.

Así introdujo el tema principal que tratar en el juicio que comenzaba.

—¿Por qué ahora? —pregunté yo.

—No vamos a dejar que te mueras. En contra de lo que piensas, no queremos que te mueras. No nos gusta verte sufrir —dijo la señora.

Me dieron ganas de reírme.

Le recordé que ella misma había querido matarme estampándome tu tarro en la cara.

—¿Matarte? ¿Con un tarro de cristal? ¿En serio? Para eso hubiera cogido mejor el cuchillo que tenías tú ahí mismo —dijo la señora—. Lo único que intentaba yo era que tú no mataras a tu padre, no quieras cambiar la realidad. La mala no soy yo.

El señor aprovechó para decir que esa era otra de las razones por las que me preferían fuera. Me recordó, cómo no, que los quemé, que intenté envenenar al bebé, que lo ataqué a él con un cuchillo y también lo ocurrido con el gas hacía poco.

—Aquí la más peligrosa eres tú —dijo el señor.

Lo dijo como si se lo creyera de verdad, aunque en los últimos días yo fuera poco más que un cadáver con pulso en la litera, un parche de musgo inofensivo. La vieja intervino entonces, apretando el rosario entre los dedos.

—Jamás nos perdonaríamos que te dejaras morir. Y hemos entendido que de verdad ibas a hacerlo.

Les recordé que eso ya lo había intentado otras veces, matarme, y no había servido de nada. Ellos aseguraron que no era lo mismo. A esas otras veces siempre podían llegar a tiempo de socorrerme, pero ahora sentían que habían perdido el control y no podían hacer nada por salvarme.

Quise sonreír porque lo que decían sonaba a victoria por mi parte, pero tan solo noté que mis ojos ardían llenos de lágrimas contenidas. Ojalá no hubiera tardado once años en descubrir que esa era la manera de presionarlos, tomar el mando de mi propio cuerpo, un poder aún accesible en la poca libertad que me quedaba.

—Pero hay condiciones —dijo el señor.

—Otro chantaje —dije yo.

Intuí que iban a presionarme como la noche en que los descubrí lanzando el cuerpo de la niña al pozo. Casi pude sentir el crepitar de los cristales bajo mis zapatillas al recordar el chantaje emocional al que me sometieron entonces y con el que consiguieron que no hiciera la llamada que debería haber hecho en ese mismo momento. Toda mi vida habría sido diferente si esa noche hubiera usado el teléfono de color crema como yo pretendía. No sé lo que tú sabes de lo que pasó esa noche, ni lo que sabrás cuando leas esto, si llegas a leerlo, pero espero que si lo sabes te hayan contado la verdad, cosa que dudo.

—Llámalo como quieras, pero son el chantaje y las condiciones que te van a permitir salir —dijo la señora.

Me acomodé en la silla y permanecí en silencio, atenta.

—Saldrás una noche, cuando estés aún más fuerte y recuperada —dijo el señor—. Tu abuelo te llevará directamente, en su barca, hasta la costa. Allí te dará dinero para subsistir unos meses, pero después tendrás que buscarte la vida.

Él mismo anunció que las condiciones primordiales eran dos. Se turnó con la señora para exponerlas, una cada uno, como si ya hubieran ensayado la conversación.

—No vas a delatar este sótano ni a nosotros —dijo el señor.

—Y no vas a contactar jamás con tu hermano pequeño ni con tu hijo —dijo la señora.

Hablaban de ti y de la aberración.

Sentí como si el techo del sótano bajara unos centímetros, aprisionándome de nuevo.

—Sabía que era imposible que me dejarais salir —dije.

La tonta había sido yo por creerlos, aun cuando no tenía ninguna lógica que me permitieran marchar después de tanto tiempo. Ellos sabían que lo primero que haría en cuanto pisara el exterior sería delatarlos. Si esa era una de sus condiciones, seguían condenándome a morir en el sótano, porque no podía aceptarla. No iba a quedarme callada allí fuera. Todos lo sabíamos. Sobre la otra condición, no volver a ver a la aberración, me daba igual, pero a ti no quería perderte.

—No es imposible que te dejemos salir —dijo la señora—. Solo tienes que aceptar esas condiciones. Piénsalo bien.

—Además, no te conviene delatarnos —dijo el señor.

Las ganas de reír que había contenido antes acabaron por liberarse. Al señor no le sentó bien que me riera en su cara, lo noté, pero, lejos de enfadarse, sonrió conmigo, a modo de burla. Después me provocó imitando mis risotadas a gran volumen. Me asqueó su cara de condescendencia, creyéndose más listo que yo.

—Se ve que aún no te has dado cuenta de que no te conviene —dijo el señor—. Si de verdad quieres abandonar el sótano y olvidarnos a nosotros, callarte es tu única opción.

La vieja y la señora me dirigieron un asentimiento largo y pausado, entre maternal y religioso.

—No te conviene delatarnos —dijo la señora.

—No te conviene —dijo la vieja.

Era el asentimiento de quien cree saber lo que es mejor para la otra persona.

Me hicieron sentir como una niña que debía cumplir órdenes de los adultos.

~~Una niña meciéndose en la lluvia.~~

~~Una niña quemando a su familia entera.~~

—Si vienen a por nosotros —dijo el señor—, todos diremos, incluido el abuelo, que formabas parte del plan desde el comienzo. Tú también ocultaste el cadáver, tú también permaneciste callada. ¿La llamada que hiciste al padre de la niña? Un arrepentimiento pasajero, porque luego volviste a huir con nosotros. Podrás contar tu versión, claro que podrás... Que estabas secuestrada o lo que quieras, pero vas a tener muy difícil demostrar nada y que te crean. Tu propia madre y tu abuela dirán que mientes.

La vieja se persignó.

—Esa bestia me dejó embarazada aquí dentro. Y vosotros dejasteis que pasara.

—No dejamos que pasara. Y no lo llames bestia —dijo la vieja.

—Y después fuiste tú la que intentaste matar al bebé —dijo la señora—. Al bebé, no a nosotros ni a quien te lo había hecho. Intentaste envenenar a un niño inocente y desvalido. Eso también lo contaremos. Incluso el niño podrá contarlo, que fue él quien te pilló. Nuestro pequeño espía.

La regresión a viejos tiempos de chantajes y amenazas me llevaron a replicar un antiguo gesto que tenía olvidado, una forma de autolesión que usé en los últimos meses antes de entrar en el sótano, plagados de extorsión y coacciones. Tiré de dos mechones de mi pelo hasta que el dolor en el cuero cabelludo, como de mil alfileres clavados, prevaleció sobre el pensamiento.

—A lo mejor piensas que podrías contar tu historia y conseguir que la gente te creyera o te apoyara —continuó el señor—. Y podría pasar, no te decimos que no, pero hasta que lo consigas... El escándalo te arrastrará con nosotros durante años. Y el proceso legal, el juicio, lo que sea, va a ser eterno. Imagina lo que harán los medios con nuestra historia. Seguirás ligada a nosotros para siempre. Pa-ra siem-pre. Será como regresar al sótano todos los días de tu vida.

—Todos los días de tu vida —repitió la vieja como en una oración.

—Puedes elegir eso o hacernos caso y salir a recuperar tu tiempo —dijo la señora—. Recuperarlo de verdad. Eres muy joven. Tienes tiempo de buscar una vida normal. La vida que también nosotros queremos para ti. Eres nuestra hija. Te estamos dando una oportunidad.

—Os la estáis dando a vosotros. Como siempre.

—Nos la estamos dando a todos —dijo el señor—. Es la mejor opción para todos.

—Vosotros y vuestras opciones —dije yo en un eco de algo que también les había dicho en el pasado—. Lo correcto nunca es una opción para vosotros.

—Para nosotros lo correcto siempre será proteger a nuestra familia.

Los tres se dieron la mano frente a mí, sentados en las sillas, formando la robusta cadena en la que mi eslabón nunca encajó. En ese momento pensé en ti. Te imaginé regresando al sótano por primera vez tras tu marcha, dentro de unos días, acompañando a tu abuelo en una entrega que ya se había retrasado mucho y que convertiríais en un reencuentro familiar. Me dio ternura imaginarte vestido como un niño normal de la calle, con tus vaqueros, una camiseta, quizá una gorra y una mochila en la que traerías libros o algún frasco con un bicho. Ya no estarías en calzoncillos, o en pijama, caminando en la oscuridad, como pasaste toda la infancia que compartí contigo.

—¿Y cuando el niño baje aquí la próxima vez? —pregunté—. ¿Qué le vais a decir cuando vea que no estoy?

La cadena que formaban con sus manos se tensó, reforzando su unión. Los señores intercambiaron miradas cómplices, asentimientos. La vieja respiró hondo antes de que el señor retomara la palabra.

—Al niño le diremos la que será la nueva realidad... Que has muerto.

Aunque llevaba treinta días, o quizá once años, deseando morir, me indignó escuchar al señor apropiarse de mi muerte para transformarla en una mentira que les convenía a ellos.

—¿Recuerdas la primera noche en la que un coágulo de sangre casi te ahoga ahí en la cama? —preguntó el señor.

Claro que me acordaba. Era él quien se había creído médico para saber lo que estaba pasando. Además una no olvida cuando se convierte en una balsa de madera flotando en un océano de sangre que nace dentro de su propia garganta. No respondí a la pregunta, pero, cuando los ojos se me abrieron al entender sus intenciones, el señor interpretó mi gesto como una afirmación.

—Pues eso le diremos. Que te ahogó un coágulo de sangre provocado por las heridas que los cristales del tarro abrieron en tu rostro y en tu cuello —continuó el señor—. Le diremos que moriste la misma noche que él salió de aquí. Moriste en la litera de abajo, en su cama, plácidamente, mientras tu abuela no te soltaba la mano y tu madre y tú os mirabais y ella te pedía perdón viendo apagarse el brillo en los ojos de su hija.

—¿Yo le pido perdón mientras se muere? —preguntó la señora, a la que le parecía difícil siquiera concebir esa posibilidad—. Ah, bueno, porque se supone que la he matado con el tarro. Entiendo.

—Entonces vais a seguir mintiéndole —dije—. Como siempre. No sabéis hacer otra cosa.

—Y tú también vas a tener que seguir mintiéndole —dijo el señor.

—Como has hecho ya tantas veces —añadió la señora—. ¿O era verdad lo que le contaste sobre quién era el padre del bebé? ¿O que si salía del sótano contigo, sin decirnos nada, iba a poder seguir visitándonos aquí abajo?

Desde este diario que no sé si vas a leer, te pido perdón por aquellas mentiras. Por favor, perdóname. Incluso tirada en el suelo del cuarto de tus padres, luchando por mi vida, aún recuerdo cuánto me dolió ver la decepción en tus ojos. Qué buen espía fuiste al darte cuenta de aquel detalle de las uñas mordidas de tu madre... Perdóname, por favor. Yo solo quería salir.

—Si mentimos al niño es para protegerlo. Como siempre —dijo la señora, que se adueñaba de mis palabras anteriores para darle, según ella, una connotación positiva—. Con esta mentira lo estaremos protegiendo de ti. Y al bebé también.

Eso lo dijo para hacerme daño, porque ellos saben que yo solo he hecho cosas terribles dentro de este sótano en el que ellos me encerraron. Todo el mal que haya brotado en mí fueron ellos quienes lo plantaron.

—No queremos que quieran contactar contigo, ahora o en el futuro, ni que esperen nunca una llamada tuya. Si sales de este sótano —continuó el señor—, desaparecerás de nuestras vidas y no volveremos a saber de ti. Jamás. Para nosotros estarás muerta. Para todos nosotros, incluyéndolos a ellos.

—¿Dónde voy a vivir? —pregunté.

Los tres se encogieron de hombros.

—Lo mejor sería que desaparecieras del país —dijo el señor—. No te conviene que te encuentren. Por tu propio bien, debes desaparecer.

—Por vuestro bien —corregí yo.

—Y por el tuyo —repitió el señor—. Ya debería haberte quedado claro que esto te afecta tanto como a nosotros.

Volví a tirarme del pelo, clavándome alfileres en lo alto de la cabeza y en la nuca.

—No te hagas eso —dijo la vieja.

—No me lo hagáis vosotros —dije yo.

—¿Vas a pensarlo? Nosotros no vamos a aceptar ninguna exigencia —dijo el señor—. Esta es tu única opción.

—¿Y si os digo que sí, que quiero salir, que voy a cumplir vuestras condiciones, pero en cuanto salga me arrepiento y decido delataros igualmente? ¿O si me descubre alguien, aunque yo no quiera?

—Ya te lo hemos dicho. Entonces condenarás tu nueva vida a seguir reviviendo lo ocurrido en el faro y en el sótano. En público, además —dijo el señor.

—Pero, si es tu decisión, si de verdad quieres sacrificar tu vida por hacer lo correcto, aunque ya no beneficie a nadie… —La señora miró al señor y también a la vieja, que no se dio cuenta, antes de que los tres sincronizaran una honda respiración—. Entonces aceptaremos que ha llegado nuestro momento de pagar.

Todavía me sorprendía comprobar que ellos siguieran pensando que habían escapado de la justicia solo por haber esquivado el castigo que les habría impuesto la ley. Como si encerrarse ellos mismos bajo tierra, negarse durante años el aire, el sol, los veranos y el mar, no fuera peor castigo. Un castigo que también nos hicieron pagar a ti y a mí sin ser culpables de nada. Aunque los he visto pudrirse delante de mis ojos, lentamente, durante años, parecen más que dispuestos a seguir haciéndolo.

La señora, como si hubiera adivinado mis pensamientos, añadió una reflexión que me servía de respuesta:

—Aun así, habremos estado juntos todo el tiempo que pudimos, con tu hermano. Más del que nos hubieran concedido allí fuera.

Estar juntos.

Para ellos, eso era su victoria.

La recompensa que anulaba cualquier castigo.

—Este es el cielo al que nos da acceso nuestro sacrificio —añadió la vieja.

Los tres apretaron sus manos aún unidas, una cadena irrompible.

—¿Y si aun así digo que no? ¿Si renuncio a salir? —pregunté—. ¿Dejaréis al menos que me muera en paz aquí dentro?

Ellos se miraron.

Por primera vez, hablaron a un tiempo.

—Vas a elegir salir —dijeron con total seguridad.

Y no se equivocaban.

Claro que voy a salir.

Haría cualquier cosa por salir.

Te confieso a ti, pero solo a ti y a este diario, que no existía condición en el mundo que no hubiera cumplido ni chantaje que no hubiera aceptado con tal de abandonar de una vez este sótano que ha sido mi infierno. Me haré la muerta, dejaré de verte, cambiaré de nombre, huiré a la otra punta del planeta o me mudaré al fondo del mar, me arrancaré el pelo a tirones, me coseré la boca, me extirparé las orejas, me borraré el cerebro y sacrificaré mi conciencia. Haré lo que sea por abandonar las ratas, las máscaras, las bestias y las bañeras.

~~La bruja está viva.~~

~~La bruja va a salir.~~

~~La bruja es una bruja buena.~~

La bruja es solo una niña que quiere respirar.

XIX

Se acaban las páginas de tu libreta al mismo tiempo que termina mi sufrimiento o empieza otro diferente. Sea cual sea el tormento que me aguarda, al menos no estaré encerrada. Cada vez estoy más segura de que esta libreta fue un regalo que dejaste para mí. Darme la posibilidad de hablarte, de sentir que me acompañabas. A lo mejor supiste que la necesitaba y la creaste tú mismo desde fuera, con ese poder tan bonito que tenías de imaginar las cosas que necesitabas. Imaginaste una libreta en blanco al fondo de tu mueble, detrás de tus libros, y la libreta apareció para mí. Para que te contara mis últimos días en el sótano. Y, ahora que me voy, se le acaban las hojas.

Me voy.

Me van a dejar salir esta noche.

Salgo esta noche.

Lo repito porque no me puedo creer que esté escribiendo estas palabras.

La vieja y la señora han venido a despedirme a tu cuarto, donde espero en la litera. Para mí no habrá una despedida familiar como la tuya. Me han deseado suerte, me han suplicado que cumpla lo que he prometido. La vieja ha querido regalarme su rosario, pero no lo he aceptado. Al sentir que le empujaba de vuelta el puño con el que me lo tendía, solo ha bajado la cabeza y deseado que Dios me acompañe. Tu madre, que el otro día no se imaginaba pidiéndome perdón ni en mi lecho de muerte, me ha cogido de la mano y se ha disculpado.

—Por tantas cosas…

Ha dejado la frase así, a medias, como si no estuviera segura de lo que decía.

Al sentir los pliegues de carne rugosa entre sus nudillos y el resto de las cicatrices en su piel quemada, he deseado con todas mis fuerzas poder borrar esas heridas, poder borrar el fuego y con él todo el pasado. Incluso he deseado, durante un instante, que pudiéramos volver al día en que el señor, cuando aún era mi padre, me dijo que las pecas de mi nariz eran estrellas caídas del cielo.

Ojalá nadie se hubiera caído nunca, ni se caiga jamás, por una escalera.

Pero sí se cayó.

Y en mi nariz deformada no hay ninguna estrella.

Ese señor que fue mi padre no ha venido a despedirse. No creo que venga. Y la bestia que fue mi hermano, ese niño al que le gustaban las gominolas de color naranja más que ningunas otras, mejor que no lo haga.

Sentada en tu litera espero sola la llegada del viejo que fue mi abuelo.

De aquí me llevo una bolsa pequeña con mis cosas. He sentido la necesidad de meter también la máscara. Quiero que ella, que fue mi cara para ti durante tanto tiempo, abandone también el sótano. No quiero que esos ojos huecos se queden aquí solos mirando a la nada. Pobre máscara. Pobrecita.

Aún no sé qué hacer con esta libreta.

No sé si dejarla en tu mueble, escondida para que la encuentres la próxima vez que bajes y quieras coger tus libros. Pero me da miedo que la encuentren ellos, hasta este momento he logrado que no sepan que existe. No sé si enterrarla ahora en el terreno para que la encuentres en el futuro, de casualidad, o para que no la encuentres ni la leas nunca. No sé si llevármela y guardarme para mí el horror que contienen estas páginas. No merecen ser leídas por nadie más que por el alma en pena, la mujer hecha de sábanas, que las escribió. Podría quemar la libreta entera, para que deje de existir. Lanzarla al mar y que el pasado horrible se disuelva en sal. No sé qué hacer con ella.

Acabo de escuchar un ruido.

Un ruido que a ti te hubiera dado miedo.

Porque viene el hombre grillo.

Pero esta vez viene a por mí.

18

La letra escrita llegaba hasta la parte inferior de la última página. Terminé de leer iluminado por la luz tambaleante de una vela que amenazaba con consumirse, como si todo se acabara al mismo tiempo: el relato, las páginas y la cera.

Cerré la libreta y me sequé una vez más los ojos y la nariz con el cuello de mi camiseta. Lo había hecho tantas veces mientras leía que ya estaba dado de sí, además de húmedo y arrugado, como los pañuelos en la mano de la mujer que llora. Otra humedad, la de la gruta, había ido traspasando la prenda y también mi pantalón. Me sentía mojado y frío. Notaba mi cuerpo temblar más de lo que lo veía hacerlo. Quizá fuera porque se trataba tan solo de un temblor interno. Del alma, que se me sacudía por dentro.

Con la mirada perdida en algún punto de la piedra que me rodeaba, resonaron en mi mente algunos versos del poema que había leído. Me pregunté si me encontraba precisamente entre esas rocas a las que las bestias también…

—… bajan a jugar.

El olor a humedad y a sal de las rocas, a cal y a conchitas, me resultó insoportable.

Salí al acceso a la gruta.

Asomado al acantilado, mientras realizaba hondas inspiraciones, luché contra las arcadas y la pena.

A lo largo de la lectura había ido procesando la información hasta componer un retrato que desafiaba todo lo que sabía sobre mi hermano, mi familia entera, el pasado de todos ellos... Mi padre. Mi madre. Igual que había ocurrido la primera vez que lo leí, no pude contener ahora un sollozo al recordar de qué manera se refería a mí la autora del diario.

—La aberración...

El sollozo se transformó en llanto al recordar, también, la manera en que yo había empezado a existir. Leer lo ocurrido en la bañera ya me había obligado a levantarme anteriormente en busca de aire fresco al exterior de la gruta. Entonces había mirado al cielo nocturno, a las estrellas, buscando aferrarme a algo de la belleza que el diario, y su recuento de sucesos tan terribles, iba destruyendo con cada nueva palabra. El poco consuelo que pudiera haber encontrado en el firmamento se corrompió del todo cuando leí a continuación lo que la autora del diario, mi madre, había intentado hacer conmigo cuando me pintó los labios de azul.

Tomé aire hasta que logré asentar el estómago, pero no había respiración que pudiera aliviar el desamparo que me asolaba por dentro.

Quise arrojar la libreta al abismo, que se la tragaran la noche y el mar. Que, como había pensado la propia autora del diario, el pasado se disolviera en sal y dejara de existir.

La vela se apagó con un último latido de su resplandor anaranjado y me sumió en una oscuridad aún más profunda. Es en la ausencia de la llama cuando se aprecia la intensidad con la que brillaba. Esa nueva negrura me hizo recordar lo mal que le había sentado a mi hermano que yo dijera alguna vez que quería vivir para siempre en la oscuridad. Y ahora entendía por qué. Traté de imaginarlo durante diez años en ese sótano que, según el diario, también yo conocí, pero la sola idea resultaba inconcebible. Un torbellino de otras ideas incomprensibles invadió mi mente, donde se acumularon de pronto demasiados pensamientos, demasiadas relecturas atropelladas de momentos vividos en mis quince años de existencia. Se me aceleró la respiración y un sudor frío cubrió mi cuerpo entero. A pesar de tener frente a mí un inmenso paisaje abierto, comenzó a faltarme el aire. Por muy rápido que respirara, y cada vez lo hacía a mayor velocidad, no lograba completar una inspiración satisfactoria.

Sentí que me ahogaba.

Que podía morirme.

Entré a la gruta para sentarme antes de que el mareo me hiciera caer al acantilado, pero, dentro, el espacio tan pequeño, que olía a mecha apagada, aumentó la sensación de asfixia. En total oscuridad y confundido como estaba, falto de oxígeno, pensé que podía dejar de existir. Convertirme en ese fantasma que mi hermano había dicho que parecía a veces. Pegué las plantas de los pies y las palmas de las manos a la roca fría. Encontré en esa sensación física algo que me ancló a la realidad. Me coloqué el cuello de la camiseta por encima de la nariz y respiré en el pequeño espacio entre el tejido y mi cuerpo. Poco a poco conseguí relajarme y que la gruta dejara de encogerse. Cuando sentí que había recuperado su tamaño normal, me atreví a levantarme sin miedo a que me aplastara la piedra.

Deseaba abandonar las rocas, subir a casa, pero allí arriba me aterraba la realidad que pudiera encontrar. Una en la que mi hermano me había mirado a los ojos para decirme que no era mi hermano. Antes de leer la libreta, podía haberme inventado otras justificaciones menos dolorosas para esas palabras que parecían sacadas de una pesadilla, pero, tras hacerlo, no solo esa pesadilla, sino muchas otras, resultaban ser ciertas. Lamenté haber escapado de mi hermano como lo había hecho. Quizá él tuvo razón al suplicarme que no leyera el diario. Él sabía lo que contenía y el daño que podía causarme. A lo mejor él podría haberme contado la verdad de otra manera.

—Pero no lo hubiera hecho.

Lo dije en alto porque así lo sentía. Desde que llegó la máscara, mi hermano había tenido muchas oportunidades de desvelarme la verdad. Yo mismo se lo había exigido, su mujer también, y, aun así, había preferido callar. O quizá no había sabido cómo contar tantos horrores.

Recordé a mi hermano y al abuelo diciéndome, una y otra vez, que existen realidades tan terribles que no merece la pena conocer. Y lo decían porque esa realidad era tan terrible como para que incluso las personas que me advertían sobre ella no fueran quienes decían ser. Ni mi abuelo era mi abuelo ni mi hermano era mi hermano.

Antes de arrepentirme, antes de que decidiera quedarme a vivir en la gruta para siempre, aunque tampoco podría porque el sol me encontraría al amanecer y me obligaría a huir de ella de todas formas, comencé a subir el acantilado.

Alcancé el borde con facilidad, subir era más fácil que bajar. La libreta, enganchada al elástico de mi pantalón, había estado a punto de caerse en el ascenso, pero decidí que no iba a evitarlo. Si se deslizaba hacia fuera hasta el abismo, dejaría que ocurriera.

Pero no pasó. Cayó cuando ya estaba arriba y la recogí del suelo.

Vi encendidas todas las luces de la vivienda, en el porche y en cada estancia, parecía que me hubieran buscado en cada rincón, o que quisieran hacer la casa más visible, por si me había extraviado y la necesitaba para que me guiara, como un faro en la noche.

Con paso inseguro, caminé por el terreno.

Me detuve en cuanto reconocí el relieve de la trampilla a lo lejos.

Me quedé mirándola, sin moverme. Me preguntaba, aunque sabía la respuesta, si de verdad todo lo que acababa de leer podía haber ocurrido ahí dentro. Bajo esa tierra no vivía el hombre grillo, pero sí una mujer hecha de sábanas, una bestia, personas quemadas y una señora mayor, ciega, que sería mi abuela. No, ni siquiera eso. Sería mi bisabuela. Como lo sería también, en realidad, el abuelo.

O a lo mejor lo estaba entendiendo todo mal y ahí abajo solo estaba el taller de mi hermano, que de verdad era mi hermano, porque lo que acababa de leer era pura ficción o porque estaba a punto de despertarme y darme cuenta de que todo lo ocurrido, desde que apareció la caja con la máscara, era una interminable pesadilla.

Un grito me sacó del trance.

La mujer de mi hermano había preguntado mi nombre a la oscuridad del terreno al vislumbrarme insegura entre las tinieblas.

—¿Eres tú? —preguntó.

Oí sus pasos acercándose a mí.

Sus peculiares facciones se relajaron al toparse conmigo. Me besó en la mejilla agarrándome muy fuerte de la cara, sin atender a sus precauciones habituales sobre el contacto físico conmigo.

—¿Dónde estabas? ¿Estás bien?

Negué con la cabeza.

—¿Te ha pasado algo? —Con las manos realizó un improvisado chequeo anatómico tocándome hombros, brazos y tripa—. Estás mojado. ¿A qué hueles?

Entre mis dedos encontró la libreta.

—¿La has leído? —preguntó.

Asentí mirando al suelo.

Ella me abrazó.

—Todo va a ir bien —susurró en mi oído—. Ven, vamos.

Tiró de mi mano, guiándome hacia el porche.

Yo me dejé hacer, pero no retiré la mirada de la trampilla. Ella llevaba el vigilabebés y una manta sobre los hombros. Me dijo que se le habían cerrado los ojos en la mecedora, donde se había quedado a esperarme por si aparecía por este lado del terreno. Mi hermano no entendía cómo había desaparecido de esa forma, si iba corriendo justo detrás de mí. Supuso que había saltado la valla y había escapado al pueblo o me había escondido en el campo. O bajado a algún muelle o cala de las que había más adelante, a lo largo del trazado del acantilado. Incluso pensó que a lo mejor había vuelto a casa de alguna manera. Me había buscado en todas las habitaciones. Al final se había ido, preocupado, a encontrarme con la camioneta. Después planeaba coger la barca. A la policía, de momento, prefería no avisarla.

—Ya sabes por qué... —dijo ella.

Me sentí cómplice, por primera vez, de una de esas conversaciones en clave que siempre mantenían delante de mí. No me gustó nada la sensación. Desde ese instante eché de menos la inocencia que acababa de perder para siempre tras bajar a leer a las rocas. Un estremecimiento sacudió mis hombros al pensar en otras inocencias que se habían perdido, de forma aún más aterradora, en esas mismas rocas.

—¿Qué te pasa? —preguntó la mujer de mi hermano al percibir mi escalofrío.

Sacudí la cabeza sin decir nada.

Caminamos en silencio hasta alcanzar el porche, momento en el que me detuve.

Solté su mano.

—Quiero bajar. —Saqué del bolsillo la llave del abuelo—. Puedo bajar.

Necesitaba comprobar si era cierto lo que contaba el diario. Si de verdad existía debajo del faro un sótano que olía a crema de zanahoria y en el que vivía escondida parte de mi familia.

—Quiero saber si es verdad —dije—. ¿Lo es?

—No sé lo que pone la libreta —respondió ella—. ¿Qué has leído?

Traté de hablar, pero apenas pude pronunciar una sílaba antes de que me fallara la voz. Ella me apretó la mano.

—No vas a bajar solo —dijo—. Vamos a esperar a tu hermano.

—¿Tú has bajado?

—Ya te dije que no. Nunca. No quiero.

—¿Pero es verdad?

—Vamos a esperar a tu hermano.

—No es... —susurré mientras tragaba saliva—, no es mi hermano.

—Sí lo es —afirmó ella sin atisbo de duda—. Claro que lo es. Las personas son lo que significan en tu vida.

Antes de que entráramos al salón, me pidió que me quitara la ropa húmeda ahí fuera, que olía muy fuerte.

—No sé dónde te has metido —dijo—. Espera, no te muevas, que te bajo una toalla y ropa seca.

Desapareció dentro de casa.

Yo me volteé hacia la trampilla.

Sobre mi cabeza sonó el carrillón de conchas, con una melodía que de pronto parecía desafinada. Tétrica.

Sin quitarme nada, me calcé unas zapatillas deportivas que había bajo la mesa del porche.

Me las ajusté dando talonazos contra el suelo.

Me dirigí a la puerta exterior de la cocina y, de dentro, cogí la linterna colgada en su clavo, la que había usado en mi excursión a la trampilla aquella noche que volaron las flores de la mujer que llora.

—¿Qué haces? —preguntó la mujer de mi hermano al reaparecer en el porche. Regresaba con ropa limpia, doblada, en las manos—. ¿Por qué estás así?

Señaló mis zapatillas y la linterna.

La miré en silencio.

Los dos sabíamos la respuesta.

—No bajes solo —dijo al entender.

Recuperé la libreta que había apoyado sobre la mesa y enganché la llave entre dos dedos.

—Espera a tu hermano, por favor —insistió ella—. Baja con él.

Pero yo no quería darle tiempo ni oportunidad a que cambiara o preparara algo ahí abajo para mostrarme, otra vez, una verdad alterada. Tenía frente a mí, en la trampilla, y en mi mano, con la llave, una oportunidad única de conocer la realidad por mí mismo. Si era la que contaba el diario, tampoco había razón para estar asustado. Era solo una familia lo que vivía allí abajo, por extraña que resultara la idea.

—Tiene que ser ahora —dije.

Di un paso hacia atrás, despacio, como pidiendo permiso, aunque no lo necesitaba. Ya antes había quedado claro que la mujer de mi hermano no iba a intervenir más que con palabras.

—No bajes —pidió ella.

Me tendió una mano que no agarré.

Cuando di otro paso atrás confirmando mis intenciones, ella dejó caer la ropa y la toalla sobre una mecedora. Entró apresurada en casa, al tiempo que yo caminaba en otra dirección, directo a la trampilla.

Recorrí el trayecto con el mismo ímpetu que lo había hecho la noche de tormenta en la que quise demostrarme a mí mismo que no temía al hombre grillo, con las mismas ganas con las que esa tarde había acabado enfrentándome a un candado cerrado. La diferencia con esos dos momentos era que ya no tenía miedo del hombre grillo y sí la llave que me abriría el candado.

19

Localicé el candado oculto bajo algunas hierbas.

No sabía en qué momento lo habría vuelto a tapar mi hermano.

Metí la mano entre tallos húmedos e introduje la llave en la cerradura.

Nada más girarla, el candado se abrió con facilidad.

Tiré del asa de la trampilla, arrancando plantas que quedaron colgando con las raíces al aire. La apertura produjo el chirrido de bisagras y posterior impacto metálico que tan asociado tenía a la idas y venidas de mi hermano al taller.

Me asomé al túnel por primera vez desde la noche en que, siendo un niño pequeño, vi cómo mi hermano emergía de la tierra. El particular olor me transportó de inmediato a aquel momento de mi infancia en que empezaron las mentiras sobre lo que había abajo. Sobre las bombas, los cables, las tuberías, las raíces y las lombrices.

Iluminé la oscuridad con la linterna y se reveló la hilera de asas metálicas ancladas a la tierra que servían de escalones. Un eco de lo leído en el diario me llevó a pensar en ellos como en la escalera de una enorme litera.

Me adentré en el túnel hasta que apoyé los pies en el primer escalón, igual que llegué a hacer aquella primera noche, antes de que el abuelo lograra quitarme la idea de la cabeza mencionando al hombre grillo. Esta vez no había nadie para detenerme ni contarme mentiras que me alejaran de la realidad. El mango de la linterna en mi mano golpeó contra cada escalón que fui bajando. Una babosa naranja se deslizaba por el borde de uno de ellos. Tras el último, salté al suelo. La libreta estuvo a punto de soltarse del elástico de mi pantalón. Volví a ajustarla.

El túnel horadado en la tierra avanzaba en una única dirección.

La seguí con la linterna, envuelto por el intenso olor a humedad subterránea.

Paredes oscuras marcaron mi recorrido por el pasadizo. Giré a la izquierda, a la derecha y otra vez a la izquierda, sin darme tiempo a pensar ni a arrepentirme. Después del último giro, la luz de la linterna iluminó un pasillo más largo. Y, por primera vez, algo diferente a tierra.

No supe distinguir de qué se trataba hasta que me encontré muy cerca.

Y descubrí que era ropa.

Colgada en perchas.

En un armario.

Aunque el diario mencionaba un armario por el que se podía escapar, creí que se trataba de alguna enrevesada metáfora de quien escribía. La descripción adquirió, sin embargo, un sentido literal: frente a mí tenía un armario que conectaba con la trampilla que salía al mundo exterior. En ese momento, imaginé que todas las palabras del diario describían un mundo literal y el miedo me encogió el estómago al pensar en una mujer hecha de sábanas que se acercaba a mí por los recodos de aquel pasadizo.

El haz de luz de la interna empezó a temblar, como mi mano.

Oí las perchas deslizarse por la barra.

Era yo mismo quien las empujaba con el cuerpo al adentrarme en el armario, entre la ropa.

El tacto de las prendas en la piel me provocó un escalofrío. Olían al mismo suavizante que la funda de mi almohada allá arriba, como si todos perteneciéramos a un mismo hogar.

Entonces me quedé inmóvil.

Porque había escuchado un gemido.

Frente a mí flotaron, de pronto, un montón de líneas luminosas. En algún lugar se había encendido una luz que se filtraba por unas rendijas que daban forma a una puerta doble en el armario. Escuché unos murmullos, como una psicofonía subterránea, y tuve que taparme la boca para no gritar.

—¿Por qué enciendes? —dijo la voz de un hombre.

—Ha bajado tu hijo —dijo la voz de una mujer.

—¿A estas horas? —dijo el hombre—. Es tarde ya.

Las voces de ambos sonaban adormiladas, pero en mi mente atronaron con la intensidad de una certeza: eran las voces de los señores del diario. El señor. La señora.

—He escuchado las perchas —dijo la señora—. Y, mira, la linterna.

Moví los ojos hacia el resplandor que brillaba junto a mi cara. Los señores apagaron su luz e imaginé cómo verían, desde el otro lado, las rendijas de la puerta, brillando de forma similar a como las había visto yo desde dentro.

—Hijo, ¿qué horas son estas de bajar? —dijo el señor.

—¿Ha pasado algo? —preguntó la señora, alarmada de pronto—. ¿Estáis todos bien?

Oí que bajaba de la cama.

Sus pasos se acercaron al armario.

No supe qué hacer. Ni qué contestar. Me sentí incapaz de moverme. Creí que podría hacerme pis encima. Bloqueado como estaba, tan solo se me ocurrió deslizar el pulgar sobre el interruptor de la linterna. Apagarla para refugiarme en la oscuridad del armario y del túnel. Como si eso me ayudara a desaparecer.

Los pasos se detuvieron de golpe.

La señora ahogó un grito.

Debió de percibir que toda la situación era demasiado extraña, demasiado diferente a cualquier otra entrada de mi hermano.

—No es él —susurró.

Los muelles rechinaron cuando la otra persona bajó de la cama.

Unos talones se clavaron en el suelo.

La voz de la señora se transformó en un lamento.

—¿Nos han encontrado?

El señor siseó, pidió tranquilidad.

—Hijo, contesta —ordenó—. Eres tú.

A la señora se le escapó un sollozo.

Yo seguía petrificado, tapándome la boca con las manos entre un montón de ropa colgada. Toda la seguridad con la que había bajado por la trampilla, cuando aún era posible que lo que contaba el diario fuera tan solo ficción, se había desvanecido al escuchar esas voces. Tan reales. Tan humanas.

—Hijo, por favor, estás asustando a tu madre —dijo el señor al otro lado del armario.

—Nos han encontrado —repitió ella, temerosa.

—Hay que encender la luz.

La habitación volvió a iluminarse. Si me inclinaba hacia delante, podría espiar entre las rendijas, pero mis articulaciones no respondían.

Unos pasos decididos vinieron al armario.

Las puertas se abrieron de golpe.

Del susto, se me cayó la linterna al suelo.

La señora gritó en el momento en que distinguió allí dentro una silueta que le resultaría desconocida, pero el señor descolgó perchas a puñados, arrojando las prendas al suelo. Ansioso por descubrirme.

Un rostro apareció frente a mí.

Se le abrieron mucho los ojos, también la boca.

—Eres tú... —dijo.

Me impactó el extraño relieve de su piel quemada. Tenía un pliegue de carne en el que la barba crecía como una cicatriz de pelo. Detrás de él, la señora, que se había sentado a los pies de la cama, irguió la espalda y se levantó, despacio. Otra cara desfigurada por quemaduras me miraba con asombro. La palidez en ambos rostros, más extrema que la mía, resultaba sobrecogedora, como si no se correspondiera con cuerpos vivos. Ella se llevó una mano al corazón y la otra a la boca.

—No puede ser —susurró entre los dedos.

Su nariz silbó durante una entrecortada toma de aire y pensé en los pitidos nasales que describía el diario. Todo lo que contaba la libreta era verdad. Todo iba a ser verdad.

El señor me preguntó si estaba solo.

Asentir fue el primer movimiento que realicé tras haberme convertido en piedra.

—¿Y tu tí... —se corrigió antes de seguir—, ... tu hermano?

Moví la cabeza a un lado y a otro, negando su presencia.

—¿Pero ha pasado algo?

A eso no supe qué contestar.

Había pasado de todo.

Ellos intercambiaron miradas tan perplejas como sería la mía.

—No me lo puedo creer... —dijo la señora, sus ojos a punto de llorar—. Qué mayor estás.

El señor chistó.

—No sabemos lo que sabe —susurró instándola a callar. Después me miró a mí—. ¿Por qué estás aquí? ¿Por qué tú solo?

—Entra, anda, no te quedes ahí. —La señora me invitó a avanzar extendiendo una mano con la que no llegó a tocarme—. Venga, ven. No tengas miedo, somos tus...

El señor se golpeó el índice contra los labios, pidiendo silencio.

Ella sorbió saliva, luchando por permanecer callada.

—La última vez... —Meció sus brazos en forma de cuna—. Eras...

—Por favor —la interrumpió el señor.

Dos pasos hacia delante me adentraron en un sótano sobre el que tan solo había leído en un insólito diario. Y uno de los personajes principales de ese diario, la señora que curaba rostros heridos y a la que le pitaba la nariz, no dejaba de mirarme con ojos brillantes. La estancia tenía una puerta metálica. Una cama, una lavadora, dos mesillas con lámparas, una de ellas encendida. El cerco de una gran humedad cubría casi toda una pared. Había algunas fotos enmarcadas en las mesillas.

—Dinos por qué estás aquí —pidió el señor.

Pero yo no sabía qué decir ni tampoco tenía voz para decir nada.

—¿Cómo has entrado? ¿Cómo has abierto? —insistió—. ¿Dónde está tu tío?

Esa vez no se corrigió, dijo la palabra «tío», refiriéndose a mi hermano, con total naturalidad, materializando aún más el real mundo de pesadilla al que me había transportado el diario.

—Háblanos, por favor —dijo la señora.

Incapaz de articular palabra, mostré lo que llevaba bajo la camiseta. Ofrecí, como única explicación, la libreta enganchada en el elástico de mi pantalón.

—¿Qué es eso? —preguntó el señor.

Tiré de ella y la mostré en el aire. Mi mano temblaba.

La señora la reconoció enseguida.

—Era de él —dijo—. Una libreta del niño, me acuerdo. Pero nunca la usó.

El señor pidió permiso para cogerla.

Mis dedos, que opusieron algo de resistencia, acabaron por ceder.

Él pasó todas las páginas con el pulgar, hojeando la libreta como la había hojeado yo la primera vez, en la cocina. Pero, si a mí aquella nube de tinta no me había aclarado nada, al señor pareció explicárselo todo.

—Dios... —La cicatriz de pelo en su rostro se tensó a la vez que el resto de sus facciones—. ¿Qué es esto ahora?

—No me asustes —dijo la señora—. Es... ¿Es de ella? No me digas que es de ella.

El señor abrió la libreta por la primera página y la invitó a asomarse. Con una mueca alarmada, la señora reconoció enseguida la caligrafía.

—Es su letra —confirmó, y empezó a leer—: «El sótano se ha quedado muy vacío tras tu...».

Su voz se extinguió antes de que pudiera completar esa frase inicial, presa de la pena, la angustia o una mezcla de ambas.

—¿Por qué tienes esto? —dijo el señor.

La señora le arrebató la libreta y saltó a páginas aleatorias, leyendo a toda velocidad frases sueltas que la iban abrumando hasta el punto de encorvarla. Se tapó los ojos a la vez que un intenso sollozo la desequilibró y la obligó a sentarse en la cama. Me imaginé a mí mismo, hacía un rato, descubriendo de forma similar, a la luz de una vela, todos esos horrores. Leyendo cómo esa misma señora que ahora tenía delante de mí había estampado un tarro de cristal en la cara de su hija. O cómo el señor le había colocado la nariz sin avisar. Pude incluso imaginar a una vieja caminando a tientas por la estancia, doblando sábanas limpias sobre esa misma cama.

—¿De dónde has sacado esto? —preguntó el señor.

Tragué saliva y logré despegar mi garganta encogida.

—En casa —respondí—. Apareció en casa, después de la máscara.

—Tu voz… —La señora levantó la mirada del diario, con los ojos muy abiertos—. Es igual…

—¿Cómo que apareció en casa? —El señor elevó el tono.

No me gustaba que un desconocido me hablara de esa manera, regañándome. Tampoco me había gustado que chistara y mandara callar tantas veces a la señora, delante de mi cara, queriendo ocultarme información. Tratándome, sin conocerme, como a un niño al que no se le cuentan las cosas.

La señora abrió la última página.

—«Me van a dejar salir esta noche» —leyó.

—¿Quién dice eso? —preguntó el señor.

—Ella. Tu hija. Lo pone aquí. —Repasó, inquieta, la página completa. Su voz era cada vez más aguda—. Lo cuenta todo.

Acabó la frase con un bufido y una mano en la cara, enfrentada a un desastre.

—¿Y quién lo ha leído? —me preguntó el señor a mí, a punto de gritarme—. ¿Lo ha leído tu tío?

Tampoco me gustaba que el señor siguiera llamando «tío» a mi hermano.

—Lo he leído yo. Y mi hermano también, sí —respondí.

El hombre se agarró la nuca como si hubiera recibido la peor de las noticias.

La señora se tapó toda la cara con las manos. Sollozó en ellas.

Unos golpes repentinos nos alarmaron a todos.

Se repitieron.

Eran golpes contra la puerta metálica de la habitación.

Alguien llamaba desde el otro lado.

Allí, según el diario, estaría el pasillo. Una voz gutural que pronunciaba algunas consonantes de manera extraña preguntó:

—¿Qué está pasando?

Los señores se miraron entre ellos, a la puerta y, después, a mí.

En el tenso silencio que crearon, sonaron aún más fuertes los tres golpes siguientes.

Me recordaron a los que escuché dentro de la trampilla la noche de la tormenta.

—¿Qué está pasando? —gritó la voz gutural al otro lado de la puerta.

—No pasa nada —contestó la señora sin moverse, fingiendo tranquilidad, pero clavando sus dedos en el filo del colchón—. Vuelve a tu cuarto.

—Pasa algo —gruñó la voz.

La deducción se escapó de mis labios en un susurro:

—Es él —dije—. Es mi...

No fui capaz de pronunciar la palabra.

El señor intuyó lo que yo iba a decir y sacudió la cabeza negándomelo. Me dio tanta rabia que procurara engañarme que reuní el valor de soltarlo:

—... mi padre.

La señora abandonó el colchón. Apurada, se acercó a mí. Me pidió silencio. A ella tampoco le gustaba escuchar esa realidad. Señalé la libreta.

—Lo he leído todo —susurré—. Lo sé todo.

Más golpes arreciaron desde el pasillo.

—¡Para! —gritó el señor a la puerta—. ¡Para!

La entonación me recordó, exactamente, a la voz subterránea que había gritado «¡Baja!» la noche de la tormenta. La noche en que pensé que era el hombre grillo quien me pedía eso, implorándome vivir bajo tierra, pero que no habría sido más que el señor regañando a su hijo para que bajara de la trampilla.

Los golpes desde el pasillo cesaron, pero se produjo otro sonido.

Un olfateo.

Una nariz olisqueaba, como si fuera un animal, pegada al marco de la puerta.

—Huele a gaviotas —dijo la voz. Pronunció la «v» como una «f».

La señora miró mi camiseta y mi pantalón corto, mojado del acantilado.

Di un paso atrás, como si alejar de la puerta la ropa manchada fuera a servir de algo.

—Hay alguien ahí —dijo la nariz que olfateaba.

—No hay nadie, tranquilo —respondió la señora—. No está pasando nada.

Me mostró una mano abierta para que no me moviera ni hablara.

La presencia externa dio un golpe. Y uno más. Y otro. Hasta convertirlos en un redoble continuo contra la puerta.

—¡Hay alguien ahí! —gritó la voz—. ¡Huele a acantilado!

A los golpes se sumaron gimoteos, como de berrinche infantil, similares a los que describía la autora del diario cuando era ella quien los escuchaba refugiada dentro del baño. Entendí aún mejor el miedo que debió de sentir. El llanto fue creciendo en intensidad, cada vez más escandaloso, hasta que cesó de pronto. Tras un silencio, la voz habló con repentina claridad.

—Es la niña —dijo con un gruñido y el sonido de una risita—. Ha venido a por mí. ¡Vamos a tener un hijo!

Recordé el poema en el diario y a la niña hecha de arcilla.

La señora se llevó las manos al pecho.

—Perdónalo —me dijo—. A veces no sabe lo que dice.

Tan superada como avergonzada, corrió a la puerta y abrió una rendija.

—Shhh, shhh. Tranquilo, no pasa nada —dijo al pasillo—. Ahora mismo salgo. Espérame en tu cama.

La mujer trató de empujar la puerta, pero se le escapó de las manos y se abrió por completo con el sonido de un fuerte impacto, que acabó por derribarla. Una inmensa corporalidad se coló en la habitación. Su rostro quemado, con la boca partida, me observó desde las alturas justo antes de abalanzarse sobre mí.

El señor impidió que me embistiera, interponiéndose entre nosotros con gritos de advertencia.

A empujones contuvo a la presencia animal que trataba de agarrarme con manos enormes.

—¿Y la niña? —me preguntó con un gruñido—. ¿Traes a la niña? ¡Yo la encontré!

—Tranquilo —le dijo el señor—. Tranquilízate.

La señora nos alcanzó.

—Él no es así —se dirigió a mí—. Él nunca es así. Perdónalo.

Siseó en su oído, tratando de calmarlo, al tiempo que el señor lo inmovilizaba. Ella le acarició la mejilla con cariño, pero yo solo podía pensar en la bestia que describía el diario.

Me separé de ellos, dando pasos atrás que me llevaran de vuelta al armario. Pisé perchas y prendas en el suelo. Quería alejarme de la bestia que me atacaba, pero también del señor que me regañaba y vivía con un dedo pegado a los labios, pidiendo silencio, prolongando engaños. Quería alejarme del cerco de humedad en la pared. De los rostros quemados que me miraban raro. Necesitaba escapar de mi propio olor a acantilado.

—¿Dónde vas? —preguntó el señor—. No puedes irte.

Mi espalda golpeó el fondo del armario.

Entre mis pies rodó la linterna, no me molesté en recogerla.

—¡No te vayas! —gritó el señor, que no podía soltarse del forcejeo con su hijo.

Corrí hacia la derecha y me adentré en la oscuridad que olía a tierra mojada.

—¡Que no te vayas! —siguió gritando el señor desde el sótano.

Llevé las manos por delante para evitar chocar contra las paredes que encontraría en cada esquina.

Giré en todas ellas con seguridad hasta alcanzar la escalera.

Desde la oscuridad subterránea, el cielo estrellado que se veía por el túnel parecía aún más brillante.

Emergí por la trampilla como tantas veces habrían emergido mi hermano y el abuelo. Y yo mismo cuando era un bebé, ahora que sabía que podía dar total credibilidad al diario.

No me molesté en cerrar la tapa ni en echar el candado, que dejé ahí mismo. La llave seguía en mi bolsillo. Me di cuenta de que me había dejado la libreta abajo. La señora fue la última en tenerla entre las manos. Mejor así. No quería tener cerca nada que estuviera relacionado con ese sótano.

Solo quería marcharme.

Seguir alejándome.

Atravesé las hierbas salvajes en dirección a la casa y me fui quitando la ropa húmeda que alteraba a las bestias. La mujer de mi hermano vino corriendo por el terreno.

—¿Qué haces? ¿Qué ha pasado? ¿Cómo ha ido?

No contesté, pero debió de encontrar respuestas en mi cara.

—¿Tan mal? —preguntó.

Junto a la mecedora donde ella había descartado la ropa limpia, me quité hasta los calzoncillos. Ella se dio la vuelta para no verme desnudo. Me pasé la toalla por todo el cuerpo y me cambié. Otros calzoncillos, otra camiseta y otro pantalón corto. Olían al mismo suavizante que la ropa en el armario del sótano. Me dejé puestas las zapatillas. La mujer de mi hermano me dijo que no lograba localizarlo y me preguntó por qué, ahora sí, me cambiaba de ropa, tan deprisa.

—Porque me voy —respondí.

—¿Cómo que te vas?

Entré a casa. Atravesé salón y vestíbulo. Ella vino detrás de mí diciendo que no podía irme. Que era tardísimo, de madrugada.

—Cuéntame lo que ha pasado ahí abajo.

La preocupación onduló su frente.

—Me voy —repetí mientras abría la puerta de entrada.

Me cogió del brazo, pero me solté con un tirón.

—No vas a intervenir —le recordé.

Aceleré el paso por el camino de grava.

—¿Dónde vas? —preguntó ella—. Dime al menos dónde vas. Tu hermano sigue buscándote.

Le cerré en la cara la puerta enrejada.

—Necesito alejarme —fue lo único que dije.

Necesitaba, también, hablar con alguien ajeno a mi familia, porque todos ellos, incluso la mujer de mi hermano, parecían haber aceptado la situación en la que vivíamos.

Caminé a toda prisa por la calle asfaltada mientras me dejaba impulsar por la inclinación del trazado.

Solo podía pensar en una persona con la que me apeteciera hablar. La que me había dado el apretón de manos más pequeño del mundo justo antes de definirse como amiga mía. Mi única amiga. Lamenté haberla echado del terreno como hice esa misma tarde, gritando el nombre de mi hermano para asustarla. A lo mejor ya no quería ser mi amiga ni había sentido que lo fuera nunca, pero empecé a correr hacia donde esperaba poder encontrarla.

20

Corrí durante todo el tramo de calle que usaría mi hermano para regresar a casa. Si él volvía en ese momento, los faros de su camioneta me descubrirían, seguro, a un lado del estrecho camino. Por eso quería abandonarlo cuanto antes. No bajé el ritmo hasta alcanzar la carretera más ancha, la única que rodeaba toda la isla. Una vez allí, reduje el paso, pero no me detuve, recuperando el aliento entre largas zancadas que me alejaran cuanto antes del viejo faro. Me arrepentí enseguida de no haber cogido la bicicleta.

A esas horas, parecía que la isla entera durmiera. Tan solo brillaban, en el oscuro paisaje, las farolas en calles y muelles, los letreros luminosos de algunos negocios y unas pocas ventanas encendidas en algunas casas. En la calma nocturna, se oía el batir de las olas, el golpeteo de unas cuantas barcas amarradas en embarcaderos y el repiqueteo de mis propios pasos contra el asfalto. Esos pasos quedaron amortiguados en cuanto pude tomar un camino de tierra que discurría paralelo a la carretera, al que accedí para ocultarme mejor ante una inesperada irrupción de la camioneta de mi hermano.

En la valla, días antes, la chica me había revelado que vivía en la zona del barco hundido, un punto conocido en la isla por albergar los restos de un antiguo naufragio. Confié en poder localizar la casa azul de macetas verdes que me había descrito.

Recorrí el trayecto con una marcha irregular en la que a veces corría, otras veces andaba despacio y, en ocasiones, incluso me detenía, tomando aire con una garganta que quemaba. Me apoyé en árboles y me senté en bancos pensando que no tenía ningún sentido ir a hablar con la chica. La última vez que nos habíamos visto se había marchado enfadada, por mi culpa, y a lo mejor no quería volver a saber de mí. Además, era muy tarde. No iba a poder llamar al timbre ni avisarla de ninguna manera. Y, si ella llegaba a verme, se asustaría de que apareciera en su casa en mitad de la noche. O su padre, ese con el que me había contado que se enfadaba en ocasiones, la regañaría por hablar con un desconocido a esas horas. Varias veces ignoré esos pensamientos para forzarme a retomar la carrera, porque tampoco me imaginaba regresando a casa. En el recorrido me crucé con algunos coches, faros que aparecían de pronto, iluminándome, pero ninguno de ellos resultó ser mi hermano.

Alcancé la zona del barco hundido pasado un tiempo que no supe medir. Decenas de casas unifamiliares, con jardines y terrenos sin vallar, discurrían a lo largo de la calle que bordeaba ese tramo de costa. Casi todas eran de madera, en diferentes estados de deterioro y con amplios porches con barandilla. Estaban pintadas de distinto color, pero todas tenían el tejado oscuro. En las que había encendida alguna luz exterior en la fachada, o en el porche, resultaba sencillo adivinar el color, pero era imposible distinguirlo en las que tenían todas las luces apagadas.

Aceleré el paso fijándome en los colores que podía ver.

Rojo. Verde. Luz apagada. Marrón. Blanco. Luz apagada. Amarillo. Blanco. Marrón. Rojo.

Un foco sobre una puerta de entrada descubrió una fachada azul. Me acerqué a la casa en busca de macetas verdes, como había descrito la chica, pero no vi ninguna, solo grandes jardineras negras.

Seguí avanzando y descubriendo más colores.

Blanco. Verde. Luz apagada. Rojo. Rojo. Blanco. Azul.

Me adentré en la parcela de esa segunda casa azul, donde me envolvió un intenso olor a jazmín. Aunque era una vivienda de una sola planta, el porche se encontraba elevado sobre unos postes, adaptándose a la inclinación del terreno. Un montón de macetas recorría la parte inferior de la barandilla de ese porche, y también había dos en los extremos de cada escalón que bajaba al terreno. Eran tantas como para entender que la gente pudiera referirse a ella como la casa de las macetas. Cuando el resplandor de unas luces encendidas en el porche me permitió comprobar que eran de color verde, experimenté una emoción similar a la que sentía al saludar a la chica en la valla.

Pero no supe qué más hacer.

Llamar al timbre tan tarde no era una opción. Sentarme a esperar a que se despertara por la mañana tampoco. La salida del sol no podía atraparme tan lejos de casa. Había sido todo una idea absurda. Lo único que podía hacer era regresar y hablar con mi hermano. La lectura del diario me había mostrado un lado de él que desconocía, uno que le habría supuesto mucho sufrimiento, y a lo mejor se merecía que le pusiera las cosas fáciles en lugar de seguir complicándoselas. Quizá, en este caso, la opción más sencilla era también la mejor solución: dejarle decidir lo que haríamos, seguir viviendo como habíamos vivido hasta ahora. Desde que había subido de la gruta, yo no había hecho más que actuar de forma impulsiva, superado por las circunstancias, hasta el punto de haber huido de casa en mitad de la noche y encontrarme, de madrugada, merodeando la propiedad de una chica a la que apenas conocía con la intención de contarle no sabía muy bien qué.

En ese momento, desde un lateral de la casa, se proyectó un cuadrado de luz en el terreno procedente de alguna estancia. Me asomé a ese lado y descubrí que se trataba de una ventana pequeña, que pertenecería a un baño. Alguien lo estaría usando en mitad de la noche. Cuando esa luz se apagó, otra se encendió segundos más tarde, en la parte trasera de la casa. Me atreví a rodearla para intentar ver algo. Me refugié tras el tronco de un pino. Mis movimientos enmudecieron momentáneamente a los grillos.

La chica deambulaba por la habitación encendida. No eran los pasos adormilados de alguien que regresa veloz a la cama tras usar el baño, sino que se detuvo a ordenar algunas cosas en una estantería antes de apagar la luz de nuevo. La estancia quedó iluminada por los destellos azulados y cambiantes de un televisor, como en una tormenta eléctrica. Ella se dejó caer en algún asiento, o en la cama. Bastaría con acercarme a la ventana del cuarto, que se encontraba a ras de suelo, para llamar directamente al cristal, pero quería ahorrarle el susto. Salí del árbol y, aún a cierta distancia, lancé un guijarro contra la ventana. Fallé. No atiné hasta el quinto tiro. Con el octavo, volví a impactar y fue ese ruido el que llamó su atención y con el que conseguí que mirara hacia fuera.

Ella entrecerró los párpados, yo saludé en la oscuridad.

Supe que me había visto cuando los ojos se le abrieron de golpe. La primera reacción en su rostro no fue buena. Hubo extrañeza, también miedo, y algo parecido al hastío. Entendí que había sido un error venir y a punto estuve de marcharme, pero su gesto cambió de pronto. Sonrió.

Se levantó para abrir la ventana.

—¿Qué haces ahí? —susurró—. Ven, ven.

Me acerqué a ella y me disculpé, le pregunté si la había despertado.

—Qué va, qué dices. Si es verano. Estamos de vacaciones. Las horas no existen. —Mostró sus dientes separados y señaló la televisión en su cuarto—. Estoy viendo una peli. Se supone que es de miedo, pero más miedo me das tú espiándome ahí fuera.

Hubiera querido responder a su broma, pero no fui capaz. Su tono relajado, describiendo una situación cotidiana, contrastaba tanto con lo que yo acababa de vivir que la congoja anidó en mi garganta y solo pude tragar saliva.

—¿Estás bien? —preguntó ella.

Sacudí la cabeza en silencio.

—¿Qué ha pasado?

Abrió por completo la ventana y, en un movimiento que habría realizado en muchas ocasiones, salió de la habitación a través de ella. Se situó a mi lado.

—Primera vez que no tenemos una valla entre medias —susurró—. Pero ven, que aquí nos puede oír mi madre.

Sin darme opción a resistirme, me agarró de una muñeca y rodeamos la casa para acabar en el porche delantero lleno de macetas verdes. Ella aprovechó para estrecharme la misma mano que ya tenía cogida.

—Por fin podemos saludarnos como la gente normal —dijo—. Encantada.

Sacudió y apretó mi mano. Me dejé hacer, pero, en cuanto pude, la deslicé para emular el gesto de enganchar las puntas de los dedos, como en nuestra primera presentación. Seguía prefiriendo un menor contacto. Ella me llevó a un banco y nos sentamos bajo una de las luces encendidas en el porche. Con los meñiques apartó unos mechones de su cara que enganchó tras las orejas.

—¿Qué ha pasado? Te veo pálido. Más aún. Y estás sudando.

Había roto a sudar varias veces durante la carrera, pero en ese momento volvía a hacerlo por la tensión que agarrotaba mi cuerpo. Quería hablar, pero no sabía por dónde empezar. Quería decirle muchas cosas y a la vez no decirle nada, que me hablara ella de algo que no tuviera que ver con el diario o con el sótano.

—¿Qué pasa? —insistió.

Me fijé en su cara de interés, la que había temido no volver a ver durante todo el trayecto a la carrera dando por hecho que estaría enfadada conmigo. Sin embargo, la tenía ahí enfrente, dispuesta a escucharme, como hacían siempre los amigos. No era el momento de permanecer callado.

—He encontrado... Lo que tú decías... No... —Las palabras se atropellaban en mi lengua al tratar de contarle, de golpe, todo lo que había pasado—. La máscara... ¿Te acuerdas?... Pues luego...

Intentaba decirle que, después de la máscara blanca sobre la que ya habíamos hablado, había aparecido en casa también una libreta. Y que yo la había leído.

—Tranquilo, respira. —Ella tomó aire y me indicó que hiciera lo mismo—. Imagínate que estamos en la valla, en tu casa. Relajados. Aquí también tenemos el mar ahí enfrente.

Lo señaló con la barbilla, al otro lado de la calle. Pero ni el mar, ni su cariñosa atención ni el hecho de que hubiera apoyado una mano sobre mi rodilla sirvieron para distraerme de las terribles imágenes que la lectura del diario seguía enviando a mi cabeza, en una sucesión sobrecogedora que era incapaz de comunicar con palabras.

—La encerraron... Para ratas... Sábanas.

—No puedes ni hablar. —El calor de su mano en mi rodilla se trasladó a mi cara—. ¿Por qué estás así? ¿Te ha hecho algo tu hermano?

Dudé sobre cuál era la respuesta correcta para eso, pero acabé negando con la cabeza.

—¿Entonces? —Hiló parte de lo que yo había dicho antes para preguntar—: ¿Qué encontraste?

—Una... —Gesticulé dando forma a un rectángulo—. Un cuaderno..., una libreta.

Me sobrevino un sollozo al desear no haberla encontrado ni leído nada de lo ocurrido con mi familia.

—¿Libreta de quién? ¿O qué decía? —Su postura se tensó—. ¿Qué has descubierto?

Intenté centrarme en el calor de su mano en la mejilla, contacto que no me molestaba, y en el sonido de las olas al otro lado de la calle. La oscuridad del mar, la inmensidad de su negrura, me fueron calmando.

—La familia del faro, los que vivieron antes que nosotros... —Iba siendo capaz de articular frases con sentido—. Desaparecieron, pero no..., no se murieron.

—Sí, se murieron. En la barca —dijo ella—. Lo ponía en los periódicos. Se hundieron y los arrastró el mar. Lo otro eran solo teorías, cosas que dice la gente.

—Se escondieron. No se...

El ruido de un motor me interrumpió. El resplandor de unos faros me puso en alerta. Coloqué los pies en posición de carrera por si era mi hermano quien se acercaba y necesitaba salir huyendo, pero el coche pasó de largo.

—Tranquilo… —dijo ella girándome la cara. Su parpadeo se había detenido—. Sigue hablando. —Su mano regresó a mi rodilla, pero no del todo relajada ya, sino aferrando ligeramente las uñas—. ¿Cómo que se escondieron?

—Mi madre también. La obligaron a meterse.

—¿Tu madre? —me interrumpió—. ¿Aquella otra hija de tu abuelo?

—No…

Quería contarle que esa otra hija no existía, que tan solo formaba parte del montón de mentiras que habían inventado mi hermano y mi abuelo, pero no pude seguir hablando, atormentado por la escena de la bañera y las imágenes de cubos azules de matarratas.

—Sigue —dijo ella—. Habla, por favor. —Percibí un cambio en su entonación similar al que había ocurrido la última vez en la valla. Revelaba un interés diferente—. ¿Dices que esa familia no murió? ¿Que viven escondidos? ¿Dónde? ¿En el faro?

La urgencia con la que preguntaba me hizo sentir como un montón de folios impresos con datos escabrosos. Parecía que ya no le interesaba cómo me encontraba yo ni de qué manera la información pudiera afectarme, sino tan solo conocer con detalle esa información.

—Dime si siguen viviendo ahí —insistió—. ¿Siguen ahí?

Sus uñas se me iban clavando en la piel exigiendo respuestas. Quise pedirle que por favor me escuchara. Que tuviera paciencia. Que había venido a hablar, no a que me atosigaran con preguntas. Que no me metiera prisa porque bastante difícil me resultaba ordenar el relato, ni siquiera había procesado aún toda la información que había descubierto esa noche. Pero, tan exhausto como me encontraba, me resultó mucho más sencillo simplemente contestarle.

—Siguen ahí. No salen nunca —respondí—. Bueno, mi madre no, mi madre…

Pero a la chica mi madre dejó de interesarle.

Se levantó a mitad de frase.

Sentí un frío repentino en la rodilla, donde había estado su mano.

—Qué asco —dijo ella.

—¿Qué? —Lo había oído claramente, pero no podía creer que lo hubiera dicho—. ¿Cómo?

—Que qué asco me da tu familia de locos.

De pie, las luces del porche iluminaron su rostro de manera diferente, marcando profundas oscuridades. Me recordó a la forma en que la verja la había sombreado en algunos momentos de nuestros encuentros anteriores. Quise decir algo, pero tan solo tartamudeé sin dar crédito a lo que ocurría, impactado con su cambio de actitud.

—Vete —ordenó ella. Tiró de mi brazo para levantarme a la fuerza—. Que te vayas.

Había dejado de hablar en voz baja.

Casi gritaba.

—Te va a oír tu padre —dije pensando en ese hombre que se enfadaba con ella.

La chica sonrió como si hubiera dicho una tontería y me empujó hacia los escalones del porche.

—¿Qué te pasa? —pregunté.

Aplicó entonces la misma técnica que había usado yo para conseguir que se marchara en nuestro último encuentro en la valla: llamar a gritos a otra persona. Si yo había fingido llamar a mi hermano esa tarde, ella usó a su madre, a quien sin duda conseguiría despertar.

—¡Mamá! —En el silencio de la madrugada, el grito resultó ensordecedor—. ¡Mamá!

Otro empujón me lanzó escalones abajo, caí de culo contra el suelo.

—No entiendo... No... ¿Por qué estás así?

—Que te vayas —repitió ella—. Que te vuelvas con tu familia de locos.

La separación entre sus dientes, que siempre me había resultado encantadora, se transformó en ese momento en perversa, justo antes de que la oscuridad se tragara su cara al separarnos del porche mientras yo huía hacia atrás con manos y talones. Cuando mis palmas raspadas alcanzaron la calle, el resplandor de una farola iluminó de nuevo sus facciones mostrándome un rostro tenebroso que jamás hubiera esperado ver en ella.

—Vuelve con ellos —dijo—, que os queda poco.

Pateó el suelo para salpicarme con guijarros y salió corriendo de vuelta a su casa llamando a gritos a su madre.

Me incorporé como pude y me alejé corriendo, en cualquier dirección.

Corrí en la oscuridad, a ciegas mientras en mi mente se iniciaba una ráfaga de imágenes. El rostro repentinamente tenebroso de la chica se sumó en mi cabeza al rostro enfurecido de la bestia que acababa de atacarme en el sótano. A esos dos se añadió la enigmática cara desfigurada del señor con un dedo pegado a los labios que solicitaba perpetuo silencio. También la cara quemada de una señora eternamente triste que me había mirado con una pena tan profunda como el mar por las noches. A la ráfaga se sumó el rostro de mi hermano, destruido, espectral, pronunciando palabras pertenecientes a pesadillas que cambiaban mi vida para siempre. Y también el de su mujer, que no solo estaba ya deformado por una enfermedad congénita, sino que era una cara sin ojos, solo piel y carne desde la nariz hasta el cuero cabelludo, de lo ciega que se había obligado a permanecer para poder vivir en el viejo faro. La sucesión de imágenes de rostros culminó con uno que no lo era en realidad, una cara artificial que, sin embargo, podía contener más verdad que todas las demás. Ese último rostro era una máscara blanca.

Horrorizado por esas visiones, escapé hacia la nada.

Grité a la oscuridad mientras me adentraba en algún camino solitario del interior de la isla.

Corrí hasta que el sudor de la frente me empezó a arder en los ojos. También me ardían las piernas y la garganta. Seguí corriendo cuando el camino dejó de ser camino y las hierbas altas me acariciaron hasta las rodillas. Seguí corriendo incluso cuando cada respiración dolía en los pulmones y cada latido de mi corazón parecía el último. Hubiera seguido corriendo hasta que se me parara del todo, pero un saliente en el terreno me hizo tropezar y caí, de frente, contra una maraña de tallos que me raspó la piel de todo el cuerpo.

La tierra seca me abrió heridas en las rodillas y en las palmas, ya magulladas. Me giré para quedar tumbado de espaldas y poder respirar hacia el cielo abierto.

Inflé a toda velocidad unos pulmones que parecían pequeñísimos.

Tragué saliva seca y pegajosa.

Me di cuenta entonces de que me había embarcado en una fuga sin fin, porque intentaba huir de mi propia cabeza.

Pero no tenía ya fuerzas para seguir huyendo.

Acepté la derrota y encontré en ella un descanso agradable.

Quedarme quieto, no hacer nada, pareció, en ese momento, el mayor de los desahogos.

Y me dejé arrastrar por ese alivio.

Cuando volví a abrir los ojos, el cielo ya no era negro, sino de un azul pálido que amarilleaba por un lado. La luz del alba me mostró la maleza seca que me rodeaba, en algún campo abandonado de la isla. El sol estaba a punto de salir y tendría que levantarme para que no me alcanzara, pero no vi cerca ningún árbol grande que pudiera darme sombra.

Además, me dolía el cuerpo tanto como hacía un segundo, que era el tiempo que sentí que había pasado. El mundo había amanecido en un parpadeo. Mi mente enlazó al instante con el torrente de pensamientos negativos que me atormentaba antes de la caída. Y la ráfaga de rostros terribles que plagaban mi nueva existencia resultaba a la luz del día igual de desoladora que por la noche.

El sol amenazaba con cubrir la isla.

La misión de volver a casa se me antojaba agónica.

Sin embargo, si no hacía nada, todo se solucionaría. Solo tenía que dejar que el sol me alcanzara como me había alcanzado la realidad del pasado de mi familia.

En mi mayor miedo se encontraba la salvación.

Mi hermano siempre me decía que la mejor manera de superar un miedo era enfrentándose a él y, en ese momento, decidí que había llegado el día de enfrentarme al mío. Pero no para vencerlo, sino para permitir que él me derrotara para siempre.

Sobre mi cuerpo se proyectaron sombras tenues y alargadas, las de las hierbas altas y las espigas que recortaban mi silueta. Entre ellas, trazos amarillentos del sol que acababa de asomar por el horizonte pintaron mi piel del mismo color que el último cuadrado de la tercera fila de mi caja de acuarelas.

Sorbí saliva impresionado por esa visión, la del sol sobre mi cuerpo.

El ardor fue leve, pero pronto se haría insoportable.

Apreté los dientes, los puños, abandonándome a él.

Miré una última vez al cielo antes de que mis párpados se secaran, o se derritieran, y dejaran de funcionar. Lo que más me aterraba era tragarme mi propia lengua convertida en puré, pero así ya no podría pronunciar palabras ni contar nada que llevara a la única chica con la que me había apetecido hablar a decirme que le daba asco.

Empecé a oler que mi sangre se quemaba por dentro, como aquel día en la cocina.

Ocurría todo despacio porque era el sol tenue del amanecer, pero los resultados serían igual de devastadores.

Lo sabía.

Y aun así me quedé ahí, expuesto, como había quedado expuesto a la verdad.

Pronto sería tan solo un montón de arena que el viento arrastraría muy lejos de ahí.

Ojalá me llevara flotando hasta el mismo acantilado donde volaron las cenizas del abuelo.

Notaba cómo las articulaciones se me iban secando, la piel se iba convirtiendo en polvo.

Tuve la tentación de probar a abrir los ojos, por ver si seguían funcionando o eran solo la cáscara de un huevo vacío, pero preferí no descubrir cómo era el mundo sin poder verlo.

Los oídos supe que no se me habían evaporado aún, porque pude oír unos pasos que se acercaban a mí, a la carrera. Escuché también, todavía, los gritos alarmados, al pronunciar mi nombre, de esa persona que decía no ser mi hermano.

Pero, si acaso pensaba que estaba llegando a tiempo de salvarme, se equivocaba.

Como mucho, podría recogerme a puñados del suelo, donde el sol me tendría ya medio pulverizado.

Antes de perder la capacidad de pensar, le agradecí mentalmente a mi hermano todo lo que había hecho por mí. Ojalá pudiera hacerles saber a su mujer y a su hijo que también ellos estaban en mis últimos pensamientos. Con el abuelo a lo mejor podría hablar yo mismo en breve. Sin mover unos labios que ya se desintegraban, imaginé cómo le pedía a mi hermano que se sentara con su hijo, como hacía yo, en nuestro lugar de siempre, en el terreno, para que escuchara el canto de los grillos, que seguramente le recordaría a mí. Él, que tanto sabía de bichos, podía contarle a su hijo una historia bonita en la que su tío, todo él, se había convertido en ese canto, que no solo es el ruido que hacen unos insectos con sus patas, sino también la memoria de un hogar y el recuerdo de todas las personas a las que perdemos, que aprovechan la noche para hacerse presentes en la oscuridad y hablarnos en forma de murmullo nocturno.

Desaparecí en paz imaginando cómo cada noche visitaría a mi sobrino, en el terreno, en el viejo faro, en mi hogar.

Después, no hubo nada.

21

Un súbito frío en la frente reactivó mis pensamientos desde la nada. Y, si seguía pensando, debía de seguir vivo. No tenía calor, no me ardían los raspones, no había durezas en mi espalda ni aquejaba ninguna incomodidad. Al contrario, una suave y confortable sensación me envolvía por completo. Del frescor en mi frente emanaba un agradable aroma que me despejó por dentro.

—¿A que huele bien?

Probé a abrir los ojos. La imagen borrosa de un rostro desfigurado se fue haciendo nítida con cada parpadeo. Su boca torcida sonrió hacia un lado.

—Está todo bien —dijo la mujer de mi hermano—. Estás en casa.

Palpé la textura del sofá sobre el que me descubrí acostado. Era el del salón. A un lado tenía la mesa de centro. Más allá, la escoba amontonaba en una esquina tierra y pedazos de la urna rota.

—Te encontró tu hermano tirado en el suelo, en mitad de un campo —continuó ella—. ¿Qué hacías ahí?

Me encogí de hombros como única respuesta.

—Estabas tirado al sol. Pero ¿ves? No te pasó nada.

—Creí que... —Tragué saliva para activar mi garganta—. Que me deshacía. Que me moría.

—Anda, si el sol no te hace nada. Te lo hemos dicho mil veces. —Pasó el paño frío por el resto de mi cara—. Aunque debiste desmayarte al creer que sí. Y te he curado los raspones que traías. En las manos y en las rodillas. ¿Te caíste? Voy a avisar a tu hermano, que él también necesitaba descansar.

Oí cómo subía la escalera con la velocidad de las noticias urgentes.

Me incorporé en el sofá, tapado con una sábana. Llevaba una camiseta diferente, la misma ropa interior. Fuera, en el terreno, era completamente de día. Las cortinas no estaban echadas, pero el sol no alcanzaba la zona del sofá. Me pregunté si acaso iba a dejar de importarme dónde llegara el sol o no, pero enseguida pensé que quizá no me había desintegrado ni evaporado porque tan solo me habían acariciado los débiles rayos del amanecer. Con la aparición de mi hermano, ni siquiera había estado tanto tiempo expuesto al sol. En otras circunstancias, los resultados podrían seguir siendo tan terribles como siempre había temido. Miré a la pared de los insectos y solo pude pensar en el diario, en cigarras enfadadas que deseaban emerger de la tierra para echar a volar.

Acompañado de su mujer, mi hermano apareció bajo el arco del salón. Tenía mejor aspecto que las últimas veces que lo había visto. Un baño y dormir algunas horas le habían sentado bien, pero noté que aún cojeaba.

—¿Te resbalaste al salir corriendo? —pregunté desde el sofá para romper cuanto antes el silencio entre nosotros.

Asintió y señaló el montón de tierra en una esquina. Le quitó importancia con un movimiento de los dedos.

—Os dejo solos —dijo su mujer—. Voy a prepararos algo.

Ella se marchó a la cocina y mi hermano se acercó al sofá. Se sentó en el filo abriéndose hueco junto a mis piernas flexionadas. Los dos supimos que nos estábamos mirando de manera diferente a como nos habíamos mirado nunca.

—¿Leíste el diario? —preguntó.

Más que una pregunta, era una temerosa búsqueda de confirmación de algo que ya sabía. Se lo habría contado su mujer, o quienes vivían abajo, en el sótano. Ni siquiera fue necesario que yo contestara con palabras. El creciente brillo que vería en mis ojos sirvió de respuesta.

Él me dio un abrazo, tan repentino e intenso que me recordó al que me había dado la tarde en que se marchó a buscar a su novia, cuando me dijo al oído que estaba muy feliz y que me quería mucho. Oírlo sollozar ahora sobre mi hombro, sin decir nada sobre la felicidad o el amor, acabó por desbordar mis ojos. Nos desahogamos juntos, abrazados, con la frente en el cuello del otro, y quizá en la mente de ambos apareciera la imagen que él ya me había descrito y que incluso el diario recordaba: cómo se sentaba en una mancha de sol en el suelo, conmigo en el regazo, cuando él era un niño y yo tan solo un bebé.

—¿Yo soy la aberración? —pregunté al calor entre nuestros cuerpos.

Él me apretó aún más, pero enseguida deshizo el abrazo para poder mirarme de frente. Se secó la cara y la nariz con manos y muñecas, igual que hice yo.

—Claro que no —respondió.

—Pero ella me llama así.

—No eres ninguna aberración. —Mi hermano me cogió de los hombros—. No lo eres.

—La que escribe el diario era... —Me costaba mucho decirlo—. Era mi madre. Tu hermana. Mis padres eran tus...

Me tapó la boca con una mano para no tener que oírlo, pero lo confirmó con un pesado asentimiento.

—Pero no eres ninguna aberración —repitió.

—He bajado a tu taller... Tu taller es el sótano.

Alargó el mismo asentimiento con una honda inspiración en la que percibí tanta angustia como alivio, el que le provocaba liberar un secreto que ya no tendría que guardar más.

—¿Viviste diez años ahí abajo? —pregunté—. ¿Encerrado en un sitio tan feo?

Sus ojos se ampliaron al tiempo que negaba con rotundidad.

—Fue mi hogar. Donde crecí con mis padres, mis hermanos y mi abuela, que me querían mucho. —Acarició entre los dedos el tejido invisible de esas memorias en las que tan a menudo se perdía. Cuando se dio cuenta de cómo me fijaba en el gesto, ofreció una explicación—: Lo hacía con mi almohada, de pequeño, ahí abajo. Fui muy feliz en el sótano. Pasaron cosas terribles, pero otras muy bonitas también. No fue un lugar tan feo. Para mí... no lo fue.

La sonrisa que me dedicó me permitió imaginarlo, como describía el diario, corriendo de un lado a otro del sótano, hablando de insectos sin parar, cuidando cactus y asistiendo emocionado al nacimiento de un pollito, fuera real o imaginario. Todo eso lo hacía aquí arriba también. Ese niño del sótano y mi hermano eran, claramente, la misma persona.

—Eres mi hermano —dije de pronto—. Me da igual que no lo seas, porque sí lo eres.

—Puedo ser tu tío también, si quieres.

Negué con la cabeza.

—Eres mi hermano. —Recordé lo que me había dicho antes su mujer sobre que las personas eran aquello que significaban en tu vida—. Aunque tus padres sean otros. Esa hija del abuelo, la de la mala vida, la que se supone que nos fue dejando aquí en casa..., nunca existió.

Mi hermano bajó la cabeza admitiendo la mentira.

—¿Nací en el sótano? —pregunté.

—Sí, igual que yo —respondió él—. Y también salimos juntos.

—Lo he leído.

La mención de la libreta ensombreció su rostro.

—Siento mucho que te hayas enterado de esta forma. Aunque tampoco es todo como lo cuenta ella. —Suspiró con pesar—. Tendría que habértelo contado yo, evitar que pasara esto. Ha sido culpa mía.

—Ibas a hacerlo, ibas a contármelo ya. —Lo dije solo para animarlo. No me gustaba ver así de derrotado a mi hermano—. Fui yo el que salió corriendo.

Señalé los restos de la urna rota en una esquina.

—Lo he hecho mal. Lo he hecho tarde. Quería protegerte y he alargado mucho la mentira... —En su garganta se produjo un sonido de descubrimiento—. Te he mentido para protegerte... —Construyó la frase despacio, enunciándosela a sí mismo—. He hecho exactamente lo mismo que me hicieron a mí.

Su mirada se perdió en algún carrusel de memorias que lo hicieron suspirar, chasquear la lengua y, algunas de ellas, negar con la cabeza.

—Perdóname —dijo.

—Me has cuidado muy bien aquí. Y ahí abajo también, seguro. Me salvaste la vida cuando ella iba a...

Apretó mi mano para hacerme callar, no querría que mencionara lo ocurrido con el veneno.

—A lo mejor por eso soy tan raro —pensé en voz alta—. Nací en un sótano, en la oscuridad, de dos padres que eran... —Esa frase no la terminé—. Por eso tengo miedos extraños. Al sol.

—Qué va, no eres raro —dijo mi hermano—. Y cuántas veces he intentado convencerte de que el sol no te hacía nada. Al abuelo le importaba menos, creía que venía bien para tenerte controlado por aquí.

Recordé todas las ocasiones en que mi hermano me había invitado a salir al sol y lo mucho que desacreditaba mi fobia, cosa que yo le recriminaba, aunque lo hiciera por mi bien. Me acordé también de una de sus frases más repetidas, que la mejor manera de superar un miedo era enfrentándose a él.

—Yo solo he querido quitarte miedos, no provocártelos. Que lo otro ya lo hicieron conmigo —añadió—. Me enfadé mucho con el abuelo cuando empezó a hablarte del hombre grillo.

Crucé las piernas sobre el asiento del sofá.

—¿Dónde está ella? Tu hermana, mi... —Se me hacía muy raro pronunciar la palabra—: Mi madre.

—No hace falta que la llames así. No ha sido tu madre nunca —corrigió él—. No lo ha sido y no lo es. Ni lo será.

—¿Dónde está?

Contestó que no lo sabía. Antes de tener que salir a buscarme a mí, la noche anterior, había pasado el día entero buscándola a ella, con la camioneta y también con la barca, sin saber muy bien qué hacer ni adónde dirigirse. Remarcó que las cajas habían llegado sin matasellar, así que alguien las había dejado en la puerta de casa.

—¿Ella misma? —pregunté.

—Esas cosas, la libreta, la máscara, solo podía tenerlas ella. No sé si las dejó ella misma en la puerta, pero... —Mi hermano se encogió de hombros, entre confundido y superado—. Ya me creo cualquier cosa.

—Pensabas que había muerto.

—Eso me dijeron. —Los ojos se le escaparon al terreno, a la trampilla—. Que se murió...

—... la misma noche que tú saliste —completé.

Mi hermano asintió con esa oscura confusión que invadía su rostro cada vez que le demostraba haber leído la libreta. Del bolsillo trasero de su pantalón sacó un sobre doblado. Frente a mí desplegó, como si fuera una revelación, la carta que, en realidad, yo ya conocía. La había tenido entre las manos cuando abrí la segunda caja antes que nadie. La diferencia era que ya estaba roto el lacre, esa costra como de sangre antigua que a mí me impidió abrirla.

—Vino con la libreta —explicó. Me señaló las palabras escritas en el sobre a la vez que las leía—: «Te han seguido mintiendo».

Dejó caer la cabeza y entendí lo mucho que le dolía esa mentira. Pregunté qué había dentro sin revelar que yo había intentado averiguarlo poniendo el sobre al trasluz en la cocina. Él sacó la carta y reconocí de inmediato la caligrafía del diario, aunque se veía mucho más ordenada y limpia. No había frases tachadas.

—¿Qué pone? —pregunté.

—Que sigue viva. —Mi hermano miró el texto por encima y repitió el gesto de absoluto desconcierto que debió de provocarle leer esa información por primera vez—. Que mi familia me ha seguido mintiendo, como me mintieron abajo, que es lo único que saben hacer conmigo. Reconoce que ella ha formado parte de la mentira todos estos años, pero dice que, en su caso, lo hizo obligada. Se dejó engañar. Chantaje, lo llama ella. En la carta me avisa de que en la libreta podré encontrar toda la verdad de lo que ocurrió justo después de que yo me fuera. Pero quería escribir la carta, más corta, por si ni siquiera me interesaba leer su diario.

—¿Dice algo de mí? —pregunté.

El cuello de mi hermano se tensó. No esperaba esa pregunta y quizá estaba valorando inventar una respuesta, pero en el momento de honestidad en el que nos encontrábamos ya no había cabida para más mentiras. Negó con la cabeza y retomó la palabra enseguida.

—Dice que ha tardado quince años en recuperarse del todo, en ver las cosas claras, en superar este lugar... Pero que ahora ya sabe muy bien lo que tiene que hacer. Y quería avisarme primero.

—¿Avisarte de qué? ¿Qué va a hacer?

—No lo sé. Espero que sea solo esto. Decirme que sigue viva, provocar un desencuentro con mis padres.

—¿Qué te han dicho ellos?

Señalé con la cabeza el terreno al otro lado de la puerta corredera.

—Lo de siempre. Que lo hicieron para protegerme. Y también a ti. —Me miró a los ojos—. Y para protegerla a ella. Que se iba a morir si no la dejaban salir del sótano, pero tampoco querían que siguiera presente en nuestras vidas, la tuya y la mía. Y esa fue la solución que encontraron. Darla por muerta. Obligarla a desaparecer.

—Te han seguido mintiendo —dije repitiendo lo escrito en el sobre.

Él recorrió la frase con la punta de un dedo, dos veces, como si la tachara.

—Me han mentido todos. Mi hermana también. Como siempre.

Cogí su mano para consolarlo. Él la movió de tal forma que mis dedos acabaron agarrando tan solo su índice.

—Cuánto has crecido... —dijo mirando a esa imagen con una sonrisa—. Así agarrados, pero, cuando lo tuyo era una manita diminuta, te hice creer que estábamos fuera del sótano, reflejados en un cristal al final del pasillo.

Imitando lo que describía, apreté su dedo como haría un bebé para reforzar esa memoria que lo emocionaba y lo hacía sonreír a pesar de todo.

—¿Tú sabías todo lo que ellos habían hecho antes de entrar en el sótano? —pregunté.

—Me lo fueron contando aquí fuera. Poco a poco. Me ha costado mucho perdonar ciertas cosas.

—Pero decidiste seguir. —Me abracé las rodillas sobre el sofá—. Decidiste seguir manteniendo... esto.

No encontré mejor palabra para definirlo.

—¿Qué iba a hacer? —Mi hermano mostró las palmas de sus manos—. ¿Qué puedo hacer?

La voz de su mujer nos sobresaltó a los dos.

—Hay otras opciones —dijo ella. Había reaparecido en el salón con dos tazas en las manos—. Las otras opciones siguen existiendo.

Me entregó una taza de cacao caliente, y a mi hermano, una de café. Ellos dos mantuvieron uno de sus mudos diálogos de miradas revisitando mentalmente conversaciones que ya habrían compartido muchas veces.

—Sé que no las contemplas y yo hace tiempo que decidí dejar de repetirlas —respondió ella a alguna pregunta presentida—, pero ahora tu hermano debe saber, al menos, que sí existen otras opciones. Siempre existieron. Tu familia siempre pudo hacer lo correcto. Y tú aún puedes.

A mi hermano se le abrió la boca, entre la sorpresa y la ofensa.

—No digo que quiera que lo hagas —se justificó ella enseguida—, ni que yo lo haría, ni que sea lo mejor para nosotros y nuestro hijo, pero se puede. Hay opciones. —Eso lo dijo mirándome a mí, para dirigir bien su mensaje—. Y ya está. No lo digo más, que a mí no me viene bien ni pensarlo. Estoy muy contenta de que por fin estéis hablando. Ya era hora.

Sin dar opción a réplica, besó en la mejilla a mi hermano antes de marcharse. Cuando supe que ella no me oiría, le pregunté a él por qué su mujer tenía la cara deformada como la de ellos.

—Solemos enamorarnos de lo que nos recuerda a nuestro hogar —respondió. Me sonó a conclusión a la que habría llegado tras preguntárselo a sí mismo y darle muchas vueltas—. Para mí la suya fue la cara más normal que encontré aquí fuera.

—Pero ella no quiere saber nada de ese hogar al que te recuerda.

—Para ella, ellos no existen —dijo mi hermano—. Jamás podría vivir aquí si aceptaba que existen.

Recordé haberla escuchado decir exactamente eso, «para mí no existen», una de las veces que los interrumpí en mitad de alguna discusión de las que tenían al principio.

—¿Ella sabe todo lo que cuenta el diario? —pregunté.

—Mi mujer conoce toda mi historia.

Le conté que había cosas que yo no había entendido muy bien.

—Es que ese diario no era la mejor manera de que supieras nada.

Mi hermano dio un trago largo a la bebida caliente. Reconfortado, se dispuso a ofrecerme un relato del pasado, en sus palabras, que me aclarara mejor todo lo que había leído en la libreta. Comenzó por el momento en que su hermano se había caído accidentalmente por la escalera del faro, una noche en la que se encontraba a cargo de su hermana, quien no buscó la ayuda inmediata que hubiera requerido, sino que lo metió en la cama inconsciente, con graves golpes en la cabeza. Todo ello acabó provocando en el niño secuelas irreparables.

Mi hermano se tocó la frente con un dedo.

—No volvió a estar... bien —dijo.

Aclaró que por eso él y el abuelo tenían tanto miedo de que yo usara la escalera de la torre siendo pequeño. Desde el accidente, sus padres no lograron perdonar a la hermana y la relación de ella con el resto de la familia se estropeó para siempre. La cosa se puso mucho peor cuando ese hermano apareció en casa con el cadáver de una niña que había desaparecido en la isla. Aunque la había encontrado viva, no la ayudó, sino que abusó de ella durante los días previos a su muerte en algún lugar del acantilado.

—Eso estaba en el poema —dije pensando en la niña de arcilla, que también era la del cartel de búsqueda que había querido enseñarme la chica de la valla, la que llevaba una rebeca rosa.

Mi hermano asintió con los ojos cerrados. Prosiguió contando que la familia entera optó por ocultar el cadáver en un pozo del terreno. Solo la hermana quiso llamar a las autoridades, pero la familia la presionó para que ella también guardara el secreto. Mientras, fueron construyendo una casa en el sótano del faro con la idea de que el niño viviera allí, encerrado y controlado para evitar que contara lo que había hecho...

—... o que volviera a hacerlo —suspiró mi hermano.

La noche que lo iban a bajar, la hermana acabó por estallar y delató a la familia llamando al padre de la niña muerta, quien, presa de la ira, quemó el faro con cócteles incendiarios. En una precipitada toma de decisiones, para proteger al niño, pero también a ellos mismos, y para evitar que la justicia los separara y encerrara, la familia decidió esconderse al completo en la nueva casa del sótano.

El abuelo se quedó fuera para poder suplirles de todo lo que necesitarían, además de para contar cómo la familia había huido en una embarcación que después se encontraría en el mar con objetos personales de todos ellos y que daría origen a la teoría que acabó aceptándose de que habrían muerto. A la hermana la arrastraron a la fuerza dentro del sótano, momento en que ella les arrojó un cóctel incendiario que los quemó a todos, excepto a sí misma. Como castigo, el padre la obligó a llevar una máscara blanca para no tener que ver su rostro ileso tras haber desfigurado ella el de los demás y de dejar ciega a su abuela.

—La máscara que te mandó... —dije en un susurro.

Él asintió una vez más.

—Poco después de haberse encerrado todos en el sótano, la madre de la familia descubrió haber entrado embarazada —continuó—. De mí, que nací allí dentro. Y diez años después... —Con gesto afectado, referenció lo ocurrido en la bañera sin entrar en más detalles—. Al final fue con ella con quien... —mi hermano carraspeó— ... volvió a hacerlo. —Dio un sorbo a la taza para aclarar su garganta—. Que fue cuando llegaste tú.

Aprovechó ese recuerdo para realizar una larga pausa, saltándose mentalmente el episodio sobre lo que ella había intentado hacer conmigo.

—A esa edad, sobre los diez años, empecé a preguntarme qué habría aquí fuera —dijo—, porque mis padres no me contaban nada. Mi hermana y yo preparamos un plan para escapar del sótano. Pero resultó que ella también me había dicho mentiras terribles, como que había sido mi padre quien la había dejado embarazada.

Me reveló que la huida había culminado en un enfrentamiento en el que su hermana atacó a su padre con un cuchillo y su madre lo defendió estampándole a ella un tarro de cristal en la cara.

—Que es justo donde empieza el diario que has leído —concluyó—. A mí luego me dirían que ella había muerto esa noche por los graves cortes que le provocó el cristal. Fue también la misma noche en la que, al final, me dejaron salir sin necesidad de escapar. Y salí contigo.

Me cogió de las manos y las acarició con los pulgares. Me contó cómo el abuelo, él y yo habíamos salido juntos por la trampilla, él asomándose por primera vez a un mundo real que le pareció tan maravilloso como imaginaba, pero, durante algún tiempo, también aterrador.

—¿Más aterrador que lo que me estás contando?

—Siempre nos aterra lo diferente a lo que conocemos —dijo con un asentimiento—. Ahora cumplo con ellos el papel que cumplía el abuelo y a ti te he mentido como me mintieron ellos a mí.

Me quedé en silencio, abrazándome las rodillas, la taza en una mano mientras me balanceaba suavemente. La información que me había dado mi hermano se ajustaba bastante a lo que había sido capaz de ir deduciendo mientras leía el diario, pero su relato y su cronología resultaban esclarecedores.

—¿Estás bien? —preguntó.

Solo pude encogerme de hombros.

Él revisó mi cara, mis brazos.

—¿Ves? No te has puesto ni rojo con el sol —dijo—. ¿Qué hacías tú ahí donde te encontré? ¿En el campo ese? ¿Tan lejos?

Me quedé en silencio mientras recordaba el desprecio con el que la chica de la valla me había dicho que le daba asco nuestra familia de locos. Un remolino de angustia creció en mi estómago al pensar en lo que le había desvelado a ella justo antes. El secreto que mi hermano y su familia llevaban veinticinco años ocultando.

—Huías de lo que pasó en el sótano, ¿no? —Mi hermano me acarició el hombro—. Ya me han contado que tu visita inesperada no acabó nada bien. Pero mis padres, tus abuelos, quieren volver a verte.

Asentí repetidamente a causa de esa angustia que él confundiría con entusiasmo al tiempo que daba un último sorbo a mi cacao para ocultar mis ojos tras la taza inclinada.

22

Me detuve en el límite de la sombra de la fachada sobre el terreno, respetando, como siempre, la frontera que yo mismo me había impuesto. A mi lado, mi hermano también se detuvo. Esperó a que lo mirara, sonrió con seguridad y me cogió de la mano. A esa hora de la tarde, con el sol aún alto en el cielo, pero ya en descenso, la sombra de la torre todavía tardaría bastante en alcanzar el acantilado. Mi hermano dio, sin pensarlo, un paso al frente que lo bañó en luz solar. Él esperaba que avanzáramos juntos, pero, en un acto reflejo, tiré de mi mano para soltarme y quedarme refugiado en la seguridad de las sombras.

—Vamos —dijo él. Volvió a tenderme la mano—. Se está mejor aquí.

Alcancé sus dedos y dejé que me impulsaran.

Contuve la respiración mientras veía mis pies dando un paso adelante, traspasando esa línea entre la luz y la sombra. La sensación de repentino calor en mi piel resultó extraña, igual que el brillo dorado en el vello de mis brazos y la presión alrededor de los ojos.

—Me pica —dije—. Me quema.

—No te hace nada. —Mi hermano señaló la trampilla—. Está ahí al lado. Vamos, avanza. No tardamos.

Atravesé el terreno soleado con los hombros encogidos, la espalda encorvada. Me esforcé por centrarme en el olor del mar y del campo, para no dejar que se inmiscuyera en mi mente ese otro olor imaginado, tan desagradable, de mi sangre al quemarse.

—Muy bien —dijo mi hermano—. Pero puedes dejar de mirar al suelo.

Alcanzamos la entrada al túnel sin que me hubiera atrevido a elevar la cara. Quería que mi hermano abriera la trampilla cuanto antes. Así escaparía del sol, aunque fuera bajando al sótano. La idea no me encantaba, pero mi manera de enfrentarme a la verdad, yendo al sótano sin avisar o a buscar a la chica de la valla, me habían abocado a arrojarme al sol deseando desintegrarme, lo cual no era un gran resultado, así que ahora iba a darle a mi hermano la opción de guiarme. Él había insistido en que sus padres merecían otra visita.

Bajé la escalera subterránea detrás de él agradeciendo la fresca oscuridad que me fue envolviendo. Lo seguí por la galería en dirección al armario.

—Me hubiera gustado haber bajado contigo la primera vez —dijo—. No tendrías que haberlo hecho solo. —Empujó desde dentro la puerta doble del armario con la misma familiaridad con la que empujaba las de nuestra casa—. Vamos, ven.

Me esperó con un brazo elevado que acabó apoyando sobre mis hombros.

—Para mí es un momento muy importante volver aquí contigo...

Nos adentramos en la habitación. La encontré más adecentada que la noche anterior. La cama estaba hecha, y el contenido sobre las mesillas, ordenado. De alguna manera, la mancha de humedad en una de las paredes parecía menos marcada. Mi hermano cogió un marco de fotos de una de las mesillas.

—Así era ella... —dijo—. Antes.

Me mostraba la foto de una mujer que se pellizcaba la falda entre las piernas, frente a la explosión de espuma de una enorme ola. Era mucho más joven que la persona a la que yo había visto y no tenía quemaduras en el rostro, pero intuí de quién se trataba.

—¿Tu madre?

—Tu abuela —respondió mi hermano con un asentimiento—. Te están esperando en el salón.

Miré a la puerta metálica sin moverme.

Él percibió el temor que me producía salir al pasillo.

—Ya me contaron, pero no va a pasar nada —dijo—. Mi hermano no es como lo viste anoche. De verdad que no.

Se me hacía muy raro escuchar a mi hermano hablar de otro hermano que no fuera yo.

Salimos a un pasillo iluminado por una bombilla que colgaba del techo. Aunque se extendía hacia la derecha, mi hermano se volteó a la izquierda, donde el pasillo terminaba en una ventana con barrotes.

—Aquí apareció mi primera luciérnaga —me contó entornando los ojos como si reviviera el momento.

Señaló la oscuridad a la que se asomaba esa ventana, que daba tan solo a otra pared. Después, nos situó de tal manera que el cristal reflejara nuestras figuras y sonrió a la imagen. Me besó en la coronilla.

—Ven, mira —dijo—. Este era mi cuarto.

Nos asomamos a un dormitorio poco amueblado, con una cama doble.

—Aquí duerme mi hermano. Antes había una litera. Yo dormía en la de abajo.

Lo dijo con cariño y nostalgia, pero la mención de la litera transformó aquel dormitorio, en mi mente, en el lugar de sufrimiento y casi muerte de la autora del diario. Imaginé un cuerpo esquelético, cubierto en sábanas, escalando para llegar hasta la puerta. Mi hermano debió de notarlo, porque se apresuró a decir algo bonito.

—Aquí pasaba las noches, leyendo, hasta que mi madre me arropaba. No sabes lo bien que olía el desayuno por las mañanas.

Probé a imaginarlo feliz, sentado en la cama con su libro de insectos, yéndose a dormir con un beso de su madre en la frente, algo que yo nunca había tenido. A lo mejor no era tan difícil de entender que para él eso fuera más que suficiente.

La siguiente puerta era la del baño. Intuí que mi hermano quería contarme alguna historia tierna que hubiera vivido ahí en su infancia, pero cerró de un tirón la cortina de la bañera y no dijo nada. Percibí su fastidio al darse cuenta de que el diario le había robado la oportunidad de presentarme el sótano únicamente a partir de sus memorias felices. Él desearía, seguro, que yo nunca hubiera sabido lo que pasó en esa bañera.

Frente al baño había otro dormitorio.

Ese tenía dos camas separadas.

—Ahí estaba tu cuna. —Mi hermano señaló un rincón—. Una noche, te metí el tarro de luciérnagas creyendo que te darían luz, porque tenías miedo a la oscuridad.

—¿Miedo a la oscuridad? ¿Yo?

—Has cambiado mucho. Pero ya ves que ni tus miedos de antes ni los de ahora tenían ningún sentido.

Se acercó a una mesilla junto a una de las camas. De la pared colgaban dos rosarios. Había otro más en un platito con un asa en forma de cruz. Mi hermano cogió un bote que se llevó a la nariz. Giró la tapa perforada e inspiró con ganas.

—Así olía mi abuela. A talco. —Me invitó a que lo oliera—. Siempre a esto.

Lo hice pensando en la mujer de la fotografía que el abuelo guardaba con cariño entre sus sábanas, pero en mi mente aparecieron otras imágenes, como interferencias, de unas manos que se persignaban sin cesar y unos dedos arrugados que empujaban un trozo de melocotón contra una boca que se resistía a comer. El abuelo había dicho que yo me parecía a ella en todo lo importante, pero ya no podía saber si aquello era realmente un halago. Antes de devolver el bote a la mesilla, mi hermano lo olió una vez más y su profunda emoción me recordó a algo.

—Como polvos de talco...

Repetí de memoria las mismas palabras que él había susurrado cuando vaciamos sobre el acantilado las cenizas del abuelo, en esa urna que pareció haberse llenado con más cenizas justo después de que él quemara las malas hierbas del terreno. Mirándolo a los ojos, le hice una pregunta silenciosa a la que respondió con un asentimiento.

—Ella murió aquí abajo —confirmó—. Ahora ya están juntos para siempre.

De vuelta al pasillo, continuamos hasta el arco que daba acceso a una estancia principal donde confluían salón, cocina y comedor. Había tres personas sentadas a la mesa grande en el centro. La encabezaba el señor al que ya había conocido y, a su lado, la señora. Junto a ella se encontraba quien había intentado atacarme porque olía a acantilado. La señora lo tenía cogido de una mano enorme. Las de ella mostraban más quemaduras que las de él. Sobre la mesa había tazas, galletas y un bizcocho cortado, como si aquello fuera una visita normal.

—Son mis padres —dijo mi hermano, de pie entre ellos dos, las manos sobre sus hombros—. Son tus abuelos.

Me dirigieron miradas cordiales, amorosas, sin la alarma ni el sobresalto de la noche anterior.

—Y este es mi hermano. —Le hizo cosquillas en el cuello y consiguió que sonriera. Su labio partido se abrió—. Es tu...

Esa equivalencia no la completó, pero supe a qué se refería. A mí aún me resultaba imposible procesar el vínculo que nos unía.

—¿Puedo abrazarte? —me preguntó la señora. Sus ojos parpadearon a destiempo—. Quiero abrazarte.

Llegó a deslizarse hasta el borde de la silla, pero se detuvo cuando negué con la cabeza.

—No... —empecé a decir.

—No le gusta mucho —completó mi hermano—. No es por ti, mamá. Le pasa con todo el mundo. No te conoce todavía.

Me impactó oír a mi hermano usar con tanta naturalidad esa palabra, «mamá», que hasta hacía dos días solo podía hacer referencia a una madre común y ausente para ambos. La señora me dirigió una sonrisa triste mientras se reacomodaba en el asiento.

—Sí me conoces —dijo—. Fui la primera persona en este mundo que te tuvo entre sus brazos.

Ante mi continuada negativa, acabó por retirar la mirada.

El señor se levantó y me estrechó solo la mano.

—No te preocupes. Lo entendemos. Ya habrá tiempo —dijo. Después se dirigió a su hijo del labio partido—. ¿Quieres estrecharle la mano tú también a nuestro invitado?

Él juntó la silla a la de su madre y se refugió en su cuello, con un quejido gutural que sonó a maullido. Su extrema docilidad y timidez contrastaban con la mole rabiosa que me había atacado la noche anterior.

—Mira, ven —dijo mi hermano. Nos desplazamos por la estancia hasta un punto donde partículas de polvo flotaban en un haz luminoso que bajaba desde el techo hasta el suelo—. Aquí nos sentamos el día que naciste. Aquí conociste el sol.

Tocó el haz como si fuera un chorro luminoso que llenara su palma de agua dorada. Me invitó a hacer lo mismo y alzó la voz para preguntar algo al comedor.

—¿A que el sol nunca le hizo nada malo?

—Claro que no —contestó la señora.

Me atreví a coger en mi palma los rayos de sol que me pasaba mi hermano, aunque yo aún los veía tan peligrosos como una tarántula o un escorpión. Pero no picaron ni mordieron, solo me calentaron la mano de forma agradable. La nariz de la señora pitó con una respiración entrecortada. Sobre la encimera de la cocina vi la caja en la que había llegado la máscara. Dentro asomaba una curva blanca del material ortopédico y también el separador de cinta de la libreta. El señor esperó un poco antes de interrumpirnos.

—Bueno, venga, sentaos —dijo—. Que tenemos que hablar.

Arrastró dos sillas y nos invitó a que tomáramos asiento frente a la señora y su hijo.

—¿Hablar? —pregunté.

Mi hermano no me había avisado de nada.

—Hablar, sí —contestó el señor. Esperó a que los dos nos sentáramos—. Hemos leído el diario y queremos contarte nuestra versión de los hechos.

—Ya me la ha contado mi hermano —respondí señalándolo con el pulgar.

Las tazas tintinearon en sus platitos cuando una mano pesada golpeó contra la mesa, como si cazara la mentira que contenían mis palabras. La señora acarició la cabeza de su hijo, siseó cerca de su oreja.

—Sobre todo, queremos que nos preguntes —continuó el señor—. No vamos a ocultarte nada. Ya no. Queremos aclararte qué significa esta nueva realidad que has conocido. Para ahora y para el futuro.

El señor del dedo pegado a la boca, el del perpetuo silencio, de repente quería explicármelo todo.

—A mí también tuvieron que contarme muchas cosas —dijo mi hermano.

Y, aunque supuse que esperaban que les preguntara sobre el pasado para que pudieran reescribir lo leído en el diario, la única pregunta que se me ocurrió era relativa a la carta que había recibido mi hermano en la que su hermana decía quc ahora sabía lo que tenía que hacer.

—¿Qué va a hacer mi... su hermana?

Los tres intercambiaron miradas preocupadas.

En el pecho de la señora, su hijo gimió, retorció el cuello.

—No lo sabemos —dijo el señor—. Esperemos que nada más. Creemos que solo quería destapar la mentira sobre su..., sobre lo que...

—Sobre su muerte, papá —sentenció mi hermano en un tono firme que sonó a regaño—. Sobre la mentira que me habéis contado estos últimos quince años.

—Lo hicimos por tu bien —susurró la señora—. Ella no tendría que haber aparecido. Prometió que no lo haría.

—Entonces yo nunca...

—No volvamos con lo mismo. —El señor interrumpió el cruce de reproches y justificaciones—. Ha aparecido. Ya está, ya lo ha hecho. Ya sabemos todos la verdad. Incluido el niño, que es lo más importante.

Me gustó que me diera importancia, pero no que me llamara niño.

—Es el niño quien tiene que preocuparnos y quien merece toda nuestra atención —añadió—. Bueno, ni siquiera es un niño ya.

Agradecí que se hubiera dado cuenta. Me aclaré la voz para asegurarme de que, la próxima vez que hablara, lo hiciera en ese registro más grave que aún no se había asentado del todo.

—Entenderás que existen precauciones muy importantes que debemos seguir —continuó el señor—. Hasta ahora no te afectaban, pero a partir de ahora sí lo harán. Tenemos que evitar que descubran el sótano.

—Que es lo que hemos evitado todo este tiempo —explicó mi hermano.

Lo miré a los ojos.

—Pero hay otras opciones. —Mi voz sonó tan grave como pretendía—. Nos lo han dicho antes en el salón.

Quería que recordara las palabras de su mujer, la única en toda la familia que aún contemplaba la posibilidad de asumir las consecuencias de actos pasados y de dejar de vivir condenados a la oscuridad, al sótano, a la mentira.

—No estoy tan seguro de que las tengamos —dijo mi hermano.

—¿Qué opciones? —preguntó la señora—. No hay otras opciones. ¿Qué más da ya? Estáis todos fuera. Los abuelos ya no están. Incluso tu hermana lleva años fuera de este sótano. Ahora solo somos dos padres sacrificándonos por nuestro hijo, que tan mala suerte ha tenido. Solo nosotros estamos encerrados. Para seguir junto a él. —Besó la sien del enorme niño pegado a su regazo—. Y vamos a seguir haciéndolo por él.

—Y por nosotros —añadió el señor—. No vamos a permitir que nos separen.

La tonalidad enfermiza de sus pieles, tras una eternidad de encierro, me llevó a cuestionarme si de verdad les compensaba.

—¿Preferís esto? —pregunté abarcando todo el sótano con una mirada.

La señora apretó la mano pálida de su marido. Con la otra, acarició a su hijo, mostrándome que los seguía teniendo a su lado, tan cerca como para poder tocarlos siempre que quisiera.

—Claro que sí —respondió.

El señor esperó a que yo lo mirara.

—Y para eso nadie puede saber que estamos aquí —dijo—. Ni que seguimos vivos.

Pensé en mi visita nocturna a la chica de la valla y desvié la mirada.

—Es lo único que nos atrevemos a pedirte —continuó el señor—, que mantengas este secreto. Como lo ha mantenido tu tío. Perdón, tu hermano.

Mi hermano asintió con la misma resignación con la que, en el sofá, me había mostrado las palmas de las manos como si no pudiera hacer otra cosa.

—¿Y tu hermana? —le pregunté—. ¿Ella no va a contar nada?

—Esperemos que no —se adelantó el señor—. A ella tampoco le interesa revivir todo esto, implicarse otra vez con esta familia a la que odia. Su hermano a lo mejor era un tema pendiente, personal, pero lo demás... para qué removerlo. La máscara, la carta, la libreta, todo iba a dirigido a él. —Señaló a mi hermano como principal objetivo y afectado de sus acciones—. Quería mostrarle la verdad a él, hacerle daño. La conocemos bien, ya ha hecho cosas parecidas antes. Ha querido dejarnos de mentirosos para que él se sienta traicionado y no quiera seguir ayudándonos, pero le falta valor para destruirnos ella misma, porque sabe que caerá con nosotros. Si no, podría haberlo hecho ya, sin dar tantas vueltas. Sin envíos misteriosos.

—Que no le han funcionado —dijo la señora.

Buscó la mano de mi hermano sobre la mesa para apretársela. Yo lo interrogué a él con la mirada.

—No ha conseguido nada —me confirmó—. Ella también me mintió. Aquí abajo y todos estos años. Hizo cosas horribles. Quemó a mi familia. Tú mismo podrías no haber... estado aquí.

Un pesado silencio invadió la estancia.

La madera en el respaldo del señor crujió cuando se echó hacia delante en la silla.

—¿Nos ayudarás entonces a mantener el secreto? —preguntó.

La señora bajó la barbilla y arrulló al hijo que se refugiaba en su pecho. Me dirigió varias miradas furtivas, esperando mi respuesta. A mi cabeza regresó la imagen de la chica de la valla mientras me echaba de su casa.

—No... —Repasé mentalmente lo que le había contado justo antes de que me empujara fuera del porche—. No puedo decidirlo ahora. Tengo que salir. Necesito salir. Necesito... pensar.

Consideré que aún estaba a tiempo de correr de vuelta a casa de la chica para desmentir lo que le había contado. Decirle que era un invento mío, una locura pasajera. Que la información que ella misma me había desvelado con sus recortes me había intoxicado de tal forma que había acabado dando por válidas todas esas habladurías que siempre habían existido en la isla. Pero que no eran ciertas. Cómo iban a ser ciertas. Una familia entera no podía vivir escondida tanto tiempo. Y yo no había descubierto nada, claro que no, solo me había dejado sugestionar. Mejor aún, podía hacerle creer, incluso, que era ella la que me había entendido mal. En el estado de agitación en el que yo me encontraba hubiera sido fácil malinterpretar mis palabras.

—¿Qué te pasa? —preguntó mi hermano—. Tiempo te damos para decidir, claro que sí, pero te pasa algo.

—Tengo que salir. —Intenté disimular el pinchazo de angustia en el estómago—. Tengo que ir... a un sitio.

—¿A qué sitio?

—No, nada, a casa. Necesito pensar.

—Eso ya lo has dicho.

El niño enorme en los brazos de la señora rompió a reír.

Ella le chistó con suavidad.

—¿Dónde quieres ir? —insistió mi hermano—. ¿Qué estás diciendo?

Incapaz de responder o de inventar alguna excusa, me levanté sin contestar. Quería marcharme sin dar explicaciones, hablar con la chica de la valla antes de que ella lo hiciera con alguien más. Resolver por mi cuenta, primero, ese problema y luego ya pensar qué haríamos después.

Antes de que pudiera siquiera enfilar el pasillo, mi hermano saltó de su silla y me agarró del codo.

—¿Qué pasa? ¿Qué urgencia es esta? —Examinó mi rostro y leyó algo en mis ojos, porque su siguiente pregunta me acorraló aún más—: ¿Dónde fuiste antes? ¿Qué hacías donde te encontré?

Las patas de una silla chirriaron contra el suelo.

El señor se situó a nuestro lado.

—Dime dónde fuiste —dijo mi hermano—. No fuiste a contárselo a nadie. —No sonó a pregunta, sino a orden enviada al pasado. A deseo retroactivo—. Por favor, dime que no se lo has contado a nadie.

La voz le tembló, plagada de sospechas.

Mi largo silencio se las fue confirmando.

—Lo ha contado... —concluyó la señora en un susurro.

—Lo puedo arreglar —dije por fin—. Puedo... Puedo negárselo. Decirle que era mentira, que me entendió mal.

La señora ahogó un grito con el que también pitó su nariz.

Al señor se le cerraron los puños.

—Pero ¿a quién se lo has contado? —preguntó mi hermano—. Si tú no tienes..., no has tenido tiempo.

Aunque cambió la frase a la mitad, supe que había querido decir que yo no tenía amigos.

Los dos echaron el cuello hacia delante, esperando mi respuesta.

—A una chica que conocí en la valla —dije.

—¡Dios! —gritó el señor.

Mi hermano también abandonó la contención.

—¡No hablamos con gente de la valla! —Me salpicó con saliva al gritar la consigna que tantas veces me había repetido—. ¿Qué chica? No nos has hablado nunca de ninguna chica.

—Es de mi clase —respondí como si sirviera de justificación—. Vive allí. Donde el barco hundido.

Mi hermano chasqueó la lengua.

—¿Y qué le has dicho? ¿Qué le has contado?

Se apretó los labios con una mano para contener las ganas de taparme la boca a mí.

Al señor se le abrieron mucho los ojos, esperándose lo peor.

—Que... —Tragué saliva—. Que la familia del faro no había muerto. Que seguían viviendo aquí.

—¡Dios! —El señor se dio la vuelta contra una puerta cerrada en mitad de la estancia. Farfulló otras maldiciones con la cabeza agachada—. ¡Dios!

La señora se levantó. La mole en su regazo se separó de ella y comenzó a marchar por el salón, detrás del sofá, elevando mucho las rodillas y soplando con su labio roto como si silbara alguna melodía. El servicio en la mesa vibraba con algunos pasos.

—Puedo arreglarlo —dije.

El señor entrelazó los dedos detrás de la cabeza sin darse la vuelta. Soltó aire entre los dientes.

—Papá, ¿qué hacemos? —preguntó mi hermano.

—¿Qué vamos a hacer? —Lo de la señora sonó a lamento.

—Solo tengo que decirle que me lo inventé, que ha sido un malentendido —propuse—. Mucha gente ha dicho cosas parecidas. Ni siquiera es algo nuevo.

—Pero nadie de nuestra propia familia —dijo la señora.

Mi hermano se llevó las manos a la cintura.

Se mordió los labios, pensando.

—Te llevo yo —concluyó tras algún razonamiento—. Así llegamos antes.

—Espera, espera —intervino el señor.

Dejó de mirar a la puerta y caminó en círculos frotándose la cara con las manos. Emitía un murmullo rítmico con el paladar, como si no quisiera que nadie interrumpiera su concentración.

—Papá, voy a llevarlo —dijo mi hermano—. Que hable con esa chica, que le aclare las cosas.

—Se lo conté muy alterado, además, de madrugada —añadí—. Podía estar inventándome cualquier cosa. O haberme expresado fatal.

—Que esperéis. —El murmullo del señor, ese esfuerzo en la toma de alguna decisión, fue subiendo de volumen hasta que se detuvo—. Que vaya el niño. —Desabrochó los dedos detrás de la cabeza y me señaló con la mano entera—. Déjale que vaya solo. Antes has ido solo, ¿no? —Esperó a que yo asintiera—. Pues entonces vas solo otra vez. Si esa chica os ve llegar juntos, va a resultar más raro. Se va a notar que algo pasa.

A mí me pareció buena idea. Era justo lo que quería, resolverlo por mí mismo.

Capté una rápida sucesión de miradas entre ellos tres.

También un asentimiento contenido del señor.

La señora se acercó a él y nos dio la espalda.

Oí un bisbiseo.

—¿Seguro entonces? —preguntó ella misma, en alto, tras unos segundos.

—Es lo mejor —dijo el señor.

—Venga, pues ve tú solo. —Mi hermano me animó con un golpecito en el brazo—. Pero no vayas andando otra vez, vete en la bici. Que para algo la tienes. Y deja que te dé el sol, que no te hace nada.

La mole que marchaba por el salón llegó hasta la cocina, a la encimera donde se encontraba la caja de la máscara. Se asomó a ella y dio un paso atrás, asustado. Cuando se dio cuenta de que lo mirábamos, fijó sus ojos en mí.

—Está tu madre ahí dentro —dijo trabándose con las últimas palabras y pronunciando «drentro».

Se alejó de la caja con pretendido sigilo, como si algo en su interior pudiera atacarlo.

—Vete, anda —dijo mi hermano.

Antes de que pudiera moverme, la señora me agarró y, sin preguntar, me rodeó con los brazos. La suavidad de su pecho, la dulzura con la que me acogió y la manera en que sus dedos acariciaron mi cabeza por detrás anularon cualquier extrañeza ante el inesperado exceso de contacto. De pronto, me sentí tan a gusto y protegido como cuando, en noches de tormenta, me acurrucaba en mi cama bajo la manta.

—No iba a quedarme sin tu abrazo —susurró la señora en mi oído.

Me pregunté si era eso lo que sentían, todos los días, los niños que sí tenían madre. Los pasos pesados de la mole se acercaron a nosotros y dos brazos enormes se sumaron a los de la señora, que percibió mi tensión y apretó un poco más para hacerme saber que estaba todo bajo control. El calor de la inmensa corporalidad del recién llegado envolvió por completo el abrazo.

—Me gusta el bebé —dijo con su labio partido.

La señora contuvo un sollozo.

Al separarnos, sus ojos brillaban. Me dio las gracias con las manos en el pecho.

—Vamos —dijo el señor—. No perdamos más tiempo.

—Cuanto antes hables con esa chica, mejor —coincidió mi hermano—. Aquí te esperamos.

Se ofreció a acompañarme a la trampilla, pero le dije que no hacía falta.

Ya conocía el camino.

23

Rodé calle abajo a mayor velocidad de lo que había corrido la noche anterior. La sombra de los árboles cubría todo el descenso, salvo algunos parches solares que atravesé sin preocupación. En el momento de alcanzar el cruce con la carretera que rodeaba la isla, la rueda trasera de la bicicleta raspó contra la gravilla. Mis manos habían frenado por su cuenta, antes de que pudiera abandonar el refugio de las sombras. Respiré hondo para atreverme a actuar en contra de mis instintos y retomar la pedalada que me expuso al sol. Era un sol anaranjado que se aproximaba al horizonte y resultaba menos amenazador, pero aun así preferí seguir buscando la sombra de cada árbol, cada fachada, cada cartel o cada poste de tráfico.

En la zona del barco hundido, árboles altos de frondosos ramajes volvieron a cobijarme por completo.

Dejé la bici frente a la casa azul de macetas verdes.

A la luz del día, su fachada resultaba aún más peculiar y reconocible. Había una camioneta blanca aparcada en la parcela. Vi el banco en el que habíamos hablado la chica y yo, del que ella me había levantado a la fuerza para echarme. Pensé en rodear la casa y comprobar si estaba en su dormitorio, volver a llamarla con guijarros, pero preferí no hacer ningún movimiento extraño. Llamaría a la puerta con normalidad y pediría hablar con ella a quien me abriera.

Bajo mis pasos crujieron agujas de pino y los tres escalones que subían al porche.

Me quedé con la mano a medio levantar cuando encontré entornada la puerta principal de la casa.

Miré a mi alrededor por si había alguien fuera. Asomado por un lateral de la barandilla, alcancé a ver un cobertizo en la parte trasera, cerca de donde yo me había escondido a espiar la noche anterior. La puerta estaba abierta y había luz dentro. Alguien habría salido para coger algo de allí y había dejado entornada la puerta de casa. Me sentí tentado de aprovechar el momento para colarme, pero eso sería motivo más que suficiente para que me echaran. Aunque la puerta estuviera abierta y no supiera si había alguien para responder, decidí llamar al timbre.

Antes de apretar el botón, oí pasos dentro de la casa.

Me asomé por una esquina de la ventana del porche, a espaldas del banco. En cuanto reconocí a la chica, me hice visible por completo y saludé al cristal. El movimiento atrajo su atención. Nada más verme, sacudió las manos y la cabeza, como si quisiera borrar mi presencia. Intuí que iba a cerrar la puerta, así que la empujé con el pie antes de que ella la alcanzara.

—Eso que estás haciendo no se puede hacer —dijo con un dedo levantado—. No se puede entrar en las casas de la gente. Vete.

—Solo quiero que hablemos. —Di un paso adelante—. Como anoche. No sé muy bien lo que te dije, pero no quiero que lo entiendas mal.

—No entres más. —Mostró la palma de una mano—. Te entendí perfectamente.

—¿Y por qué te enfadas conmigo por cosas que dice otra gente?

Sus cejas se arrugaron.

—Solo estaba repitiendo teorías que se oyen por la isla, tú misma me dijiste algunas. —Fui bajando el volumen por si había alguien más en la casa—. Pero mi familia no tiene nada que ver con esas cosas que se dicen.

—Ya, claro. —Una sonrisa burlona mostró la separación entre sus dientes—. Por eso estabas como estabas, así de atacado. Acababas de descubrir algo por ti mismo.

—¿Ves? Me expresé fatal. —Fingí total desconcierto—. Siempre me pasa. Yo no he descubierto nada.

Hubo un requiebro agudo en mi voz.

—Qué mal mientes —dijo ella—, no sabes mentir. Se te han ido los ojos dos veces. Y mira tus dedos.

Tenía los índices retorcidos contra los pulgares.

—Te ha echado la bronca tu hermano, ¿no? —añadió ella—. Por meter la pata. Y ahora vienes a intentar arreglarlo. ¿En serio pensabas que iba a funcionar?

Se movió hacia la puerta, pero me rodeó manteniendo una distancia exagerada, como si fuera una amenaza, un perro que pudiera morderla. Me obligó a adentrarme más en la estancia y a girar sobre mí mismo. Mientras lo hacía, vi en el espacio una mesa grande, cubierta por una sábana, como para protegerla antes de hacer un trabajo de pintura o carpintería. Ella abrió la puerta y gritó al exterior lo mismo que la noche anterior, otra vez para echarme.

—¡Mamá!

—Vamos a hablar. No se me da bien hablar, pero contigo es diferente. Me gusta hablar contigo. Ayer a lo mejor dije cosas solo por..., por llamar tu atención.

Ella levantó el labio, ni por un instante se creyó ese nuevo argumento.

—Está todo hablado. —Giró la cara hacia la rendija de la puerta—. ¡Mamá!

—Calla, por favor.

Volvió a gritar, más alto, querría que su madre la escuchara hasta el cobertizo.

—Por favor... —Pensé en mi hermano, solo en él, y la súplica se escapó de mis labios, aunque implicara también una confesión—: Por favor, no se lo digas a nadie.

Su sonrisa se desvaneció.

—Demasiado tarde —dijo—. Ya lo he hecho.

El sonido de unos pasos llegó desde fuera.

Se acercaban a la casa por el lado del cobertizo.

Pensé en huir. En que nadie me viera con la chica. Quizá aún podría negarlo todo, decir que ni siquiera nos conocíamos y ella estaba inventando confesiones como tanta gente inventaba cosas sobre la familia del viejo faro. Yo, además, era el hermano pequeño, el raro que no hablaba con nadie. Y mucho menos con alguien como ella.

La chica previó mis intenciones y sujetó la puerta con fuerza.

Alguien subió los escalones de madera en el exterior.

El porche entero crujió bajo su peso.

Miré a mi alrededor buscando alguna otra salida.

Las bisagras de la puerta chirriaron en el mismo momento en que mis ojos repararon en una imagen que colgaba de una pared. Era un retrato enorme, junto a otro montón de fotografías enmarcadas alrededor de un barómetro antiguo.

Mostraba a una niña.

Con una rebeca rosa.

Encima de una bici.

—No te atrevas a mirarla —dijo quien había entrado—. Eh, tú. No te atrevas a mirar a mi niña. ¡Que no la mires!

—Se ha colado, mamá —dijo la chica—. Es peligroso. Todo lo que me dijo era verdad.

Giré el cuello hacia la voz.

Encontré la mirada rabiosa de unos ojos enrojecidos.

La mujer que llora apretaba la mandíbula.

—Lo sabía —me dijo.

Traía enredada su melena blanca, esa que solía llevar tan bien peinada. En las manos, en lugar de flores, cargaba una caja de madera llena de botes, herramientas, trapos. La dejó caer sobre la sábana que cubría la mesa.

—Sabía que esa casa vuestra no debía existir. Sabía que algo escondíais.

Espuma de saliva, pegajosa, se le acumuló en la comisura de los labios, igual que cuando le soltaba cosas parecidas a mi hermano en la puerta enrejada de casa, cada noveno día del mes, en uno de esos accesos de rabia que le daban después de haber dejado las flores de recuerdo a su hija en el tronco de nuestro sauce.

—Es tu madre... —le dije a la chica.

Mi mente peleaba por aceptar ese vínculo entre dos mundos que creía tan ajenos. La mujer que llora y la chica de la valla. Ella enarcó las cejas.

—¿De verdad pensabas que yo querría hablar contigo porque sí?

Miré a la pared de fotografías en busca de explicaciones. Vi un retrato de boda de la mujer que llora junto a un hombre. Cerca había otra foto que se veía antigua, de la pareja, sentados en el columpio de algún porche, con un bebé entre los brazos de ella. Justo al lado estaba la imagen grande de la niña con la rebeca rosa que se usó para el cartel de su desaparición. Había más fotos de ella, en diferentes estaciones, con diferentes ropas. En otra foto, de aspecto más moderno, la mujer que llora recibía entre risas un beso de un hombre que no era el mismo de la boda. Y había una imagen de ese otro hombre sujetando un bebé. Aunque entendí que eran dos niñas distintas lo que había en las fotos de la pared, solo una de ellas llegaba a crecer. Fotos con un acabado cada vez más actual me mostraron el crecimiento de quien acababa por convertirse en la chica de la valla.

Volví a mirarla a ella, que se había acercado a su madre.

—Te lo he dicho, no sabes mentir —repitió la chica—. Pero a ti es muy fácil mentirte. Tampoco voy a tu clase. Ni tengo tu edad. Ni sabes mi nombre. —Se le escapó una risita—. Y mi padre no se puede enfadar conmigo porque no vive con nosotras.

—Todos me abandonan —dijo la mujer que llora—. Al final, todos me abandonan.

En mi mente retumbó un eco de la alambrada repitiendo el mismo sonajeo metálico que hizo la tarde en que la chica pegó contra la valla la foto del cartel de búsqueda de la niña desaparecida, tratándola como algo ajeno a su vida cuando realmente era una hermana a la que no conoció. Igual que me había hablado del hombre que se ahorcó como si fuera un dato escabroso más cuando se trataba del primer marido de su madre, quien más tarde acabaría quemando el faro del abuelo. La chica me había hecho creer que el suyo era un interés casual en mí, pero en realidad quería sonsacarme información para esa madre. Que era la suya y también la de la niña que la bestia encontró entre las rocas. La niña cuyo cuerpo ocultó la familia de mi hermano.

—Cómo lo sabía —soltó entre dientes la mujer que llora—. Que escondíais algo, cómo lo sabía. Desde que volvisteis a vivir ahí. Si es que había algo que me lo decía, que esos asesinos seguían vivos. —Desplegaba sobre la mesa el contenido de la caja de madera—. Me lo decía mi niña, ella me lo decía. Me lo susurraba ahí mismo, en vuestro árbol, desde abajo, en el pozo. Que el monstruo seguía vivo, me lo susurraba mi niña cada vez que iba. —Bajó la voz para emular esos susurros de ultratumba—: «El monstruo sigue vivo... Mamá, el monstruo está vivo». ¡Ella me lo decía!

Golpeó contra la mesa una garrafa de varios litros.

Entre sí tintinearon unas viejas botellas de vidrio verde y ámbar.

La mujer que llora sopló pelos blancos enredados en sus cejas, pegados al sudor de su cara.

—Que había que tiraros el faro abajo otra vez. ¡Eso me decía mi niña! ¡Que había que repetir el trabajo que ya hizo mi marido! —Clavó sus ojos en mí—. Al que también matasteis vosotros. —Tiró de una soga imaginaria en su cuello—. No hay padre que aguante lo que esa familia tuya hizo con el cuerpecito de una pobre niña. Mi niñita que no creció.

La mujer que llora desenroscó la garrafa y olió su contenido. Apartó la nariz con un respingo, pero acabó sonriendo. Sacó un trapo rojo y lo rasgó por la mitad obteniendo dos trozos largos. Le ofreció a su hija otro trapo, pero ella dudó si cogerlo o no.

—¡Vamos! —le gritó su madre—. ¡Rómpelos!

A la chica se le escapó una mirada hacia mí antes de obedecer.

La mujer que llora revolvió aún más el contenido de la caja y sacó un paquete de cerillas. Siguió rebuscando hasta encontrar un mechero. Probó que funcionara. Se encendió a la primera. Pero también lo desechó. Sacó entonces un soplete de mano, como el que usaba la mujer de mi hermano en la cocina para algunos postres. La mayor potencia de esa llama la convenció por fin.

Yo hui hacia la salida.

La chica corrió a bloquear mi camino, cerró la puerta con su espalda.

—No vas a avisar a nadie —dijo.

Buscando alternativas, llaves o herramientas, mi mirada inquieta se posó en un mueble recibidor junto a la entrada. Sobre él, había una bandeja para la correspondencia. Y uno de los sobres atrajo mi atención. Estaba marcado de la misma forma que el de mi hermano, con la misma rúbrica sin nombre que dibujaba el contorno de un rostro. Tenía también los tres círculos en su interior que lo convertían en una máscara que gritaba.

—¿Qué miras? —preguntó la chica.

Antes de que lo adivinara, me abalancé sobre la correspondencia.

—¿Qué haces?

La sentí echarse sobre mí. Por detrás, sus manos intentaban colarse entre mis brazos. Encorvado para proteger el sobre, conseguí abrirlo. Contenía una hoja con una única frase:

PREGUNTADLE POR SU MADRE AL NIÑO DEL FARO.

Me volteé para encarar a la chica, apretando el sobre entre la cara de ambos.

—Por esto viniste —dije.

Ese último descubrimiento me enfrentó con mayor brutalidad a una realidad que ya había quedado clara, que nada de lo que había pasado en la valla era real. La única persona con la que me había apetecido hablar en mucho tiempo, mi única amiga, solo perseguía un interés oculto, guiado. El apretón de manos más pequeño del mundo no había significado nada para ella. Recordé la punta de nuestros dedos enganchados a través de la valla, nuestras pieles tintadas de atardecer, y sentí una grieta abrirse en el lado izquierdo de mi pecho.

—Obvio. —Ella tan solo enarcó las cejas con la misma superioridad e indiferencia que antes—. ¿Y tú por qué has saltado a por esta carta? ¿Sabes quién la manda?

Asqueado por la manera en que mostró la separación de sus dientes con una nueva sonrisa, hice algo que no había hecho nunca antes: empujar a alguien. Como me había empujado ella a mí para echarme del porche.

La chica salió disparada hacia atrás con un grito.

Una silla detuvo su trayectoria, se le enredó entre las piernas.

Perdió el equilibrio, pero no llegó a caer.

—Se nota de qué familia eres —dijo la mujer que llora.

Aproveché el momento para alcanzar la puerta y escapar.

Al salir al porche se presentó ante mí una evidencia que no había sabido interpretar antes. Envuelto por el aroma del montón de flores que crecía en aquel excesivo número de macetas verdes, entendí que era con ellas con las que la mujer que llora elaboraba los ramos que llevaba a nuestro sauce.

En cuanto la chica apareció en el porche, salté todos los escalones de una zancada.

Corrí a por mi bicicleta y comencé a pedalear a toda velocidad, sin mirar atrás. Ni siquiera frené o aminoré la marcha cuando tuve que abandonar el cobijo de las sombras.

24

Consideré un triunfo recorrer tanta distancia expuesto al sol, bajo un atardecer rojizo en el que largas estelas de nubes del color de las llamas parecían incendiar el cielo. El sudor de mi cuerpo se iba secando al aire con la velocidad de mis pedaladas. Con la cabeza esquivé nubes de mosquitos. El que me entró en el ojo lo saqué sin soltar el manillar, a base de lágrimas y parpadeos. No podía perder tiempo. Si la mujer que llora pensaba ir al viejo faro con la camioneta que había visto aparcada en su parcela, tendría muy fácil llegar antes que yo.

Circulé por el lateral de la carretera que rodeaba la isla, sorteando a los coches que se detenían para obedecer señales de tráfico que yo ignoraba. Me gané más de un pitido, pero no aminoré la marcha. Cuando faltaba poco para enfilar la cuesta arriba que me llevaría hasta casa, la cercanía de mi destino me impulsó a acelerar aún más. Quería iniciar la subida con la mayor potencia posible, antes de que la inclinación detuviera mi avance.

Abandoné el sillín y pedaleé erguido sobre la bicicleta. Accedí a la calle a máxima velocidad y logré remontarla sin tener que apearme. Con dos últimas pedaladas, lentas y trabajosas, alcancé el trecho final, que volvía a ser plano.

La puerta enrejada se abrió antes de que yo llegara.

De casa salía la mujer de mi hermano.

En cuanto vi su cara, supe que algo no iba bien.

Dejé caer la bici.

—¿Tienes al niño? —me preguntó.

—¿Al niño? —No entendía por qué me lo preguntaba—. ¿Yo?

Chasqueó la lengua cuando respondí que no.

—No está en casa —explicó—. Y tú te has dejado la puerta abierta.

Iba a negarlo, pero, al haber salido montado en la bici, tan deprisa, era probable que no hubiera regresado a cerrarla.

—Estaba abierta —confirmó ella—. A lo mejor...

Señaló la puerta y después la calle, hacia abajo, como si ilustrara una errática escapada del niño.

—Yo acabo de venir por ahí y no lo he visto —dije.

Aunque mi intención era tranquilizarla, eliminar esa opción convertía otras en más probables.

—Pues en casa no está, ni aquí en el terreno. —Se llevó una mano a la frente con un gemido—. Al acantilado no quiero asomarme. No puedo asomarme al acantilado.

La angustia distorsionó su rostro. Le pedí que se mantuviera tranquila, que el niño no llegaría andando hasta el acantilado, tampoco caminaba tanto. Un verso del poema que había leído en el diario se repitió como un eco macabro en mi cabeza: «Hay niñitas que se pierden, se hacen daño y se caen».

—¿Y mi hermano?

Los nervios convirtieron mi pregunta en un grito impaciente, aunque ya no sabía si la emergencia era contarle lo que había visto en casa de la mujer que llora o avisarle de la ausencia de su hijo.

—No lo sé —respondió ella—. Seguirá abajo, en el taller.

—Voy a avisarle.

Antes de que me moviera, el cascabeleo de unas llaves atrajo nuestra atención. El llavero sonaba colgado de una trabilla en el pantalón de mi hermano, que apareció por el extremo opuesto de la calle. Acababa de doblar la esquina donde terminaba el vallado en ese otro lado del terreno. Venía encorvado. Se secó los ojos con la muñeca y se sorbió la nariz antes de darse cuenta de que lo mirábamos.

Entonces se quedó quieto.

Los pies levantaron algo de polvo al frenar.

—¿Qué pasa? —preguntó con un grito—. ¿Qué hacéis ahí?

—Tu hijo —respondió su mujer elevando la voz—. No está. ¿Lo tienes tú?

Mi hermano se acercó con paso acelerado.

—¿Cómo que no está?

—¿De dónde vienes? —le pregunté.

—El niño —insistió él a su mujer—. ¿Qué pasa con el niño? Si estaba en casa contigo.

—Me puse a hacer cosas... No sé cuánto tiempo habrá pasado. Cuando he ido a buscarlo... no estaba. Y encontré esta puerta abierta.

Los ojos de mi hermano se alarmaron.

—Tiene que estar —dijo.

Iba a contarle lo ocurrido con la mujer que llora, pero él salió disparado hacia la casa. Nosotros lo seguimos por el camino de grava, más despacio. Cuando la mujer de mi hermano quiso decir algo, la inquietud le robó el aliento. Tragó saliva antes de volver a intentarlo.

—¿Me acompañas al acantilado? —me preguntó finalmente—. ¿Te asomas tú?

La sola idea de mirar precipicio abajo y poder vislumbrar a lo lejos, o en las rocas, la figura del niño me provocó un vértigo que me mareó. «No llegó a tocar el agua, a las rocas fue a parar».

—No ha ido al acantilado —dije con seguridad, para hacerlo real y para dejar de escuchar el poema en mi cabeza—. No está allí.

La mujer de mi hermano asintió varias veces seguidas, esforzándose por creerme.

«El acantilado quedó arriba y ella rota cual cristal».

Dentro de casa se oía cómo mi hermano subía y bajaba por las escaleras, abría puertas, llamaba sin cesar a su hijo. Regresó a la puerta principal en el mismo momento que nosotros la alcanzábamos.

—No está —confirmó y lanzó al aire la misma pregunta que venía haciéndose su mujer—: ¿Dónde está?

—Voy a avisar a la policía —dijo ella con repentino aplomo.

Sorteó a mi hermano para atravesar el vestíbulo en dirección al salón. De la mesilla, junto a una lámpara y una cúpula con un espécimen quimérico, descolgó el teléfono.

—No... —Mi hermano alargó un brazo—. No podemos llamar. Espera un poco, no podemos llamar. Van a... —Me miró de soslayo antes de modificar lo que fuera a decir—: Van a mirarlo todo.

—¿Por qué sigues hablando en clave? —preguntó ella—. Tu hermano ya sabe la verdad. Sabe que no podemos llamar a la policía para que no registren la casa entera y descubran el sótano donde se esconde tu familia. Pero no voy a poner en riesgo la vida de mi hijo. De que llamemos ahora mismo puede depender que lo encuentren a tiempo o no.

Nos dio la espalda y presionó un primer botón en el teléfono.

—No llames, por favor —dijo mi hermano—. Estamos exagerando. Vamos a buscarlo bien. Por el terreno. Si no aparece, llamamos. Pero espera un poco.

Ella no vaciló, completó la llamada pulsando otros dos números.

—Dijiste que no intervendrías en nada que afectara a mi familia —le recordó mi hermano.

Ella dejó caer los hombros.

—Esto no tiene que ver con tu familia —dijo—. Tiene que ver con la mía.

Se volteó hacia nosotros al decir aquello y un cúmulo de expresiones alteró su rostro. Los ojos se le redondearon. La boca se le abrió de la particular manera torcida en que lo hacía. El teléfono se le resbaló de las manos y cayó al suelo.

—Haz la llamada —dijo una voz detrás de nosotros—. Que nadie te impida hacer la llamada que tú quieres hacer.

Aunque el tono era calmado, había en la voz una cualidad rasposa y una gravedad que la hacían sonar oscura. A mi lado, mi hermano tomó una rápida inspiración que sonó asustada. La espalda se le tensó de tal manera que creció en altura. La inmediata intranquilidad que recorrió su cuerpo invadió la estancia entera de igual forma que la noche en que llegó la máscara.

Su mujer se tapó la boca con las manos.

Me giré al mismo tiempo que mi hermano y descubrimos a la vez la presencia que había aparecido en el acceso al salón. Llevaba en brazos a mi sobrino, que reposaba plácidamente contra el hombro de la extraña, a quien reconocí enseguida. Dos cortinas de pelo negro, largo, enmarcaban un rostro con la nariz desviada. Tres cicatrices lo atravesaban. Una cruzaba la frente de lado a lado. Otra bajaba desde el ojo derecho. La tercera, en diagonal, iba desde el labio hasta la oreja. Aunque no era una mujer hecha de sábanas, vestía ropas holgadas que lo parecían. Llevaba una camisa suelta, de manga larga, abotonada hasta el cuello. Y una falda larga, ancha, de color marrón.

Su mirada se encontró con la mía y parpadeó varias veces, como si no creyera lo que veía, su respiración detenida en la garganta.

—Eres tú… —dijo.

Añadí a esos labios que acababan de hablar una palabra que no pronunciaron, pero con la que esa persona se había referido a mí todas las veces que me mencionaba en el diario. «La aberración», fue lo que imaginé que decía a continuación.

Sí, era yo, la aberración, habría podido responder, pero permanecí en silencio.

Imaginé ese rostro cubierto de gasas, distorsionado en el reflejo de un espejo lleno de gotas. Imaginé esa boca gritando y escupiendo melocotón entre los dientes, ese cuerpo meciéndose empapado entre luces de ambulancia. Imaginé también esas manos pintando mis labios de veneno azul, cuando yo era un bebé aberrante del que quiso deshacerse. Di un paso atrás en el salón, sin pensarlo, como si fuera mi cuerpo quien guardaba la memoria de un evento que yo no recordaba, una especie de instinto muy profundo que reconociera en esa figura, que pudo haber sido materna, tan solo una amenaza de la que debía protegerme.

Mi reacción la entristeció, lo noté en la manera en que su pecho se desinfló. Quizá había esperado que su primer encuentro conmigo transcurriría de otra forma, porque probablemente no imaginaba que yo sabía lo que ella había intentado hacer conmigo de pequeño. Pero lo sabía, lo había leído y hasta había compuesto la escena del matarratas en mi cabeza.

En busca de un mejor recibimiento, ella miró a su hermano y se echó todo el pelo hacia atrás, como si quisiera mostrarle su nueva cara al completo. Los ojos de mi hermano se cubrieron enseguida de un barniz brillante. Se cogió la punta de los dedos en el aire, a la altura del ombligo, transformándose en ese niño que veía a veces en él.

—Hermanito... —dijo ella—. Qué mayor.

El barniz en sus ojos se condensó en dos lágrimas que cayeron directas a su camiseta, ni siquiera resbalaron por su mejilla. Sus facciones modelaron un gesto de pura conmoción que jamás le había visto antes. Fue él quien tragó saliva, pero pude imaginar a la perfección el regusto salado que invadiría su garganta, tan salado como las olas de memorias que arreciaban contra él, trayéndole desde el fondo de algún abismo a quien creía muerta desde hacía tanto tiempo.

—Tú... —fue lo único que pudo decir.

Se acercó a la aparición con pasos lentos, silenciosos, como si se aproximara a un insecto que pudiera echar a volar. O a un espejismo que se desvanecería al mirarlo desde cierto ángulo. Pero, cuando se situó frente a ella, ni el insecto alzó el vuelo ni el espejismo se disipó.

—He venido a verte —dijo su hermana—. Pensé que nunca volvería a verte.

—Dame al niño —interrumpió él, con un tono firme insensible al reencuentro—. Dámelo.

Ella echó la cara hacia atrás, tan sorprendida como ofendida.

—No estarás pensando que me lo he llevado yo —dijo—. Me lo acabo de encontrar ahí fuera. Venía a verte y él estaba en el camino. Tenéis todas las puertas abiertas. Ya las he cerrado.

Él dejó escapar un ronquido de incredulidad.

—Dámelo —insistió.

Su hermana entornó los ojos. Observó el salón componiendo en su cabeza alguna escena que la llevó a dirigirse a la mujer de mi hermano.

—Si no os lo doy, ¿terminarás esa llamada? —le preguntó—. ¿Les dirás que alguien se ha llevado a tu niño para que tengan que venir y acaben descubriendo lo que se esconde aquí? Estabas a punto de cometer el mismo error que yo. Protegerlos por encima de lo que es importante para ti. Supongo que es un error que llevas años cometiendo. —Dio un paso atrás como si amenazara con no devolver al niño, al tiempo que señalaba con la barbilla el teléfono en el suelo—. Ponle fin. Habla con ellos. Haz que vengan.

Mi hermano miró al aparato sobre la alfombra, preocupado de que pudieran estar escuchando la conversación y eso fuera suficiente para alertarlos. Pensé que era buen momento para avisarle de que venía la mujer que llora, así a lo mejor no le parecía tan mala idea que hubiera presencia policial en la casa antes de que llegara.

—Viene la mujer que llora —dije.

—No lo hagas —pidió mi hermano a su mujer, sin prestarme atención.

Ella se agachaba lentamente para recuperar el teléfono, donde quien hubiera respondido a la llamada susurraba a sus pies.

—No le va a hacer nada al niño —continuó mi hermano. Lo dijo una vez y se lo repitió a su hermana a modo de amenaza—: No le vas a hacer nada a mi hijo. Dámelo.

Ella se separó aún más y lo acunó con una breve melodía de garganta, presumiendo de lo cómodo que el niño parecía encontrarse entre sus brazos.

—¿No vas a hablar con ellos? —Volvió a dirigirse a la mujer de mi hermano—. ¿Ni aunque una extraña tenga apresado a tu hijo?

—No eres una extraña —dijo mi hermano.

Su mujer, que se encontraba paralizada a mitad de movimiento, pidió que le devolviera al niño. Que no le hiciera daño.

—Por favor, no le hagas nada —dijo.

La súplica, que sonó desesperada, debió de alarmar al pequeño, quien abandonó su estado de calma y rompió a llorar. Conmovida por el ruego de ella o apurada por el llanto del pequeño, la hermana de mi hermano reaccionó al instante. Atravesó el salón y le entregó el niño a su madre, que lo recibió, aliviada, entre los brazos.

—Claro que no iba hacerle nada —susurró para tranquilizarla.

Me fijé en cómo, de cerca, miraba los peculiares rasgos en la cara de la mujer de mi hermano, aunque no hizo ningún comentario al respecto.

—Solo quería impulsarte a llamar —continuó—. No hacer una llamada que debería haber hecho arruinó mi vida para siempre.

Dudé si se referiría a la llamada que no realizó para pedir ayuda cuando su hermano se cayó por la escalera o a la que no hizo tras descubrir que sus padres acababan de lanzar el cuerpo de la niña al pozo.

—El niño estaba fuera, de verdad —añadió—. No me lo he llevado. Apareció en mi camino y quise meterlo en casa.

Valoré si era posible que yo no lo hubiera visto al subir ese mismo camino en la bicicleta.

—Ya, seguro... —dijo mi hermano.

—¿Tan mal piensas de mí? —le preguntó ella.

—¿Qué haces aquí si no? ¿Para qué me has enviado la máscara, el diario?

—Ya te lo he dicho, venía a verte. —Regresó frente a él y lo abrazó por el cuello, poniéndose de puntillas—. No ha sido nada fácil atreverme a volver.

Mi hermano se quedó inmóvil en la misma postura, sin devolver el abrazo. Los talones de ella regresaron al suelo con la lentitud de una decepción.

—¿Leíste mi diario? —preguntó, como si no entendiera que su lectura no le hubiera conseguido una mejor acogida—. Me salvaste la vida con esa libreta. Fue un gran regalo que siempre te agradeceré.

Él tan solo asintió, aún convertido en un niño grande que no sabía cómo expresar lo que sentía.

—¿Has leído lo mucho que sufrí allí abajo?

Tan callado como estaba, mi hermano me recordó a mí más que nunca.

—Pues fue aún peor —añadió ella—. La realidad fue aún peor.

De pronto sentí la necesidad de hacerle saber por qué yo tampoco podía ofrecerle un mejor recibimiento y rompí mi silencio:

—Yo también he leído el diario —dije.

—No... —Su frente herida se fue arrugando como si hubiera recibido una terrible noticia—. Tú no tenías que leerlo. No era para ti.

Mi hermano recuperó el habla aclarándose la voz.

—¿Qué es lo que vas a hacer? —preguntó—. Decías en la carta que ya sabías lo que tenías que hacer.

—Lo has leído todo —dijo ella con una sonrisa—. Dime, ¿qué sentiste al ver la máscara? ¿Que tu hermana regresaba de entre los muertos?

—¿Qué vas a hacer? —Mi hermano impuso su pregunta sobre las demás—. ¿Qué les vas a hacer?

Los hombros de ella cayeron con un suspiro de decepción. Se movió por el salón hasta divisar en la lejanía, a través de la puerta corredera de cristal, el lugar del terreno donde crecían las hierbas salvajes.

—Te siguen preocupando más que nada en el mundo —dijo mirando hacia allá—. Más, incluso, que hacer una llamada que podría haber salvado la vida de tu hijo.

—Eso no es verdad —dijo él.

Ella mantuvo sus ojos en el exterior, hipnotizada por la visión de la trampilla.

—No me puedo creer que sigan ahí, sin moverse. Enterrados. Me parece otra vida. Mil vidas atrás. —Barrió el terreno con los ojos, como si imaginara escenas de su pasado que hubieran transcurrido en ese mismo lugar. Después elevó la mirada al techo, pensando seguro en la torre que se alzaba sobre nosotros—. Ya tenía que estar tu abuelo obsesionado con los faros para volver a construir una torre después de lo que pasó en la escalera.

Regresó junto a mi hermano con pasos lentos en los que apoyaba primero el talón.

—Y tú también sigues aquí —le dijo—. Condenado igual que ellos. Ya es hora de liberarte, ¿no?

Sus palabras sonaron a las que anteceden a una conclusión. Un desenlace.

Mi hermano se apretó intranquilo la punta de los dedos.

—¿Qué vas a hacer? —preguntó.

—Te quiero mucho, hermanito. Y también lo siento. Porque, por lo que veo, te siguen preocupando.

—Dime qué vas hacer.

—Lo que he venido a hacer ya lo he hecho.

El niño en el que se había convertido temporalmente mi hermano volvió a ser un adulto que se encaró a su hermana, exigiendo una respuesta.

—No me acostumbro a que seas más alto que yo —dijo ella—. Me llegabas por aquí la última vez que...

—Que me digas lo que has hecho —interrumpió él.

Su hermana se humedeció los labios.

—Hacerte saber la verdad —respondió por fin—. ¿Te parece poco?

Mi hermano suspiró aliviado al comprobar que la teoría que había defendido su padre antes, en el sótano, parecía ser la correcta: la motivación de su hermana había sido personal, dirigida a él, como ambas cajas, la de la máscara y la de la libreta. Con ellas le había destapado las últimas mentiras que aún le ocultaba su familia. Sin pretenderlo, me había arrastrado a mí en el proceso de iluminación, pero eso hubiera ocurrido antes o después.

Mi hermano miró al suelo y dejó caer los hombros, como si soltara una carga.

—Bueno —añadió ella entonces—, la primera fase era hacerte saber la verdad a ti. La segunda fase ha sido...

Mi hermano elevó la cara.

Ella alargó una pausa que pareció disfrutar.

—La segunda fase ha sido descubrirle la verdad a todo el mundo —completó y se dirigió a la mujer de mi hermano—: Daba igual que tú hicieras esa llamada o no. —Señaló el teléfono en el suelo—. En realidad, ya están avisados.

La mujer de mi hermano ahogó un grito.

El niño la imitó como si jugaran a emular sonidos de animales.

—¿Qué sig...? —A mi hermano le tembló la voz—. ¿Qué significa eso?

—Significa que he hecho lo correcto. —Su hermana llenó los pulmones con un aire sanador que fue liberando mientras hablaba—. Lo que debí haber hecho siempre, desde el momento en que los vi tirar el cuerpo de la niña al pozo. Esa primera llamada a la policía que no me dejaron hacer aquella noche... La he completado por fin.

Supe entonces a qué llamada se había referido antes.

—De alguna manera, la he completado esta tarde —continuó ella—. Tantísimos años después. Y lo he hecho serena, convencida. Segura. Ya no soy la misma de antes, hermanito. Han cambiado muchas cosas. Se acabó el miedo. Se acabaron los chantajes.

—¿Qué has hecho?

—Quince años he tardado en sentirme fuerte otra vez, en lograr reconstruirme. —Me miró a mí como si yo representara ese tiempo—. Una vida entera. Pero ha llegado el momento de hacer lo correcto, y no sabes lo bien que me he sentido. —Sus ojos regresaron al terreno—. Tus padres pueden arrastrarme con ellos si quieren, como amenazaron con hacer tanto tiempo atrás. Que cuenten de mí lo que les apetezca. Que me destrocen otra vez. Que me juzgue el mundo entero. Estoy dispuesta. Pero se acabaron los secretos. Todos los secretos.

—Dime lo que has hecho.

Ella respiró hondo, concediéndose una pausa, o quizá le concedía a mi hermano un último instante de serenidad antes de sacudir su vida.

—Ha sido una declaración larga —anunció ella—. La he hecho aquí, en la isla, donde tenía que hacerla. La agente que me ha tomado declaración no podía creerse que fuera yo. Se acordaba de mí, tanto tiempo después... Cómo olvidar a nuestra familia, claro. Le ha costado mucho creer lo que le contaba, eso sí. Pero que yo no estuviera muerta, como pensaban, ha sido una buena prueba. Ahora vendrán a comprobar el resto. Porque lo he contado todo. Desde el principio. Hasta hoy. —Con un dedo en tensión señaló la puerta corredera y la trampilla más allá—. Hasta este mismo momento en el que esos señores y esa bestia siguen escondidos en ese repugnante sótano.

Se refirió a ellos como lo hacía en el diario.

—No es verdad. —A mi hermano se le cerraron los puños—. No lo has contado.

Pedía un deseo al pasado como había hecho conmigo hacía un rato.

—Vengo de declarar ahora mismo —confirmó ella—. Y venía a tu casa para poder verte antes de que no quisieras volver a verme. Estarán a punto de llegar. No creas que estás a tiempo de evitar nada.

Oí un sollozo de la mujer de mi hermano, que apretó al niño contra su pecho.

—Quería decírtelo a la cara —continuó la hermana—. También he enviado una declaración escrita, igual de larga, al diario de la isla. Y a dos periódicos nacionales. Gracias a tu libreta descubrí lo mucho que me sana escribir. No sabes la cantidad de diarios que tengo escritos. El giro en este caso les va a encantar a los medios.

Mi hermano negaba con la cabeza, apretaba los labios.

—Ya está, hermanito. Ya está. —Ella estiró los brazos en el aire como si se liberara de unas cadenas—. Esto ha durado demasiado. Se tiene que... acabar.

Mi hermano se tapó la cara con las manos.

—Perdóname —le dijo su hermana—. Tus padres y el otro me dan igual. Se merecen todo lo malo que les pase. Los viejos se han ido a tiempo de librarse. Pero tú... perdóname. Y perdonadme vosotros también. Espero que os afecte lo menos posible. Espero que todos nos demos una oportunidad más adelante.

Nos miró a mí y a la mujer de mi hermano, que se movió por el salón hasta colocarse a un lado de él, con el niño en un costado.

—¿Qué nos va a pasar? —le preguntó.

Mi hermano se encogió de hombros. Después, acarició la mejilla de su hijo, que arrugaba la cara a punto de llorar. Supe que no era buen momento para complicar aún más las cosas, pero tenía que avisarle de lo mío también.

—Viene la mujer que llora —repetí.

—Te he oído antes —dijo él—. Pero qué importa eso ahora mismo. Me da igual esa mujer. Que se vaya. —Se acercó a mí para poder hablarme en voz baja, sin apenas mover los labios, como si fuera ese espía que aprendió a ser con un manual infantil—. Tú lo que tenías que hacer era hablar con esa amiga tuya. ¿Lo hiciste?

Asentí.

—Aunque... Bueno... —En su cara estalló un llanto fugaz que interrumpió enseguida, enfrentado a la nueva realidad en la que su familia escondida ya no era un secreto—. Ya da igual.

Señaló a su hermana como argumento. Si ella había desvelado la existencia del sótano al resto del mundo, que lo supiera mi amiga, una persona más, ya no importaba.

—No da igual —dije yo, con tanta convicción que mi hermano se quedó esperando una explicación—. Porque la chica se lo ha contado a la mujer que llora. Y ahora la mujer que llora estaba preparando una caja con botellas. Y con gasolina. Creo que era gasolina.

La mujer de mi hermano apretó a su hijo y dio un paso en mi dirección.

—¿Qué dices?

—Olía a gasolina. Y rompió trapos, como para hacer mechas.

—¿Qué estás diciendo? —El aliento de mi hermano me rozó la cara de lo cerca que me habló—. ¿Qué tiene que ver una cosa con la otra? ¿Tu amiga con la mujer que llora? ¿Qué dices de gasolina?

—La mujer que llora es la madre de mi... —Me costaba decir la palabra porque había resultado ser una gran mentira—: De mi amiga. Y cuando fui a hablar con ella ya se lo había contado todo a su madre. Estaba fatal, como loca, mucho peor que como se pone aquí, cuando te grita. Decía eso de que esta casa no debería existir. Y su hija la estaba ayudando a preparar cosas.

—Pero ¿qué hija? —Mi hermano se tocó las dos sienes, sin comprender todavía—. La hija de esa señora está muerta. Todo lo que ha pasado aquí es por esa niña pequeña que se murió. ¿De qué hija hablas?

Su mujer le retorció la manga de la camiseta para recordarle algo. El gesto fue suficiente para que se acordara por sí mismo. La boca se le abrió sola.

—¿La otra hija? ¿La que tuvo como diez años después con el hombre ese? —Señalaba puntos aleatorios en el aire dibujando algún mapa mental—. ¿Te has hecho una sola amiga en tu vida y ha tenido que ser la otra hija de la mujer que llora? ¿La hermana de...? —Se tapó la cara con las manos y, en esa oscuridad, seguro que entrevió a la niña de la rebeca rosa subida a una bicicleta. Como si aún sirviera de algo, me gritó—: ¡No hablamos con gente de la valla!

La hermana de mi hermano exageró un gesto asombrado con las manos en las mejillas.

Iba a mencionar la carta que ella les había mandado para incitarlas a investigarme, pero el chillido de unos neumáticos nos calló a todos. Llegó desde la parte delantera de la casa, donde se produjo también el rugido de un motor y el estruendo de un impacto.

Corrimos a la puerta de entrada, desde donde pudimos ver cómo una camioneta blanca embestía la valla hasta casi derribarla. Con un segundo ataque abatió dos postes de la alambrada, que acabó por rendirse bajo las ruedas del vehículo. La camioneta accedió al terreno dando tumbos, llenándolo todo de humo negro y olor a goma quemada.

Desde la ventanilla del copiloto asomó la cabellera enredada de la mujer que llora.

—¡Os la vamos a tirar abajo! —gritó entre perdigones de saliva—. ¡Otra vez!

25

Mi hermano nos empujó a todos dentro de la casa y cerró la puerta.

El rugido de la camioneta quedó amortiguado allí fuera. Resurgió cuando pasó frente a la ventana abierta de la cocina y también cuando acabó por arrollar algún mueble en el porche. Oímos cómo se abría una de las portezuelas antes incluso de que el vehículo se detuviera, cosa que hizo con un brusco frenazo.

—¿Está abierta esa puerta? —preguntó mi hermano sobre la corredera.

La respuesta dejó de importar cuando la cristalera entera estalló con un estrépito. Mi hermano nos protegió con los brazos, arrinconándonos contra la entrada.

—¡Que se queme! —gritó desde fuera la mujer que llora.

Una corriente de aire con olor a gasolina alcanzó el vestíbulo, desde donde resultó visible también el resplandor anaranjado de una primera llamarada.

—Otra vez —dijo la hermana de mi hermano—. Está pasando otra vez.

Antes de que terminara la frase, una segunda explosión de cristales se llevó consigo la segunda hoja de la puerta corredera. El niño rompió a llorar. Escuché el impacto contra el suelo de la base de una de las botellas que había visto llenar a la mujer que llora. Imaginé el envase de cristal verde rompiéndose y derramando gasolina que se incendiaría con el fuego del trapo convertido en mecha.

—Quedaos aquí —dijo mi hermano.

Su mujer lo agarró de la camiseta para evitar que se separara de nosotros, pero el tejido se escapó de entre sus dedos. Mi hermano se dirigió al salón como si albergara la esperanza de poder hacer algo. Un gran fogonazo detuvo su avance. El golpe de calor se sintió hasta el vestíbulo. A él lo vi protegerse la cara con los brazos antes de regresar corriendo a por nosotros.

—¡Fuera! —gritó—. ¡Todos fuera!

Abrí la puerta de entrada y dejé que salieran primero el niño y su madre. Mi hermano nos empujó a su hermana y a mí antes de salir disparado hacia un lateral de la casa.

Corrí tras él.

Frente a la ventana de la cocina encontramos a la mujer que llora. Acababa de lanzar allí dentro otro cóctel incendiario y, sin pausa, se agachó para seleccionar otra botella de varias que le quedaban en una caja a sus pies. Mi hermano se abalanzó contra su cintura y la derribó antes de que pudiera lanzarla. Ella gritó de manera exagerada, aullidos agudos en los que pedía socorro como si la estuvieran torturando. La botella y el soplete con el que pensaba encenderla rodaron por el suelo.

Su hija apareció desde la parte delantera de la casa y fue a defenderla.

Propinó golpes en la espalda a mi hermano, que mantenía reducida a su madre bajo el peso de su cuerpo y le aprisionaba los brazos con las rodillas. Corrí a por ella para quitársela de encima.

—¡No me toques! —gritó.

En su cara de odio no reconocí a la chica que había deseado ver aparecer en la valla tantas tardes. Tiré de su ropa, despegándola de mi hermano.

—¡Que no me toques!

—Ya está hecho —dijo en el suelo la mujer que llora—. Pelead lo que queráis, pero ya está hecho. ¡Solo espero que ellos no logren salir!

Con la lengua escupía pelos de su propia cabellera. Mi hermano siguió forcejeando y yo aún empujé más lejos a la chica, pero los dos supimos que la mujer que llora tenía razón. Había llevado a cabo lo que venía a hacer y el resultado era ya inevitable.

Un calor inmenso emanaba de la ventana rota de la cocina.

El humo empezaba a inundar el espacio.

Rodeé la casa para ver el salón desde el porche. Allí dentro, los dos cócteles incendiarios habían prendido ya las alfombras. El sofá. Varios muebles.

La estancia entera crepitaba como en una inmensa hoguera.

El olor recordaba al día que mi hermano quemó todas las hierbas salvajes del terreno.

Quise acercarme para asomarme al destrozo a través de la puerta rota, pero una barrera infranqueable de calor me impidió acceder siquiera a la mitad del porche. Las conchas del carrillón se precipitaron contra el suelo cuando se derritió el hilo de pescar que las mantenía unidas. Al caer y hacerse añicos emitieron una última melodía que resultó siniestra.

Regresé al lateral de la casa, donde se iniciaba un nuevo alboroto.

—¡Estás viva! —gritaba la mujer que llora, retorciéndose bajo el peso de mi hermano, que aún la apresaba bocarriba contra el suelo—. ¡Era todo verdad! ¡Seguís vivos!

Se lo gritaba a la hermana de mi hermano, que llegaba en ese momento.

—Lástima que hayas podido salir —le dijo entre dientes, el pelo pegado al sudor de su cara—. Qué decepción fuiste. Un día nos ayudas a buscar a mi hija y al otro te callas que sabías dónde estaba. Durante meses. Para acabar huyendo con tu familia de asesinos.

La hermana de mi hermano se acuclilló y la miró de cerca a la cara.

—Eso no pasó así —le dijo con calma, con pena. Buscó su mano en el suelo y se la apretó—. No sabes nada de mi historia. Eso no fue así.

—¡No quiero saber nada de vosotros!

—Yo siempre estuve de vuestro lado.

El rostro enrojecido tras una telaraña de cabello blanco parpadeó como si la escuchara. Después caricaturizó una mueca triste como si la compadeciera. Pero su verdadera respuesta fue escupirla. La saliva pegajosa de su boca no llegó a separarse de los labios.

—¡Deberías estar quemándote ahí dentro! —Le clavó las uñas en la mano que ella le había tendido—. ¡Como todos ellos!

Mencionar el fuego que ella misma había causado le provocó una carcajada desquiciada que exageró a propósito. Cuando en la cocina se produjo el estallido de alguna madera, la risa aumentó de volumen.

Mi hermano llevó las manos a su boca para acallarla.

Al no conseguir que dejara de reír, bajó las manos a la mandíbula.

—Cállate —dijo—. Por favor, cállate.

Pero ella siguió carcajeándose.

Y él pasó a apretarle el cuello.

La chica de la valla cogió el soplete desechado en el suelo y lo encendió contra la frente de mi hermano antes de que yo pudiera reaccionar. Él huyó de la llama saltando hacia atrás como si le picara un animal venenoso. Liberada, la mujer que llora se incorporó. Le arrebató el soplete a su hija y lo mantuvo dirigido a mi hermano, al tiempo que recogía del suelo la botella que no había llegado a lanzar a la cocina. La mecha, ya empapada, goteaba sobre la tierra.

—No me obligues a hacerlo. —Mostró sus armas al aire—. Lo haré si me obligas, pero a vosotros no tengo por qué haceros nada. Ya se quema el sitio, va a dejar de existir. Ya se queman ellos. Eso es lo que quería. —Cabeceó hacia la casa—. Que se queme el monstruo.

Mi hermano me dirigió una mirada interrogativa preguntándome sin palabras quién creía la mujer que llora que se estaba quemando dentro de la casa. Abrí los ojos mostrando el mismo desconcierto hasta que repasé mentalmente mi conversación con la chica. A ella le había contado que la familia seguía viva, escondida en el faro, sin salir, pero no le revelé la existencia del sótano. Su madre, o las dos, habrían entendido que se ocultaban en la casa y por eso habían decidido quemarla, con todos dentro.

—Que se queme el monstruo —repitió la mujer que llora.

Sus ojos desquiciados buscaron en el terreno la confirmación de que nadie más había logrado escapar del fuego.

—Tranquila —le dijo mi hermano—. Ya está. Vamos a tranquilizarnos.

Caminó hacia atrás para separarse de ella. Lo hizo con los brazos extendidos, arrastrándonos con él a su hermana y a mí.

Una lengua de fuego emergió por la ventana.

Desde dentro llegó una sucesión de explosiones de cristal.

Al oírla, mi hermano miró a la casa con semblante apenado.

—Tu pared... —le dije al entender.

La serie de detonaciones sonaron como los fuegos artificiales más tristes que podría escuchar mi hermano, porque supo que estallaban los cristales y se desarmaban los marcos de su colección de insectos, que arderían en un instante, desvaneciéndose, como si jamás hubieran existido. También estarían explotando las cúpulas con sus especímenes quiméricos, esas creaciones con las que había logrado explicarme que siempre puede existir un mundo más fascinante y luminoso que el que conocemos. Al que se puede llegar leyendo, creyendo en Dios y en el cielo, o de mil otras maneras. Los mundos irreales que él había creado con sus manos en esas cúpulas sucumbían ahora a la cruel realidad del fuego, igual que sucumbía, a la verdad, la vida de mentira que le habían obligado a construir en el faro.

—Se quema todo —dijo él.

No solo se quemaban sus insectos, sino también los cuadros navales del abuelo en el salón, con sus batallas, sus sirenas y sus mares. Se quemaba el armarito que él construyó para las llaves. También la urna que en algún momento guardó su cuerpo entero. Al final, no solo el abuelo volaría sobre el acantilado convertido en cenizas, sino también toda su casa. Por segunda vez. Incluyendo la foto de la abuela, que también se quemaba como se quemaba una maleta con dinero.

Se quemaban mis dibujos, todos mis acantilados de acuarela.

Se quemaban mi cama y mi almohada. El marco de mi ventana.

Se quemaban la cuna del niño y el barquito de plástico que cogió con sus manitas. También se quemaba el faro diminuto que sabía que se parecía al lugar donde vivíamos, porque el fuego parecía empeñado en arrasar con todos los faros que existieran en ese terreno.

Se quemaba la moqueta de las escaleras que subían por la torre y que revestían el suelo del estudio que también se quemaba. Se quemaba *El maravilloso mago de Oz*. Y el *Manual del joven espía* con el que mi hermano aprendió código morse de pequeño. Se quemaban todos los libros que había leído y también los que ya no leería.

Se quemaba el faro entero, de abajo arriba.

El estallido de madera más atronador que se había escuchado hasta el momento acompañó un repunte de las llamas. Fuera, todos dimos pasos atrás separándonos aún más de la construcción. El olor a quemado se convertía en sabor amargo en la garganta.

—Que se mueran todos.... —La mujer que llora miraba a la casa en llamas como si observara una retorcida obra de arte—. Que se queme el monstruo que se llevó a mi hija.

A mi hermano se le escaparon los ojos a la trampilla, a lo lejos.

Cuando vio que yo también miraba hacia allá, se llevó un dedo a los labios, pidiendo silencio.

—Pero si... —Fue su hermana quien empezó a hablar, alzando la voz para asegurarse de que la oyeran—. Si ellos no están ahí.

Los dos giramos el cuello hacia ella y le clavamos miradas como cuchillos que podrían herirla.

—¿Cómo? —preguntó la mujer que llora—. ¿Cómo que no están ahí? —Interrogó a su hija repitiéndole lo mismo—: Me dijiste que estaban aquí.

—Me lo dijo él. —La hija me señaló a mí—. Que la familia no murió y seguía viviendo en el faro. Se le escapó a él. Viven escondidos aquí, no salen. —Se acercó con amplias zancadas hasta plantar un índice acusatorio en mi pecho—. Él me lo dijo.

—No me toques. —Me separé del dedo que en otro tiempo me dio el apretón de manos más pequeño del mundo. Repetí la mentira que acaba de decirle en su casa—: Yo no dije eso. Te avisé de que me habías entendido mal.

—Sí me lo dijiste. —Con cada palabra dio un toque en mi pecho a modo de provocación y pasó a hablar con una voz gangosa que yo no tenía pero con la que supe que pretendía imitarme—: Aquella familia no murió... Siguen escondidos en el faro... —Añadió a la pantomima un tono de lloriqueo y temblor en las manos—: No salen nunca de allí... Voy a llorar porque no tengo mamá... Por favor, ayúdame.

Al verla burlarse de mí de esa manera, me pregunté si a sus ojos yo siempre había sido eso que imitaba. Si tras la valla siempre vio un chico raro, gangoso y cobarde.

—Tú me lo dijiste —añadió en su voz habitual y señaló con seguridad la casa ardiendo—. Están ahí dentro.

La hermana de mi hermano retomó entonces la palabra.

—En realidad...

Se interrumpió cuando hundimos en ella, aún más fuerte, los cuchillos de nuestras miradas. En la de mi hermano hubo una súplica tan desesperada que abrió los ojos hasta quedarse sin párpados para pedirle silenciosamente que protegiera, solo en ese momento, delante de la mujer que tenía un cóctel incendiario en las manos, el secreto del sótano. En el rostro magullado de su hermana leí una mezcla de emociones más intrincada que el relieve de sus cicatrices. Lo observó de soslayo y creí ver en ella el deseo de no fallar a su hermano, pero después miró a la trampilla y los ojos se le entornaron, inundados de rabia hacia los señores y hacia la bestia. Hacia la oscuridad, la litera y la bañera profunda.

—En realidad están...

Mi hermano agarró el brazo de su hermana para exigirle silencio.

Ella se soltó de un tirón.

—Están en esa trampilla. —La señaló a lo lejos—. La bestia vive ahí abajo.

La mujer que llora echó a correr antes incluso de que acabara la frase.

26

Pensé que mi hermano sería el primero en arrancar a perseguirla, como iba a hacer yo, pero no se movió. La mecha encendida de la botella pintaba una estela luminosa en la creciente oscuridad trazando el avance de la mujer que llora hacia la trampilla. Temí que mi hermano se hubiera rendido ante la tragedia, pero comprendí a qué se debía su inacción. No había razón para preocuparse, él habría dejado el túnel cerrado y esa mujer no podría entrar.

Entonces oí el habitual chirrido de bisagras y el posterior impacto metálico de la trampilla contra el suelo. Se había abierto.

—¡Que va a entrar! —grité.

Corrí hacia allá antes de que mi hermano reaccionara.

—¡No vayas! —gritó él—. ¡Es peligroso!

No me detuve.

Más peligroso era dejar que esa mujer entrara sola al sótano. Yo apenas acababa de conocer a quienes vivían ahí abajo, ni siquiera había tenido tiempo de procesar mis sentimientos hacia ellos, pero eran la familia de mi hermano y no iba a permitir que esa mujer hiciera lo que pretendía hacer.

La estela brillante de la mecha acababa de desaparecer túnel abajo.

El estrépito de una carrera comenzó a perseguirme. Pensé que se trataría de mi hermano, pero iba demasiado rápido para ser él, que aún aquejaba la torcedura de la noche anterior. Miedos antiguos y experiencias pasadas en ese mismo terreno me llevaron a imaginar al hombre grillo a mis espaldas, galopando con sus enormes patas, reapareciendo de la nada para darme caza. Resistí la curiosidad de voltearme, no quería que nada ralentizara mi carrera.

Llegué a la trampilla a tiempo de percibir el rastro del aroma a gasolina y tela quemada, pero no de ver a la mujer que llora, que avanzaría por la galería subterránea en dirección al armario. O quizá lo había atravesado ya, entrando a la habitación y descubriendo el hogar escondido.

Antes de que pudiera adentrarme en el túnel para comenzar a bajar, la amenaza que me perseguía me dio alcance. Me arrolló por un lado con el impulso de su velocidad y logró tirarme al suelo.

—Déjala —dijo en mi oído la chica de la valla mientras rodábamos sobre las hierbas salvajes—. Deja que lo haga.

Sus piernas se me enroscaron en la cintura, sus brazos me estrangularon el cuello. Luché por liberarme, pero ella mantuvo la ventaja que le había dado el ataque sorpresa. Me retorcí entre las espigas y sobre las piedras para acabar inmovilizado contra la tierra, bajo su peso. Hice varios intentos de desequilibrarla y en uno lo conseguí, pero volvió a enredar sus extremidades entre las mías. Era como tener las manos y los pies atados, me resultaba imposible levantarme. Me sacudí con espasmos que no sirvieron de nada, ella seguía convertida en una soga que me inmovilizaba.

Entre mis jadeos de agotamiento oía los suyos. Y a ambos acabó por sumarse una tos. Más bien un ataque de tos. Toses profundas que raspaban la garganta. Empezaron a lo lejos, pero se fueron acercando. Cuando se les sumó el eco del túnel, entendí que pertenecían a la mujer que llora, que regresaba de vuelta al exterior. Salió por la trampilla, asfixiada, sin dejar de toser.

—Había una casa… —Se atragantó con sus palabras, un carraspeo se convirtió en arcada—. Una casa entera.

—Mamá, ¿estás bien? —preguntó su hija con la boca pegada a mi oreja—. ¿Qué ha pasado?

—Entré a una habitación y luego había un..., como un pasillo. —Confundida, ilustraba con aspavientos lo que contaba—. He tirado la botella ahí mismo antes de que me vieran.

Imaginé el cóctel incendiario rompiéndose en el pasillo o en el salón, cerca de la mesa o el sofá, sorprendiendo allí, desprevenidos, a sus habitantes.

—Algo prendió enseguida. —La mujer que llora raspó su garganta—. Se ha llenado todo de humo, muy rápido. Casi me quedo ahí dentro. Ellos ya estarán... —Una tos dolorosa se convirtió en escupitajo justo antes de que chillara—: ¡Ardiendo!

Lo chilló como una victoria, pero el esfuerzo del grito provocó violentas sacudidas de su pecho.

Su hija me soltó y acudió a socorrerla.

Yo fui de inmediato a la trampilla.

Al asomarme, una columna de humo oscuro y caliente ascendió por el túnel. Me golpeó la cara y penetró en mi nariz y garganta, los ojos me ardieron. Me aparté hacia atrás tosiendo contra una mano que se quedó negra. Observé ese rastro como de tizón e imaginé a la familia de mi hermano allí dentro, allí abajo, envueltos por ese humo. Miré a la trampilla deseando oírlos toser, verlos aparecer tan atragantados como había salido la mujer que llora. Pero el silencio y la creciente densidad del humo me obligaron a imaginarlos atrapados en algún rincón del salón sin salida. Convertidos en siluetas negras que agitarían los brazos mientras ardían en la prisión que ellos mismos se habían construido, sentenciados a una cadena perpetua que culminaba como empezó, con un fuego, para todos ellos, porque también el abuelo y la abuela habían acabado en el fuego. Deseé que, al menos, hubieran llegado a abrazarse entre las llamas e incendiarse los tres juntos para acabar cumpliendo esa promesa de no separarse hasta el final. Como único consuelo a lo que sabía que estaba ocurriendo ahí abajo, pronuncié al aire palabras que le había oído decir al señor.

—No vamos a permitir que nos separen... —susurré.

—¡Hija, ya están ardiendo! —gritó a mis espaldas la mujer que llora—. ¡El monstruo está ardiendo!

Pensé que se lo decía a la hija que tenía al lado, pero cuando me giré hacia ellas vi que se lo gritaba a la silueta del sauce a lo lejos, al lugar donde dejaba flores para la niña que no creció.

—Vámonos —le dijo a su hija y la agarró de la mano—. Corre, vámonos. Que se lo quiero contar a ella de verdad. Y a su padre. Que lo he hecho... —Miró al faro en llamas—. Que yo también lo he hecho.

Deduje adónde tendrían que ir para contárselo a dos personas muertas, pero preferí no imaginar la escena. La chica de la valla no me dirigió ni una última mirada ni una última palabra antes de marcharse a toda velocidad acompañando a su madre.

Desviaron su trayectoria para no encontrarse con mi hermano, que venía con su mujer, ni con su hermana, que iba unos pasos por detrás. Mi hermano le gritó a la mujer que llora algo que no entendí, pero que sonó amenazador. Él y su mujer llegaron hasta mí. El niño iba agarrado del cuello de su madre, con la cara hundida en su pecho como si no quisiera ver nada de lo que ocurría a su alrededor. Como si pudiera intuir que se había quemado su cuna, la trona en la que comía, todos sus monos favoritos y también el barquito de juguete.

Mi hermano elevó la cara siguiendo la trayectoria de la columna de humo, que ya era más oscuro que el cielo de la noche incipiente. A lo lejos, el resplandor anaranjado que irradiaba la casa en llamas alumbraba el terreno con luz temblorosa, como la de una vela gigante, similar a la que produjo la que encendí en la gruta mientras leía el diario. Provocó sombras que bailaron en el rostro de mi hermano, enmascarando sus emociones.

—¿Estás bien? —me preguntó—. Te dije que no vinieras.

Entre toses, respondí que estaba bien.

Su hermana llegó por detrás y se dirigió a la entrada del túnel. Lo hizo despacio, peinando entre los dedos las puntas de las hierbas más altas. Se protegió la boca y la nariz con un codo y se quedó observando el lugar por el que ella también había salido del sótano hacía tanto tiempo.

—¿Estás contenta? —le preguntó mi hermano.

Negó con la cabeza mientras seguía contemplando la salida de humo, como si necesitara ordenar sus pensamientos antes de responder.

—Claro que no —dijo al fin volteándose hacia nosotros—. Pero el fuego lleva mucho tiempo persiguiéndolos. Antes o después tenía que alcanzarlos.

—Ya los alcanzó una vez —dijo mi hermano—. Cuando tú se lo lanzaste.

—Alcanzarlos del todo —añadió ella—. Alcanzarlos como ahora.

Se volvió hacia la trampilla con los brazos extendidos. Después, enganchó las manos a sus espaldas y contempló el humo como si admirara un paisaje.

—¿Tenías que hacerlo? —preguntó mi hermano—. ¿Tenías que decirle que estaban aquí escondidos? ¿A una mujer que sabías lo que iba a hacer? —Ya se lo habías contado al mundo entero, a la policía—. Los iban a sacar de ahí igualmente. Iban a recibir la justicia que tanto dices que merecen. Pero has necesitado hacer algo peor.

Señaló la trampilla humeante que su hermana iba dejando atrás mientras se acercaba a nosotros con pasos lentos.

—Me ha pasado siempre lo mismo contigo —continuó él—. Cuando planeamos nuestra huida. Cuando papá y mamá me hablaron del pasado. Cuando leí tu diario. Hay un momento en el que estoy a punto, así de cerca, de comprenderte, de ponerme de tu lado. —Apretó en el aire el índice y el pulgar como si cogiera algo muy pequeño—. Pero luego haces algo terrible que lo estropea todo. Algo que me hace imposible entenderte. Algo como esto.

Su hermana llegó hasta nosotros.

Tras una pausa en la que reflexionó sobre lo que acababa de oír, se dirigió a mi hermano:

—Lo siento mucho, hermanito. Pero ahora tú también eres libre. Tanto que deseabas salir del sótano y al final acabaste condenado a este mismo trozo de tierra por culpa de ellos.

—Lo he hecho porque he querido. Soy muy feliz aquí. Y esa libertad de la que hablas, no sé qué va a ser de ella con lo que has contado.

—Tú eres tan víctima de ellos como lo fui yo. Y tu nueva familia también. —La hermana nos miró—. No os va a pasar nada. Van a tener clemencia. Con vosotros y conmigo. Estoy segura. —Se quedó pensativa—. Eso espero.

La mujer de mi hermano meció al niño susurrando algo contra su cabecita, como una oración en la que suplicara que de verdad ocurriera eso. Una primera sirena aulló a lo lejos, desde el pueblo. Algún vecino habría alertado a los bomberos al ver el fuego y el humo. O a lo mejor eran ya las sirenas que había invocado la declaración de la hermana.

Ella se situó frente a mí. Se quedó observándome. El resplandor tembloroso del incendio que iluminaba el terreno desde la casa hacía más profundas las cicatrices en su rostro.

—Ojalá no hubieras leído mi diario —dijo—. No era para ti.

En las enmarañadas profundidades de su mirada, creí descifrar culpa y pesar, quizá repasando lo que había escrito sobre mí.

—Perdóname. —Se llevó una mano al vientre—. No eres ninguna aberración. De hecho, te has convertido en un hombre muy apuesto.

Fue la primera persona que se refirió a mí como hombre.

—Por suerte no te pareces en nada a él —añadió con una mueca de desagrado y mirando en diagonal al suelo, como si pudiera ver el sótano a través de la tierra—. Te pareces a...

Antes de que lo dijera, me recordé, de pequeño, agarrado a los marcos de las puertas, subido a la cama del abuelo, preguntándole una y otra vez, a él y también a mi hermano, a quién me parecía yo, porque todos los niños de la tele y de los libros, y también de la escuela, se parecían siempre a su padre o a su madre. Pero ni mi hermano ni mi abuelo me respondieron nunca a la pregunta.

—Te pareces a mí —dijo ella—. A tu madre. Pero a mi cara de verdad, no a la que ves ahora. —Sus ojos recorrieron el trazado de mis cejas, el perfil de mi nariz y mis labios, el contorno de mis mejillas, mandíbula y barbilla. Sonrió como si mi cara le trajera buenos recuerdos de ella misma—. Eres igualito.

Apreté la lengua contra el paladar conteniendo lágrimas que se arremolinaron en lo alto de mi nariz.

Ella pasó a colocarse frente a la mujer de mi hermano, que besó repetidamente la cabeza de su hijo en un intento de mantener la boca ocupada para reprimir algunas palabras.

—No hace falta que digas nada —dijo la hermana—. Ya sé que entiendes muchas cosas. —Se quedó observando, en silencio, la peculiaridad del rostro frente a ella, que acabó por devolverle una tímida sonrisa torcida—. Eres preciosa.

Los ojos asimétricos de la mujer de mi hermano se redondearon.

—No hay deformidad que oculte la belleza a los ojos de quien sabe verla —continuó ella diciendo por primera vez una frase que adopté desde entonces—. Y él sabe verla. —Señaló a mi hermano—. Te aseguro que él sabe verla hasta donde parece que no existe. Por eso sé que eres preciosa.

Preguntó si podía ver otra vez al niño y la mujer de mi hermano le dio la vuelta en sus brazos, le peinó el pelo con los dedos.

—Es tu tía —le susurró en el oído.

El pequeño actuó como si la reconociera. Jugó a tocarle la cara sin mostrar reparo ninguno hacia la singular nariz, la piel áspera o las gruesas cicatrices. Ella le tocó a él los dos lunares que tenía debajo del ojo derecho.

—Como los de su padre —dijo, mirando a mi hermano—. Yo también los tenía. Aquí.

Tocó un punto de su rostro en el que ya no había lunares, sino solo la carne irregular y abultada de una cicatriz. Ante eso, la mujer de mi hermano le agarró de la mano y dejó de reprimir sus palabras.

—Siento mucho todo lo que has pasado —dijo—. Siento mucho todo tu dolor.

Mi hermano respiró hondo.

—Muchas gracias —respondió su hermana—. También van cicatrizando las heridas de dentro. —Dibujó con un dedo líneas en su pecho, en su alma, para después repasar una de las cicatrices de su rostro—. Se quedan para siempre, pero cada vez duelen menos.

La mujer de mi hermano se secó los ojos con un nudillo.

Ella acabó por situarse frente a mi hermano. Esperé a que le dedicara palabras sentidas, como en una última despedida, pero negó con la cabeza antes de hablar.

—Tú sabes que no soy tonta, ¿verdad?—

No entendí a qué venía eso.

Mi hermano no respondió, como si él tampoco supiera de qué le hablaba, pero cierta tensión en su postura me reveló que seguía en guardia.

—Estás demasiado tranquilo para haber visto cómo alguien quemaba a tus padres y a tu hermano —dijo ella.

—No puedo hacer otra cosa. —Señaló la trampilla con una mano abierta—. Ahí no se puede entrar.

—Ya, seguro —dijo ella, repitiendo algo que le había dicho él antes en el salón.

Mi respiración se detuvo al recordar por dónde había aparecido mi hermano cuando nos encontró a su mujer y a mí en la entrada de casa, preocupados por la desaparición del niño. No me había contestado al preguntarle de dónde venía, pero él únicamente volvía por ese otro lado de la calle cuando regresaba del muelle.

—No estaban abajo, ¿no? —le preguntó su hermana.

Él se encogió de hombros.

—No estaban abajo —concluyó ella misma.

Mi hermano apretó los labios como si los sellara.

—Han escapado. —Ella dirigió su mirada a la negrura del mar—. No creo que tuvieran otro sótano en el que esconderse, uno aún más profundo y repugnante. Aunque son capaces. Pero no... —Volvió a mirar a su hermano—. Han escapado. Esta vez de verdad.

Mi hermano permaneció en silencio, sin confirmar nada.

Miré a la inmensidad del acantilado y entendí que, cuando nos había encontrado por sorpresa en la entrada de casa, él regresaba ya del muelle de despedir a sus padres en la barca. Por eso abajo, en el sótano, me habían pedido que me fuera, yo solo, a hablar con la chica de la valla. Porque esa decisión tan difícil que había tomado el señor, maldiciendo sin parar de cara a la pared, no era sobre cómo debía actuar yo con esa chica, sino que a ellos les había llegado el momento de escapar. A la amenaza que suponía el retorno de la hermana se le sumaba que yo había revelado el secreto de la familia a una persona ajena al faro. Aunque quizá el señor quiso negárselo mientras maldecía, acabó aceptando que esa información no iba a poder contenerse. Por eso la señora había preguntado si estaban seguros. Y por eso hubo en sus miradas y asentimientos una profundidad de la que no fui consciente en ese instante. Lo que habían decidido era actuar con la premura de una emergencia, aplicando la solución más extrema: escapar cuanto antes. Por eso, la señora se había abalanzado a abrazarme, aunque no le hubiera dado permiso, porque ella sabía que era su última oportunidad. El abrazo, en realidad, había sido una despedida.

—No creas que van a poder huir —dijo la hermana—. Tuvieron mucha suerte la primera vez porque tenían un escondite preparado. Pero si de verdad están por ahí, navegando alrededor de la isla, esta vez los encontrarán. No van a llegar muy lejos.

Elevó un dedo para llamar nuestra atención sobre el sonido de las sirenas, que ya debían de estar subiendo la calle que traía al faro. También se oían voces, gente del pueblo que habría empezado a acercarse, con malsana curiosidad, al nuevo desastre de la familia de siempre.

—A lo mejor solo encuentran una embarcación vacía —dijo mi hermano—, con objetos personales de todos ellos. A lo mejor el mar se traga sus cuerpos otra vez —repitió la teoría que se dio por válida tras la primera desaparición—. O a lo mejor sí los encuentran calcinados ahí abajo. No sé lo que han hecho, no tengo ni idea de dónde están ni adónde han ido.

Parecía estar ensayando algo que defendería a partir de ese momento.

—Ya no sé si mientes o dices la verdad —dijo su hermana—. Es como si te hubieras convertido en ellos.

Mi hermano se quedó mirándola, sin decir nada más, mientras el aullido de las sirenas alcanzaba la entrada de la casa.

—Pero yo no voy a callarme nada —añadió ella—. Ya no.

Destellos azules, rojos y naranjas brillaron en nuestros ojos, las ramas del sauce y el borde rocoso del acantilado.

—Deberíamos ir a recibirlos —dijo la mujer de mi hermano—. Decirles que estamos todos bien.

Se acercó a mí para pasarme al niño. Señaló la parte trasera del terreno y me pidió que nos fuéramos hacia allá. Que nos alejáramos de la casa, del fuego y también del jaleo de gente que se estaba montando a la entrada, en la calle.

—Esperad a que yo vaya a buscaros —dijo mi hermano.

27

Atravesé la parcela con mi sobrino en brazos, elevando mucho las rodillas para sortear las hierbas más altas. A medida que nos alejábamos del humo y del fuego, el niño fue relajando la tensión con la que se agarraba a mí. Separó la frente de mi cuello cuando el rumor de las olas contra el acantilado se impuso al crepitar del fuego y el bullicio en la calle. Protegido contra mi pecho, que le ocultaba lo que ocurría en ese otro mundo, detrás de nosotros, parpadeó con pestañas húmedas y miró al horizonte, donde no sucedía nada fuera de lo normal, tan solo terminaba otro día con la llegada definitiva de la noche. Ese color del cielo no lo conseguiría con ninguna de mis acuarelas, tendría que mezclar con negro el azul más oscuro de la caja. Aún me alejé un poco más para aislarnos por completo. Quería alcanzar un lugar en el que el aroma del campo y la lavanda venciera sobre el olor a quemado, un lugar donde incluso pudieran alcanzarnos las gotas pulverizadas del mar que algunas ráfagas de aire esparcían sobre el terreno.

La tierra crepitó bajo mis pasos hasta que encontré ese lugar que buscaba, que era el mismo al que lo llevaba para hacerle escuchar a los grillos cuando era un bebé que no podía dormir. Me senté en el suelo, entre las espigas, en el punto exacto donde nos habíamos sentado tantas otras noches. Él ya no era un bebé que yo pudiera acunar en los brazos como una bola de calor, sino más bien un resorte que quería levantarse a cada rato para curiosear todo lo que nos rodeaba. Lo acomodé en el espacio entre mis piernas cruzadas, abrochando mis manos sobre su tripita como un cinturón. Si mirábamos al frente, el paisaje era el mismo de siempre y nuestra vida no parecía estar cambiando como en realidad lo estaba haciendo.

El niño balbuceó algunas sílabas y señaló el cielo.

—Estrellas, sí —le dije—. Ya empiezan a verse.

La excitación vibró en su garganta originando un alboroto.

Siseé para calmarlo, quería que se quedara en silencio.

—Calladito —susurré—. Shhh.

Le agarré las manitas con las que intentaba dar palmas.

—Para. Escucha.

Aún pataleó contra el suelo con un sonoro golpeteo, pero, al percatarse de mi quietud, acabó por imitarme. Acomodó el trasero entre mis piernas, recostó la espalda contra mi estómago como si fuera el asiento más cómodo del mundo y él solito se tapó la boca con las manos.

En el silencio recuperado tras nuestra ruidosa irrupción, un grillo emitió su primer chirrido. Enseguida le siguió otro. Y otro. Y otro más. Los grillos retomaron su murmullo a nuestro alrededor, restableciendo su normalidad como nosotros intentaríamos restablecer la nuestra después de esa noche, si es que acaso eso iba a ser posible.

—Todo va a ir bien —susurré al oído del niño.

Se lo decía a él, pero en realidad me lo decía a mí también, aunque no supiera si era verdad porque el fuego consumía la casa que siempre había sido nuestro hogar. Besando su cabecita, albergué una esperanza que quise compartir en voz alta para hacerla más real.

—Piensa que allá donde estemos, siempre que tú y yo podamos escuchar juntos, como ahora, el canto de los grillos, estaremos en casa. Este sonido es nuestro hogar.

El pecho del niño se infló entre mis dedos.

Me sorbí la nariz tratando de contener unas lágrimas que igualmente se desbordaron.

Lloré por un hogar que sentía que se desmoronaba a mis espaldas. Lloré porque ya echaba de menos la melodía del carrillón de conchas que había visto derretirse en el porche. Lloré por un pasado desconocido, pero heredado, que alteraría mi vida entera, como la había alterado un miedo al sol que quizá tampoco me perteneció nunca. Un miedo que me había aprisionado en las sombras sin yo saberlo porque a lo mejor la oscuridad perseguiría siempre a esta familia, generación tras generación.

—A ti no —susurré a mi sobrino—. A ti seguro que no.

El niño miró hacia arriba con las cejas apretadas, regañándome, él a mí, por no mantener el silencio. Lo hizo con tal ternura que sentí ganas de reír, de apretarlo y protegerlo con mi vida entera. De ahorrarle todas las penas y cualquier sufrimiento para que nada en su vida le doliera ni perdiera nunca la inocencia.

Los grillos enmudecieron de pronto.

Confundido, el niño miró a su alrededor buscando la causa, pero lo que los había silenciado venía por detrás de nosotros. Tallos secos crujían bajo unos pasos que se aproximaban.

—Aquí estáis —dijo mi hermano.

Pensé que venía a llevarnos, pero se sentó a nuestro lado en el suelo.

—Solo un momento...

Su hijo le mostró un puñito apretado en el aire, regañándolo por haber acallado a los grillos. Él se lo agarró con una sonrisa mientras colocaba un brazo sobre mis hombros. Los tres observamos el paisaje frente a nosotros, tan en silencio que los grillos retomaron su canto. La luna aumentaba por momentos la intensidad de su presencia.

—¿Escaparon en cuanto me fui? —pregunté sobre sus padres, compartiendo la conclusión a la que había llegado antes.

Él se quedó mirándome sin responder.

—Se acabaron las mentiras —dije—. Quiero saber la verdad.

Aún tardó unos instantes en contestar, pero acabó asintiendo.

—¿Y adónde van a ir?

—No lo sé —respondió—. A donde puedan.

—¿Crees que no los van a encontrar?

Mi hermano se encogió de hombros.

—¿Y nosotros? ¿Dónde vamos a vivir nosotros?

—No te preocupes. —El brillo anaranjado del fuego que consumía nuestro hogar perfilaba su rostro—. Todo va a ir bien.

Me decía lo mismo que le había dicho yo al niño, aunque él tampoco podía saber si era verdad.

—Metí la pata hablando con la chica —dije—. Por mi culpa esa mujer ha quemado el faro y tus padres han tenido que huir.

—Al revés —dijo mi hermano—. Gracias a ti han tenido tiempo de escapar. Imagina lo que hubiera pasado si hubieran seguido en el sótano...

Ya lo había imaginado cuando me asomé a la columna de humo en la trampilla.

—Mamá se ha ido muy contenta de haberte dado aunque sea un abrazo. —La voz le falló y sus ojos se humedecieron—. Y el faro... se puede reconstruir. Todo se puede reconstruir. Ya lo hicimos una vez.

El pequeño cambió mis piernas por las de su padre y le secó los ojos con sus manitas. Consiguió que sonriera. De pronto, mi hermano miró al frente con la boca muy abierta. Volteó a su hijo para que los tres viéramos lo mismo que él.

Brillos verdosos se iluminaron entre las hierbas, como si las luciérnagas hubieran esperado a que llegara mi hermano para hacer su primera aparición de la noche. El suspiro de fascinación que dejó escapar lo transformó en el niño que a veces veía en él, o a lo mejor éramos tres niños, porque cualquiera volvía a serlo por un instante al observar con asombro criaturas tan fascinantes. Recordé una frase que me había dicho mi hermano una tarde y la pronuncié con una voz que sonó grave y asentada como la de un adulto.

—No existe criatura más fascinante que aquella que es capaz de crear luz por sí misma.

Mi hermano abrazó a su hijo, apoyó la cabeza en mi hombro y nos quedamos los tres callados, admirando el brillo de las luciérnagas hasta que volvimos a escuchar el canto de los grillos.

«Para viajar lejos no hay mejor nave que un libro».

EMILY DICKINSON

Gracias por tu lectura de este libro.

En **penguinlibros.club** encontrarás las mejores recomendaciones de lectura.

Únete a nuestra comunidad y viaja con nosotros.

penguinlibros.club

penguinlibros